Cet été-là

L'édition originale de ce livre a été publiée pour la première fois en 2009,
en anglais, par Little, Brown and Company, une filiale de Hachette Book Group, Inc.,
sous le titre *Twenty Boy Summer.*

Loi n° 49-956 du 16 juillet 1949 sur les publications destinées à la jeunesse,
modifiée par la loi n° 2011-525 du 17 mai 2011.

ISBN : 978-2-09255609-2

Cet été-là

Sarah Ockler

Traduit de l'anglais (États-Unis)
par Anne Guitton

Nathan

Pour Alex,
mon meilleur monstre
et la personne
que je préfère au monde

un

Frankie Perino et moi avons eu de la chance ce jour-là. De la chance d'être en vie. C'est ce que tout le monde a dit. Je m'en suis sortie avec un poignet cassé et un hématome au genou ; ma meilleure amie avec une petite cicatrice qui sépare son sourcil droit en deux parties. Montée, descente. Bonheur, tristesse. Surprise, choc. Avant, après.

Avant, on avait tous de la chance.

Après, seulement Frankie et moi.

C'est ce que tout le monde a dit.

deux

Ça s'est passé il y a tout juste un an.

Douze mois, neuf jours et six heures, pour être exacte.

Il y a treize mois, tout était encore… *parfait.*

Les yeux fermés, je me penchais au-dessus des bougies en adressant une prière à la fée des gâteaux ou au dieu des anniversaires, bref à la personne responsable des vœux, pour que Matt Perino, le frère de Frankie et mon meilleur ami-sans-e, m'embrasse enfin. Je faisais le même souhait chaque année depuis que Frankie et moi avions dix ans et Matt douze – depuis que j'étais tombée amoureuse de lui par accident.

Ce jour-là, comme le voulait la tradition, Frankie, Matt et leurs parents (que j'appelle oncle Red et tante Jayne bien que nous ne soyons pas de la même famille) étaient venus fêter mon quinzième anniversaire avec nous dans le jardin. Après la chanson, les applaudissements et les bougies, j'ai ouvert les yeux. Matt se tenait près de moi, *tout près de moi.* Nous respirions le même air. Et ce regard malicieux…

J'ai été prise d'une bouffée de chaleur en reconnaissant le parfum du shampoing à la pomme qu'il piquait à sa sœur parce qu'il trouvait qu'il lui faisait de beaux cheveux. L'espace d'une seconde électrisante, j'ai cru que mon vœu d'anniversaire allait se réaliser devant tout le monde. Je n'ai même pas eu le temps de réfléchir aux conséquences ultra gênantes que la main de Matt, pleine de gâteau, s'élevait presque au ralenti, en formant un arc de cercle pour venir terminer sa course sur mon visage.

C'était un net progrès par rapport à la douche au Coca à laquelle j'avais eu droit l'année précédente. Néanmoins, il avait dû y avoir un léger problème de transmission entre le moment où j'avais fait mon vœu et celui où il était arrivé à destination. Les fois suivantes, je rédigerais mes desiderata sous forme de liste claire, avec des exemples tirés des classiques de Hollywood. J'ai poussé un hurlement et me suis jetée sur le gâteau qui trônait sur la table de pique-nique, attrapant deux gros morceaux décorés d'une tonne de fleurs en pâte d'amandes.

Et j'ai chargé.

Tête la première.

À toute vitesse.

J'ai poursuivi Matt jusqu'à ce qu'il se laisse tomber par terre et m'attrape les poignets pour m'étaler les parts de gâteau sur le visage comme un masque à l'argile. Nous avons lutté pendant dix minutes, morts de rire, sous les encouragements de Frankie et de nos parents qui nous lançaient de nouvelles munitions, bougies incluses. Quand nous avons fini par reprendre notre souffle, il ne restait plus grand-chose du gâteau.

Nous nous sommes relevés lentement, couverts de glaçage bleu et de vermicelles multicolores, et avons conclu une trêve sans grande conviction. Papa nous a pris en photo. Matt me tenait par les épaules ; des miettes, de la crème et des brins d'herbe étaient collés à nos cheveux et à nos vêtements ; tout l'été s'étirait devant nous dans la lumière chaude et rosée du soleil couchant. Je ne pensais même plus au fait que Matt allait partir pour la fac à l'automne. Il avait choisi d'étudier la littérature américaine à Cornell, à seulement une heure de route de chez nous. Il parlait déjà des week-ends où Frankie et moi lui rendrions visite.

Une fois l'excitation de la bagarre retombée, nous sommes rentrés dans la maison pour nous nettoyer un peu. Derrière la porte coulissante, dans la fraîcheur et l'obscurité qui nous dissimulait aux regards, nous sommes restés plantés un moment devant l'évier de la cuisine sans rien dire. Je le dévisageais du coin de l'œil, espérant que mon regard ne trahissait pas les pensées qui m'habitaient et qui avaient pris, en dépit de mes efforts, des proportions jamais atteintes.

Envoûtée par ses cheveux noirs en bataille et ses yeux bleus, j'avais l'impression que les bruits me parvenaient étouffés, comme si je me trouvais au fond d'une piscine. J'ai tendu une main pleine de glaçage et l'ai menacé d'une nouvelle attaque, pour briser le silence, pour qu'il n'entende pas les battements assourdissants de mon cœur. *Tou-toum. Tou-toum. Tou-toum.*

Matt a essuyé ma paume et s'est approché, réduisant encore l'espace qui nous séparait. D'un simple haussement de sourcils, il a changé les choses à tout jamais entre nous.

« Anna, a-t-il murmuré en passant ses doigts collants dans mes boucles blondes. Tu sais ce que ça veut dire, quand un garçon te tire les cheveux à ton anniversaire ? »

Non. En cet instant précis, je ne savais plus rien. Je ne me souvenais plus comment nous étions arrivés dans cette cuisine, pourquoi nous étions couverts de gâteau, pourquoi mon meilleur ami-sans-e me regardait d'une manière si différente ou même comment je m'appelais. J'ai serré les dents pour empêcher ma bouche de prononcer à l'insu de mon cerveau une niaiserie du genre : « Oh, Matt, mon vœu est enfin exaucé ! » Luttant contre la vague de stupidité qui m'envahissait, j'ai regardé le petit morceau triangulaire de verre bleu poli par la mer qu'il portait autour du cou, attaché à un cordon de cuir.

Monter.

Descendre.

Au rythme de sa respiration.

Pendant quelques secondes ou quelques heures – j'ai perdu le compte.

Il l'avait ramassé l'été précédent, juste devant la villa que sa famille louait chaque année durant deux semaines à Zanzibar Bay, en Californie. Le verre rouge était le plus difficile à trouver, suivi par le violet et le bleu foncé.

À ce jour, Matt n'en avait encore rencontré qu'un exemplaire, dont il avait fait un bracelet pour Frankie quelques mois plus tôt. Elle ne s'en séparait jamais.

Pour ma part, j'aimais toutes les couleurs : vert foncé, bleu pâle, bleu turquoise et même blanc. Frankie et Matt m'en rapportaient des bocaux entiers. Ils trônaient sur mes étagères, silencieux, tels des morceaux pétrifiés d'un océan que je n'avais jamais vu.

« Viens par là », a murmuré Matt, les doigts toujours emmêlés dans mes cheveux.

« Je n'en reviens décidément pas que tu aies fabriqué ce collier, ai-je déclaré pour la énième fois. Il est vraiment trop cool. »

Matt a baissé le nez et ses cheveux lui sont tombés devant le visage.

« Je te l'offrirai peut-être un jour. Si tu es sage. »

J'ai souri sans quitter le triangle bleu des yeux. J'avais peur de croiser son regard, parce qu'alors il risquait de… et ensuite tout serait… et je pourrais…

« Joyeux anniversaire », a-t-il ajouté.

Son souffle tiède a caressé mes lèvres. Mon cœur a fait un bond dans ma poitrine. Puis, aussi soudainement que lorsqu'il m'avait attaquée avec le gâteau, il m'a embrassée. Sa main pleine de glaçage est venue se poser derrière ma nuque pour m'attirer contre lui, poitrine contre poitrine, hanches contre hanches, jambes nues contre jambes nues. J'ai cessé de respirer et j'ai fermé les yeux ; sa bouche avait un parfum de pâte d'amandes. En dix secondes, mon existence tout entière s'est trouvée résumée dans ce baiser, ce souhait, ce secret qui allait désormais la diviser en deux parties.

Montée, descente. Bonheur, tristesse. Surprise, choc. Avant, après.

Ce bref laps de temps avait suffi pour que celui que je considérais jusque-là comme un ami devienne tout autre chose.

Je lui ai rendu son baiser. J'ai oublié l'heure. J'ai oublié mes pieds. J'ai oublié nos familles qui nous attendaient dehors. J'ai oublié ce qui arrive lorsque deux amis franchissent cette limite. Et si mes poumons n'avaient pas continué de se remplir d'air, mon cœur de battre et mon sang de circuler sans mon intervention, je les aurais oubliés eux aussi.

J'aurais pu rester là toute la nuit, debout devant l'évier, à respirer l'odeur de pomme de ses cheveux, le cœur battant, aux anges et amnésique…

« Vous en mettez, du temps ! a lancé Frankie depuis les marches de la terrasse. Dépêche-toi, Anna. C'est l'heure des cadeaux ! »

Je me suis écartée de Matt juste avant que son visage se dessine derrière la vitre.

« C'est vrai, ça, a renchéri Matt. Qu'est-ce que tu fabriques ? C'est toi, la reine de la fête ! »

« J'arrive, ai-je répondu en le fusillant du regard. Il faut juste que je me change. »

« Je peux t'accompagner ? » m'a-t-il chuchoté à l'oreille.

Mon corps a été parcouru d'un frisson aussi violent qu'un tremblement de terre.

J'ai repensé à tous les bains que nous avions pris ensemble à l'âge où cela n'avait pas encore d'importance. Mes souvenirs innocents m'apparaissaient soudain sous un nouveau jour, plus vulnérable. Le rouge aux joues, j'ai détourné le regard.

« Alors ? » a insisté Matt en me pinçant le bras pendant que sa sœur redescendait vers le jardin.

« Alors tu as de la chance que Frankie n'ait rien vu. Et tu ferais bien d'aller enfiler un tee-shirt propre. Dans *ta* chambre. Chez t… »

« Oui oui. »

Il m'a attrapé le poignet et m'a attirée à lui pour un nouveau baiser. Sa main s'est posée sur ma joue avec impatience. Il s'est pressé contre moi, nos hanches et nos ventres s'imbriquant comme la première fois. J'essayais de me fondre, de m'ancrer en lui pour ne pas m'envoler comme une petite bulle de savon irisée.

« Tu crois qu'elle nous a vus ? » ai-je demandé quand nous nous sommes enfin écartés.

« Non. Ne t'inquiète pas. C'est notre secret. »

Une fois seule dans ma chambre, j'ai fourré mon tee-shirt poisseux dans un sac en plastique avec l'intention de m'en occuper plus tard. Je me suis passé de l'eau fraîche sur le visage et dans les cheveux. J'avais encore les jambes tremblantes et le souffle court. Après avoir cessé de fonctionner durant tout l'épisode de la cuisine, mon cerveau est soudain passé en mode hyperactif. J'étais assaillie de scénarios et de questions insolubles qui arrivaient douze minutes et demie trop tard :

Et maintenant ?

Est-ce que c'est la fin de notre amitié ?

Que vont dire nos parents ?

Est-ce que je lui plais, ou est-ce qu'il voulait juste s'amuser ?

Y aura-t-il une deuxième fois ?

Comment le dire à Frankie ?

Pourquoi a-t-il parlé de secret ?

Des fragments de réponses se bousculaient dans ma tête, à tel point que j'ai dû fermer les yeux et compter jusqu'à cinquante pour me calmer. Il s'était à peine écoulé quinze minutes depuis l'événement qui avait bouleversé ma vie : c'était bien trop tôt pour commencer à me torturer l'esprit.

Toute la soirée, dans le jardin où mon père avait allumé un feu, je me suis tenue le plus loin possible de Matt et j'ai évité de rire trop fort à ses plaisanteries de peur que quelqu'un lise dans mes pensées. Quand il n'est plus resté que des braises et que tous mes cadeaux ont été ouverts, les Perino se sont préparés à regagner leur maison, voisine de la nôtre. J'ai embrassé et remercié Frankie, oncle Red, tante Jayne, mais j'ai baissé le nez lorsque le tour de Matt est arrivé.

« Merci pour le gâteau, ai-je marmonné. Et pour le cahier. »

Il connaissait ma passion pour les petits cahiers, dans lesquels j'écrivais mon journal intime. Je les aimais presque autant qu'il aimait ses livres. C'était le plus beau cadeau qu'il ait pu me faire. Enfin, le deuxième plus beau cadeau.

«Joyeux anniversaire, Anna, a-t-il répondu en me soulevant dans ses bras, avant d'ajouter avec un clin d'œil, comme il l'avait déjà fait un millier de fois : à demain. Écris-moi quelque chose dedans.»

En apparence, c'était le même Matt que d'habitude, le grand frère de notre trio d'inséparables, celui qui s'amusait autrefois à cacher nos poupées Barbie dans le jardin et nous lisait des romans d'aventures le soir. À mes yeux, pourtant, il était devenu quelqu'un d'autre dès l'instant où il avait passé sa main dans mes cheveux dans la cuisine. Il n'était plus le même et ne le serait plus jamais.

Plus tard ce soir-là, un texto de Matt a fait clignoter mon téléphone.

« Tu es réveillée ? »

« Ouais. »

Bien sûr que j'étais réveillée. Malgré les heures écoulées depuis la fête, mon rythme cardiaque n'avait pas encore ralenti. Impossible de dormir dans ces conditions.

« Rdv derrière la terrasse, OK? »

« OK. Dans 5 min. »

Après avoir enfilé un sweat-shirt, je me suis brossé les dents et attaché les cheveux. J'ai hésité à me mettre un peu d'eye-liner, mais ça aurait paru un peu étrange (voire ridicule) de débarquer toute pomponnée dans le jardin à une heure du matin. J'ai donc défait ma queue-de-cheval et je me suis contentée d'une touche de gloss à la mangue – jolie, mais décontractée.

Je ne faisais pas vraiment le mur puisque je resterais dans le jardin. Et si je voyais la lumière s'allumer à l'étage, je pourrais toujours me réfugier dans la cuisine, comme si j'étais descendue grignoter quelque chose.

Matt m'attendait au pied de l'escalier. Mes pieds nus n'avaient pas encore touché l'herbe humide de rosée qu'il m'a plaquée contre le mur.

« Je n'arrête pas de penser à toi », m'a-t-il avoué avant de m'embrasser de nouveau, avec une détermination et une intensité que je ne lui connaissais pas.

Je lui ai rendu son baiser en passant mes bras autour de son cou. Je devais frissonner, car il s'est interrompu au bout d'une minute pour me demander si j'avais froid.

« Non, je suis juste… surprise, lui ai-je expliqué. Et heureuse. Et effrayée. »

J'espérais que ce dernier mot, presque inaudible, suffirait à traduire ce que j'éprouvais. J'avais peur parce que j'obtenais enfin ce dont je rêvais. Peur de blesser Frankie. Peur de perdre mes deux meilleurs amis. Peur de briser la relation que nous avions construite au fil des ans.

« Moi aussi, a-t-il murmuré. Anna, est-ce que tu as déjà… »

Avant qu'il ait pu terminer sa phrase, un carré de lumière s'est dessiné sur la pelouse. Il provenait de la salle de bains de mes parents à l'étage.

« Il faut que je rentre, ai-je lancé. À demain ? »

Il m'a retenue par le bras et a murmuré tout contre ma joue :

« À demain. »

Puis ses lèvres se sont posées sur ma peau, aussi brûlantes que les braises du feu de camp. Je sentirais leur chaleur longtemps après avoir regagné mon lit.

Il m'a appelée le lendemain matin.

« Salut. »

« Salut. »

J'avais encore l'esprit embrumé par notre rendez-vous nocturne et les heures d'insomnie.

« Frankie et moi, on pensait aller manger une glace tout à l'heure. Tu veux venir ? »

Frankie.

« Avec plaisir. Mais… tu… tu lui as parlé ? »

« Non. Enfin, pas vraiment. »

Parce que ça ne signifie pas grand-chose pour lui ? Parce qu'on peut continuer à manger des glaces comme si de rien n'était ? Parce que ça ne se reproduira pas ?

« Je vais le faire, Anna, a-t-il précisé comme s'il avait lu dans mes pensées. C'est juste que c'est ma petite sœur. Tu étais notre meilleure amie, et maintenant, tu es ma… bref, je dois y aller en douceur, tu comprends ? »

Et maintenant je suis ta quoi ?

« Je comprends. »

« Ne t'inquiète pas, je vais la mettre au courant. Laisse-moi simplement réfléchir au meilleur moyen de le faire. »

« D'accord. »

« Tu me promets de ne rien dire ? »

« Promis. Je garderai notre secret. »

J'ai mis une heure à me préparer, stressée par le choix de ma tenue, par ma coiffure et par tout un tas de choses dont je ne m'étais jamais souciée jusque-là. J'avais des papillons dans le ventre à la perspective de revoir Matt, de sentir ses lèvres sur les miennes et d'avouer la vérité à Frankie. Quelles en seraient les conséquences sur le reste de notre été et de nos vies ?

À l'heure du départ, je me suis dépêchée de monter dans la voiture de Matt en évitant de croiser son regard. J'avais peur qu'il ait déjà parlé à sa sœur, et peur qu'il ne l'ait pas fait. Pendant tout le trajet, Frankie a bavardé gaiement à propos de leurs vacances en Californie qui approchaient – sans savoir que la veille au soir, un événement inattendu avait changé la face du monde. Ce n'est qu'une fois à l'Âge de Glace, quand elle est ressortie chercher son sac oublié dans la voiture, que j'ai enfin pu lever les yeux vers Matt.

« Salut, toi », a-t-il murmuré en souriant.

J'ai ouvert la bouche pour dire quelque chose de spirituel, de charmant, mais en ce début de relation où chaque adjectif semblait revêtu d'une importance particulière, j'étais soudain à court de mots.

« Salut », ai-je répondu bêtement.

Matt a tripoté ses clés et frotté le sol du bout du pied.

« À quoi tu penses ? » m'a-t-il demandé en me caressant le front.

Avant que j'aie pu trouver autre chose que : « À hier soir pendant la fête et à cette nuit dans le jardin et au fait que je voudrais que tu te taises et que tu m'embrasses encore », Frankie était de retour et sollicitait notre aide face à un choix cornélien : banana split ou sundae au brownie sauce chocolat ?

Pour couper court à cette terrible hésitation, Matt en a commandé un de chaque, plus un sundae au caramel pour moi. Nous avons tout partagé, cinquante-cinquante-cinquante, comme d'habitude.

Face à Frankie qui fourrait une cuillerée dans la bouche de son frère en riant, j'ai été envahie d'une bouffée de culpabilité. Jusqu'à la veille, il n'y avait aucun secret entre nous – mis à part ceux que je gardais pour moi seule, à propos de mes sentiments à sens unique pour Matt. Désormais, je ne pouvais plus le regarder sans avoir le ventre noué. Il fallait absolument qu'on parle à Frankie.

Nous nous étions de nouveau retrouvés sous les étoiles une fois tout le monde au lit.

« C'est à moi de le faire, m'a répété Matt. Le mieux, c'est que j'attende les vacances en Californie. Je pourrai en discuter tranquillement avec elle et lui laisser le temps de digérer la nouvelle. »

La perspective de dissimuler ne serait-ce qu'un jour de plus une nouvelle aussi monumentale, aussi incroyable à ma meilleure amie était une véritable torture. Depuis que je la connaissais, je ne lui avais jamais caché le moindre petit flirt. Elle avait assisté à chaque tragédie, à chaque célébration, à chaque moment gênant. Elle était là quand on m'avait posé un appareil dentaire vert fluo en CM1. Et en 5e, quand j'avais traversé toute la cantine avec ma jupe coincée dans mon collant après être allée aux toilettes. Et en 4e, quand j'avais atterri chez le proviseur pour avoir embrassé Jimmy Cross devant la prof de maths. Anniversaires, rêves, peurs, fous rires et obsessions, nous partagions tout. Frankie connaissait les moindres détails de ma personnalité, et moi de la sienne. Mes sentiments pour Matt auraient dû apparaître sur la carte de nos relations, au lieu de rester cachés, tel un trésor enfoui.

Mais il s'agissait de son frère. Et j'avais confiance en lui. Alors, quand il a pris mon visage entre ses mains et murmuré mon nom, ses lèvres frôlant les miennes, j'ai su que je tiendrais ma promesse.

Les jours, puis les semaines ont passé. Matt et moi continuions à jouer aux « meilleurs amis » devant Frankie et nos parents. À de nombreuses reprises, au cours de dîners ou de visites les uns chez les autres, j'ai eu envie de mettre un terme à cette mascarade en me jetant à son cou devant tout le monde. Je contrôlais chaque regard, chaque mot, chaque geste, persuadée que j'allais finir par me trahir.

Mais personne ne s'est jamais douté de rien.

Aux yeux de nos familles, nous étions toujours les mêmes adolescents innocents et inséparables. Mais dès que nous

nous retrouvions quelques minutes en tête-à-tête, nous plongions dans une autre réalité ; une réalité qui m'empêchait de dormir la nuit et m'emplissait de crainte parce que les choses allaient trop vite et que j'avais peur de tout perdre lorsque Frankie découvrirait la vérité. Nous échangions des baisers volés dans le couloir et des regards complices à table. Nous nous glissions dans le jardin chaque soir pour contempler les étoiles et discuter à voix basse de la vie, de nos livres préférés, des paroles de certaines chansons, de nos souvenirs et de ce qui se passerait quand Frankie serait au courant. Nos sujets de conversation en eux-mêmes n'avaient pas beaucoup changé, mais ils étaient désormais chargés d'une nouvelle intensité, comme si nous étions pressés d'en apprendre davantage l'un sur l'autre et voulions profiter au maximum de ces dernières nuits avant que notre secret soit révélé.

La veille de leur départ en vacances, une fois leurs sacs terminés, Frankie et Matt m'ont emmenée à l'Âge de Glace pour un dessert d'adieu. J'ai pris un sundae menthe, pépites de chocolat et brownie, Frankie un Magnum, et Matt un milk-shake à la fraise. Ils étaient très excités, et je me réjouissais par procuration. J'avais hâte qu'ils arrivent à Zanzibar Bay et retrouvent leur villa de location, ainsi que la plage où Matt avouerait la vérité à Frankie. Elle éclaterait de rire, le serrerait dans ses bras, et tout redeviendrait parfait.

« Ça va bien se passer, Anna. Tu verras, m'a-t-il glissé pendant qu'elle allait chercher des serviettes en papier. Je suis désolé d'avoir autant traîné, mais c'est ma petite sœur – je n'y peux rien. Il faut qu'on la protège. »

Le sourire aux lèvres, j'ai imaginé notre dernier baiser avant le grand départ, ce soir-là, lors de notre habituel rendez-vous derrière la maison.

Nous avons partagé nos glaces comme nous le faisions toujours, en en gardant un peu pour le trajet du retour. Dans la voiture, Matt a mis le volume à fond et lancé son album préféré de Grateful Dead. Frankie et moi chantions la mélodie, lui le contre-chant. Concentré sur les paroles, il maniait le volant d'une main et tambourinait en rythme de l'autre sur le tableau de bord ou sur sa cuisse, perdu dans un solo de batterie imaginaire. Je me suis interrompue le temps de prendre une cuillerée de sundae, mais la voiture est passée sur une ornière et la glace m'a atterri sur les genoux. Ce n'était pas bien grave. J'étais assise à l'avant, juste à côté de lui. Dans trois semaines, mes meilleurs amis rentreraient à la maison. Avant le départ de Matt pour la fac, nous admirerions les derniers couchers de soleil de l'été, et attendrions l'avenir avec impatience – un avenir qui durerait toujours.

Quand le refrain s'est élevé dans les haut-parleurs, j'ai repris encore plus fort :

« *Ca-sey Jones you bett-er… watch your speed* [1]… »

Frankie riait à l'arrière, Matt me caressait discrètement le genou avec un sourire en coin, le soleil de midi scintillait gaiement au-dessus de la route poussiéreuse.

Nous formions un tout. Un ensemble.

---

1. « Casey Jones, tu ferais bien de rouler moins vite » (NDT).

Le trois de cœur.

Une infinité de possibilités.

Et puis… mon sundae s'est envolé et s'est écrasé sur le tableau de bord.

Coup de volant.

Hurlements.

Fracas.

Verre brisé.

Une roue qui tourne dans le vide.

Casey Jones qui saute, encore et encore. « *Watch your – watch your – watch your speeeeeed.* »

Quelqu'un me prend la main, me rassure, me demande le nom et le numéro de téléphone de mes parents.

Helen et Carl Reiley. Mais ne leur dites rien.

Et puis l'ambulance. Les pompiers. Le brancard.

« Je l'ai, crie quelqu'un. Faites sortir les filles ! »

« Tu m'entends ? Tu peux bouger tes jambes ? »

« Bon sang, vous avez une sacrée chance d'être en vie, toutes les deux ! »

Dans la salle d'attente de l'hôpital, je me suis blottie dans les bras de papa, qui me caressait les cheveux en fredonnant un air des Beatles, comme quand j'étais petite et que j'avais peur des monstres. J'avais mal à la tête. On m'avait bandé le genou et immobilisé le poignet. Frankie était assise en face de moi, les jambes repliées contre la poitrine. Elle avait la lèvre enflée et huit points de suture dessinaient des pattes d'araignée noires sur son sourcil gauche.

Elle était immobile. Seuls ses doigts remuaient, caressant encore et encore le morceau de verre rouge du bracelet fabriqué par Matt. Éblouie par la lumière des néons, j'ai fermé les yeux et j'ai tenté de faire un ultime vœu d'anniversaire, de revenir en arrière, de passer un marché : le baiser dans la cuisine, celui par lequel tout avait commencé, contre un seul petit miracle.

Pendant qu'un médecin nous expliquait ce qui s'était passé, j'ai pensé au parfum de pâte d'amandes des lèvres de Matt, à ses livres préférés empilés aux quatre coins de sa chambre. Ce n'était pas une imprudence qui avait causé l'accident. Il y avait simplement un trou entre les deux ventricules de son cœur, une minuscule imperfection qui, après être restée en sommeil pendant dix-sept ans, avait décidé de se manifester alors que nous rentrions de chez le glacier. Ils ont employé un terme médical plus compliqué pour l'annoncer à Red, avant de lui tendre un sac en plastique contenant les affaires de son fils. Sa montre, son portefeuille, le tee-shirt de son équipe de foot préférée. Mais j'ai compris. J'ai compris dès que Red s'est mis à crier, dès que tante Jayne s'est effondrée dans les bras de maman, dès que l'aumônier de l'hôpital est arrivé, le visage grave et le regard plein de compassion.

Matt, le Matt de Red et de Jayne, le Matt de Frankie, *mon* Matt, était mort d'un cœur brisé.

Et tout ce qui avait compté jusque-là dans ma vie a cessé d'exister. Depuis le fond de ma piscine, je regardais le monde bouger au ralenti, privée de son, de contexte, de sentiment.

La terre aurait pu s'arrêter de tourner que je ne m'en serais même pas aperçue.

D'une certaine façon, c'est d'ailleurs ce qui venait de se passer.

Ils ont dû permettre à Red, Jayne et Frankie de lui dire au revoir, mais je ne m'en souviens plus.

Maman et papa ont dû appeler la famille, les amis et les pompes funèbres, mais je ne m'en souviens plus.

Il y a sans doute eu des infirmières, des condoléances, des formulaires pour le don d'organes, du café froid dans des gobelets en plastique, mais je ne me souviens plus de rien. Tout est flou.

Je ne me rappelle même pas comment je suis rentrée. J'étais assise sur une chaise d'hôpital en plastique, et l'instant d'après j'étais couchée dans mon lit. Les voix étouffées de mes parents et la sonnerie incessante du téléphone me parvenaient à travers la porte fermée.

J'ai dû finir par m'endormir, parce que j'ai rêvé de lui. Il me donnait son pendentif en verre bleu et le bracelet de Frankie.

« Il faut qu'on la protège, tu comprends ? C'est à moi de lui dire. C'est la meilleure solution. »

Je sais.

Il m'a souri, et j'ai promis. Je lui ai promis de prendre soin d'elle.

Je lui ai promis que notre secret resterait enfoui pour toute l'éternité.

C'est juré.

trois

À plat ventre sur la nouvelle couette violette de Frankie, en tee-shirt et pantalon de yoga, je relis pour la troisième fois l'interview d'Helicopter Pilot dans *Rolling Stone*.

– « Bordeaux métallisé », annonce Frankie en rebouchant son tube de rouge à lèvres et en s'admirant dans le miroir. Peut-être un peu foncé pour toi, mais tu peux l'essayer si tu veux.

Je n'ai pas besoin de l'essayer ; je *sais* qu'il ne m'ira pas. J'ai la peau tellement blanche qu'elle tire sur le bleu, à l'exception des dix-neuf taches de rousseur que j'exècre et qui résistent à tous les patchs anti-points noirs et gommages exfoliants du monde.

– Frankie, laisse tomber.

Je reviens quelques pages en arrière au début de l'interview. On était censées préparer des check-lists pour nos bagages et réfléchir au programme excitant qui nous attend en Californie dans un mois. Mais voilà une heure que je regarde Frankie s'habiller, se maquiller et faire bouffer ses cheveux.

– Je n'ai pas du tout envie de me pomponner.

– Qui te parle de te pomponner ? proteste Frankie. Je n'ai pas… Oh, arrête, Anna !

Quelle que soit la situation, Frankie est toujours sur son trente et un : préparation de voyage, soirée DVD, courses au supermarché, et même dans les rares occasions où il lui arrive de sortir la poubelle. Si la Terre était soudain propulsée hors de son orbite par une rupture du continuum espace-temps, et que l'Amérique du Nord filait s'écraser contre l'Europe à la moitié de la vitesse de la lumière, faisant voler maisons, flamants roses en plastique et petits chiens – ouaaaaaaaaf ! –, Frankie me demanderait : « Attends, Anna. Tu es sûre que je n'ai rien entre les dents ? »

Elle a toujours été la plus jolie de nous deux, même quand nous portions encore des robes pastel assorties et des jeans élastiqués par-dessus nos couches. Mais avant, ça la mettait plutôt mal à l'aise.

Lorsque le choc de la mort de Matt a commencé à s'estomper et qu'elle a cessé de rôder devant la porte de sa chambre, Frankie s'est enfermée dans une chrysalide de bébé chenille perdu et solitaire. Elle refusait de se confier à qui que ce soit, pas plus à ses parents qu'aux miens, ou à moi. Par moments, je me demandais si elle allait elle aussi être emportée par un cœur brisé. Mais quand l'automne et la rentrée sont arrivés, elle a émergé de son cocon, métamorphosée : elle était désormais un magnifique papillon qui ne pleurait plus, adorait les garçons, portait du maquillage à paillettes et fumait des Marlboro light en cachette à la fenêtre de sa chambre.

Dès que nous entrons dans une pièce, Frankie me fait l'effet d'un trou noir étincelant qui, conformément à mon cinquième théorème sur la physique quantique des jolies filles, aspire l'attention de ceux qui l'entourent.

– Alors, je te le prête ou pas ? insiste-t-elle.

– Ou pas. Trop foncé.

– Comme tu préfères, Casper.

Elle presse ses lèvres sur un mouchoir pour éliminer l'excédent de rouge, puis termine par une touche de poudre transparente.

La Frankie 2.0. Fard à paupières parfaitement estompé, French manucure, cheveux brun foncé soulignés par quelques mèches rouges effilées, lisses et brillantes. Les mots « Anna » et « brillant » n'appartiennent pas au même monde. Mes cheveux à moi sont frisés, indomptables et ressemblent furieusement à du foin si je ne les enduis pas d'une tonne de gel. Hygiène de base et hydratation mises à part, la dernière fois que j'ai passé plus de vingt minutes à chercher la femme fatale qui sommeille en moi, c'était pour un rendez-vous avec Matt. Aujourd'hui, mon maquillage reste rangé au fond d'un tiroir de la salle de bains, sous une couche de plus en plus épaisse de poussière nacrée.

– Avant, tu adorais ça, me rappelle Frankie, fouillant dans ses réserves en quête d'une teinte plus claire. Tiens, essaie celui-là : « Perle de Lune ». Il contient de la poudre de cristal ou un truc comme ça.

Je hausse les épaules et me concentre sur les photos de la mascotte autoproclamée d'Helicopter Pilot, Air Guitarist.

Elle finit par renoncer et entreprend de mélanger plusieurs couleurs de fard à paupières sur le dos de sa main avec un coton-tige. Je ne peux pas lui en vouloir d'essayer. Elle ignore que le fantôme de Matt hante mon cœur à tout jamais.

Ne t'inquiète pas. C'est notre secret.

– Comment tu me trouves ? s'enquiert-elle en battant des cils.

Puis elle éclate d'un rire qui me rappelle son frère, et je dois détourner le regard pour ne pas être submergée par un flot de souvenirs. Plus d'un an s'est officiellement écoulé depuis la mort de Matt. Je sais que je devrais tourner la page, mais je n'y arrive pas. Chaque matin, à mon réveil, j'oublie pendant une brève seconde ce qui s'est passé.

Puis, dès que j'ouvre les yeux, la triste réalité s'abat sur moi, telle une avalanche de terre et de cailloux pointus.

Dès que j'ouvre les yeux, je me sens mal, comme si la pression atmosphérique me comprimait le cœur.

Je n'en parle jamais à Frankie. Matt était son grand frère, pour de vrai, pas un meilleur ami-sans-e au comportement protecteur. J'évite même de prononcer son nom.

Je me contente de déglutir.

De hocher la tête, de sourire.

Un pas après l'autre.

Je vais bien, merci de ne pas demander.

– Cette teinte te va à merveille, Frankie.

– Tu n'aurais pas vu mon gros pinceau à blush ? Je ne retrouve plus rien depuis que maman a transformé ma chambre en palais des Mille et Une Nuits.

– Tu as regardé dans ces espèces de coffrets à trésor sur ton bureau ?

D'un geste du menton, je désigne une série de boîtes dorées alignées par ordre croissant de taille.

Frankie découvre son pinceau dans celle du milieu.

– Je vais finir par mettre un cadenas sur ma porte.

Depuis six mois, tante Jayne s'est prise de passion pour la décoration d'intérieur. Chaque fois que j'entre chez Frankie, il y a quelque chose de changé – de nouveaux coussins, des meubles qui ont bougé, davantage de plantes, ou moins, des touches de couleurs vives ou des tons neutres et minimalistes, en un défilé ininterrompu de jetés de canapé, de housses et de tentures. La semaine dernière, elle a transformé la chambre années vingt de Frankie en oasis marocaine dans les tons rouge et violet, avec des rideaux en perles de bois.

– Chaque jour est une nouvelle aventure, m'a confié Frankie il y a un mois, quand sa salle de bains à thème libellule a brusquement pris des airs de saloon, avec de véritables lassos en guise de porte-serviettes.

C'est sans doute une bonne chose que sa mère se soit trouvé une occupation. Elle se précipite dans les boutiques de tissu et les magasins de déco dès qu'elle sent monter l'inspiration, ce qui correspond bizarrement au rythme de diffusion des émissions où des gens sont chassés de chez eux pendant quarante-huit heures, le temps que de parfaits inconnus refassent tout leur intérieur. En l'espace d'un mois, elle a rempli la moitié du garage de cartons de magazines, de taies d'oreillers, de nuanciers, d'objets chinés, de caches d'interrupteurs et de pans de fausse fourrure. Il n'y a qu'une seule pièce à laquelle elle ne touche jamais : celle qui se trouve tout au bout du couloir et dont la porte reste éternellement fermée.

– Frankie, tu as bientôt terminé ?

Je sais désormais tout ce qu'il y a à savoir sur Helicopter Pilot, y compris le fait que le batteur star Scotty-O a subi une greffe de foie à l'âge de quatre ans. Et je commence à en avoir assez de regarder Frankie secouer la tête dans tous les sens afin de se recoiffer pour la millième fois.

– J'ai tellement lu et relu cet article que j'ai l'impression de faire partie du groupe.

– Ouais, sauf que c'est le meilleur groupe de l'univers et que tu n'es même pas capable de chanter *Joyeux Anniversaire* sans faire une fausse note.

– Possible. Mais moi, j'ai eu une super note en anglais, ce qui n'est pas le cas de tout le monde dans cette pièce.

– Hé ! J'ai eu la moyenne, c'est le plus important ! Et pour ton information, Mademoiselle Je-sais-tout, sache que je viens de m'inscrire à une newsletter quotidienne afin d'enrichir mon vocabulaire.

– Sans blague.

– Le mot du jour est « dénicher ». Comme dans : « Ce n'est pas parce qu'Anna est une intello qu'elle peut se permettre de *dénicher* les autres. »

– Tu veux dire « dénigrer ». Et ce n'est pas ce que je fais.

– Déni… Rah, crotte, peste-t-elle en attrapant un carnet à spirale et un stylo. Dé… ni… grer. Dénigrer.

Puis elle range le tout avant d'ajouter :

– Tu adores avoir raison, pas vrai ?

Je laisse tomber mon magazine sur le sol.

– Ça ne m'amuse pas, mais il faut bien que l'une de nous deux ait un cerveau.

Frankie hausse les épaules et se passe un dernier coup de pinceau sur le nez.

– Dans ce cas, je me contenterai d'être jolie. Voilà – je suis prête.

Elle se lève en souriant, les mains sur les hanches, comme si elle attendait les directives d'un metteur en scène. *Mon petit papillon.* C'est le portrait craché de son frère. Quand elle rit, ses yeux bleus s'illuminent et ensorcellent tous ceux qui l'entourent.

– Parfaite, dis-je en m'attachant les cheveux à l'aide d'un crayon. Maintenant, est-ce qu'on pourrait préparer ce voyage avant qu'il soit terminé ?

Elle me lance un bloc de papier et un stylo violet pour que je prenne des notes. Puis elle m'énumère les différents objets dont nous pourrions avoir besoin, tout en arpentant la pièce, caméra à la main. C'est une de ses tantes qui la lui a offerte pour lui « changer les idées » après la mort de Matt. Depuis, elle ne la lâche plus, comme si elle craignait de manquer un détail important – ou de ne pas s'en souvenir plus tard, quand ce sera nécessaire.

En moins d'une heure, nous réglons la question de la garde-robe (journée-décontractée, journée-habillée, soirée-décontractée, soirée-habillée, nuit et plage), des maillots de bain (qu'il nous reste encore à acheter), des trousses de toilette, du maquillage (pour Frankie), des jeux, de la musique et des livres (pour moi). Nous choisissons également un nom officiel pour notre aventure à venir : les « Meilleures Vacances de Tous les Temps », ou MVTT. En effet, ma nouvelle guide touristique est convaincue que c'est ce que nous allons vivre.

– Ça va, Anna ? Tu n'as plus l'air très enthousiaste, tout à coup.

Frankie s'assoit devant moi, les sourcils froncés, comme Matt quand il s'inquiétait pour l'une de nous.

– Non, aucun souci. C'est juste que tout ça me paraît encore irréel. Surtout que mon père n'est toujours pas convaincu par cette idée. Je préfère attendre d'être dans l'avion pour laisser libre cours à mon excitation !

Papa trouve déjà que je passe trop de temps chez Frankie. « Red et Jayne devraient prêter davantage d'attention au chagrin de leur fille », m'a-t-il répété plus d'une fois. Ces derniers temps, il ajoute : « D'autant que ce sera leurs premières vacances sans Matt. » En même temps, c'est un peu l'hôpital qui se moque de la charité. Pour réconforter oncle Red, il n'a rien trouvé de mieux que de lui apporter des packs de bière sans même jamais prononcer le nom de son fils.

Frankie secoue la tête et éteint sa caméra.

– Ne t'inquiète pas. Il t'a dit oui. Tout ce qu'il te reste à faire, c'est – comment on dit déjà – visionniser ce qui t'attend.

– « Visionniser » ?

– Tu sais, quand on se représente une chose dont on a envie dans sa tête.

– C'est *visualiser,* Frankie. Et ça ne suffira pas.

– Visualiser, voilà. Essaie quand même, d'accord ? (Elle ferme les yeux et porte les mains à ses tempes.) « Anna arrive en Californie. Frankie et elle marchent sur la plage, aussi sublimes que des sirènes dans l'eau. Tous les garçons bavent et leur font signe, car elles sont irrésistibles. » Ça y est, tu t'y vois ?

– Pas vraiment. Mais j'ai les paupières de plus en plus lourdes.

– Un peu de sérieux, Anna. Tu ne fais aucun effort. Ferme les yeux.

Je m'exécute et l'écoute me parler du soleil, du parfum des noix de coco, des cartes postales que j'enverrai à mes parents... Par association d'idées, je repense à celles que Matt m'envoyait – des lions de mer arborant des lunettes de soleil, ou des femmes obèses en string fluo. Je les ai toutes conservées, bien à l'abri dans une boîte sous mon lit.

S'il m'avait embrassée un an plus tôt, est-ce que j'aurais reçu des lettres d'amour ?

– Alors ? demande Frankie en me tapotant la jambe pour me ramener à la réalité.

– On verra.

Je cligne des yeux pour chasser l'image des « bisous » griffonnés au stylo bleu.

– Ça va être trop top !

Sur ces mots, elle épingle notre check-list au-dessus de

son bureau et sort une cigarette de sa réserve, cachée dans le tiroir du haut. Elle ne fume qu'à la fenêtre de sa chambre. Jamais en public. Jamais au lycée. Jamais dehors. Bien qu'elle prétende le contraire, je la soupçonne de ne pas aimer ça et de simplement chercher à se faire surprendre par ses parents, pour qu'ils fassent *quelque chose*, n'importe quoi.

Le mois dernier, quand oncle Red et tante Jayne ont proposé de retourner en Californie et de m'emmener avec eux, Frankie a réagi bizarrement. Elle est restée silencieuse pendant de longues minutes. Aucun d'entre nous ne savait comment elle allait le prendre. C'était pareil juste après l'accident : chaque fois qu'un de nos camarades ou un membre de la famille prononçait le nom de Matt, son esprit semblait quitter son corps. Ou alors, elle se mettait à trembler de rage. Ou elle s'enfuyait en sanglotant. Il y a une différence entre pleurer et sangloter. Dans le deuxième cas, l'ensemble du corps est mobilisé et, quand on s'arrête enfin, on est vidé, comme liquéfié.

Le soir où ses parents ont parlé des vacances, elle n'a pas sangloté. Elle a fini par sortir en claquant la porte, et ils ont dû s'excuser une fois de plus à sa place. J'étais embêtée pour eux, mais je me suis aussi demandé ce qu'ils s'étaient imaginé. Lorsque ces mots étaient sortis de la bouche de Red pour atterrir sur la table avec un gros « flop », j'avais tout de suite pensé : *Un an après, c'est beaucoup trop tôt.*

Le lendemain matin, Frankie a commencé à se faire à cette idée. Une semaine plus tard, on aurait presque pu croire qu'elle venait d'elle et que des images de palmiers et de séjour au soleil lui trottaient dans la tête depuis un moment.

Elle s'agenouille devant sa fenêtre, écarte le rideau de perles et s'accoude sur le rebord pour allumer sa cigarette. À travers les volutes de fumée, la lumière se reflète sur le morceau de verre rouge de son bracelet qui a glissé sur son poignet. Elle a les pieds noirs à force de marcher sans chaussures. Lorsqu'elle se tourne pour souffler quelques bouffées vers le ciel, je ne peux m'empêcher de songer qu'elle n'est vraiment pas prête.

– Frankie, tu ne crois pas que ce voyage arrive un peu trop vite ? Enfin, un peu trop tôt ?

J'ai parlé à voix basse, craignant de m'être mal exprimée.

– Non, ça ira, répond-elle en jetant sa cigarette à moitié fumée dans une vieille canette de soda light. Il nous reste encore une, deux… quatre semaines avant le début officiel des MVTT. Ce qui signifie que nos cheveux auront poussé d'environ un centimètre. (Elle place sa main un peu plus bas que son menton.) Ah, et il faut aussi qu'on se mette aux Minceur Super Speed.

– Ces espèces de faux milk-shakes ? Tu plaisantes !

Je préférerais encore me nourrir de croquette pour chat qu'avaler ces horreurs matin, midi et soir.

– Anna, on n'a pas le choix. On doit absolument perdre quatre ou cinq kilos d'ici là. Pense à la plage. Pense aux bikinis. (Elle soulève son tee-shirt, pince ses bourrelets imaginaires et se donne deux petites claques sur le ventre.) Et puis, n'oublie pas ta valise.

Valise, du latin *valisia*, autrement dit « fardeau que l'on traîne partout avec soi ». C'est le nom de code que nous avons donné à ma virginité. Frankie a perdu la sienne au Bal de printemps, avec un jeune Allemand venu passer l'année dans notre lycée – ce qui a automatiquement fait d'elle une experte en la matière.

– Mais, Francesca, réponds-je d'une voix éthérée d'héroïne romantique, tu sais que je tiens à ce que ce moment soit… spécial.

C'est vrai à cinquante pour cent. Soixante, peut-être. Bon, d'accord, soixante-huit, mais pas plus. Le problème, c'est que j'avais toujours imaginé que ça se passerait avec Matt. J'étais amoureuse de lui bien avant d'être capable de le formuler, et après notre premier baiser l'été dernier j'avais cru que c'était réglé. Je voyais notre avenir se dessiner devant moi, jusqu'au moment où je l'aiderais à préparer son sac pour la rentrée. Une chose en entraînant une autre, il m'embrasserait passionnément pour me dire adieu, nous tomberions à la renverse sur son lit, et nous finirions par…

Mais ce rêve est mort avec lui. Impossible de m'imaginer me rapprocher d'un autre garçon, et certainement pas à ce point-là. Ça me fait trop mal. Si j'embrasse quelqu'un d'autre, le charme sera rompu ; mes souvenirs de Matt et tout ce qu'ils signifient s'effaceront. *Hors de question.*

– Spécial, ouais, tu parles ! se moque Frankie en me jetant un coussin brodé d'éléphants dorés. Je te l'ai dit, la première fois n'a rien d'extraordinaire. Vois plutôt ça comme une répétition générale – enfin, sans les costumes. J'ai choisi

Johan parce que je savais qu'il repartait en Allemagne une semaine plus tard et que je ne le reverrais plus jamais.

Si on regarde la définition du verbe «choisir» dans le dictionnaire, ça ne correspond pas vraiment à ce qui s'est passé entre eux. «Harceler» serait un terme plus juste. Toute l'année, en cours de sport, Frankie a jeté des regards menaçants à Maria, la petite amie de Johan. Elle glissait des messages dans le casier de ce dernier, embrassait ses copains sur le parking pour que ça lui revienne aux oreilles. Johan était le seul garçon du lycée à rester insensible à ses charmes, ce qui la contrariait beaucoup. Quand Maria a rompu une semaine avant le bal, Frankie a fait semblant de ne pas être au courant. Le soir de la fête, elle a dit à Johan avec un air plein de compassion qu'il pouvait se confier à elle. Une demi-heure plus tard, ils faisaient plus ample connaissance sur le terrain de foot, dans le noir, pendant que j'essayais d'échapper à la foule joyeuse qui tourbillonnait dans le gymnase.

C'était il y a deux mois. Depuis qu'il est reparti en Allemagne, Johan n'a répondu à aucun des mails de Frankie.

Cela ne l'empêche pas de tout planifier pour que je perde mon innocence durant notre voyage. Apparemment, par respect pour le dieu des vacances, il est de mon devoir de laisser ce bagage encombrant sur la côte pacifique.

– Comment veux-tu que j'oublie ma valise? Tu m'en parles toutes les cinq minutes.

– Je veux juste que tu gardes ça à l'esprit, déclare-t-elle en se relevant. Mais pour le moment, on a des problèmes plus urgents à régler. Viens, on va chez toi.

quatre

Une fois dans ma chambre, Frankie filme l'intérieur de mon placard en commentant tout d'une voix grave, comme dans une bande-annonce :

– « Dans un monde où les rêves d'été peuvent se réaliser, Anna et Frankie se préparent à passer les plus belles vacances de leur vie. Plages, maillots de bain et garçons n'attendent plus qu'elles. Mais une menace terrible plane en secret, menaçant de ruiner les MVTT. Nos deux jeunes et magnifiques amies sauront-elles déjouer les machinations du *placard cauchemardesque d'Anna* ? »

Grâce aux efforts constants de Frankie pour limiter au maximum le rapport entre surface de peau et surface de tissu tout en restant dans les limites de la loi, ses tenues d'été – ainsi qu'une bonne partie de ses tenues d'hiver – sont parfaites pour la plage : jolis débardeurs, minijupes et sandales à lanières.

Grâce aux efforts constants de ma mère pour faire de bonnes affaires et à sa méconnaissance totale de la mode, *ma* garde-robe tout entière mériterait d'être jugée, condamnée et pendue. Rien de joli, mini ou à lanières sur mes étagères. C'est une anthologie d'articles achetés à moitié prix au sous-sol de magasins surpeuplés, où il faut jouer des coudes parmi les meutes de ménagères attroupées devant des bacs de sous-vêtements dégriffés.

Je passe en revue mes jupes en demandant :

– Qu'est-ce que tu proposes ?

– Je ne sais même pas par où commencer. (Frankie retourne la caméra vers elle et hausse les épaules de façon théâtrale.) On n'a qu'à tout étaler sur le lit.

Bien que je ne sois pas d'humeur à trier l'ensemble de mes affaires, je lui obéis parce que je vois que ça l'amuse. Parfois, quand elle sourit de cette façon, je me dis que ma meilleure amie est toujours là, quelque part. Celle qui organisait des mariages élaborés pour nos poupées et me glissait un billet de mille dollars supplémentaire au Monopoly pour que nous nous liguions contre Matt. Mais dans le brouillard qui s'est abattu sur notre relation depuis la mort de son frère, je ne suis pas certaine de la retrouver. Nous avons tellement changé ; si je la rencontrais aujourd'hui, nous ne deviendrions jamais amies. De temps en temps, pourtant, son sourire réapparaît, léger et fragile. Je la reconnais alors, et je me sens prête à tout pour la garder près de moi et l'empêcher de replonger dans le silence comateux où elle s'est réfugiée depuis un an.

Même si cela implique de parler de vêtements, de garçons et de milk-shakes de régime.

– « Les erreurs vestimentaires d'Anna Riley, scène un », annonce Frankie tandis que j'entasse des brassées de vêtements immettables sur le lit.

Il y a quand même deux ou trois tenues correctes, qui proviennent en général de mes raids dans le placard de Frankie. Quant aux autres, elles attendent en vain le jour où elles pourront reprendre du service aux côtés de leurs camarades plus stylées.

– Sérieux, Anna, qu'est-ce que c'est que ce truc ?

Frankie pose sa caméra et prend un vieux pantalon du bout des doigts, comme si elle craignait d'attraper une maladie contagieuse.

– Mon jean préféré du collège ! Il me rappelle plein de bons souvenirs.

– Qui voudrait se rappeler de la mode des fermetures éclair aux chevilles ? Et ce haut... quelle horreur ! Il est complètement fichu.

Ma bouche devient sèche. Elle vient de sortir un débardeur blanc du sac en plastique dans lequel je le conserve depuis un an, caché derrière les chaussures au fond de mon placard. Il est taché de restes de glaçage craquelé, dont le bleu a viré au lavande. Au début, je ne voulais pas y toucher parce qu'il était associé à cette fameuse soirée et à tout ce qu'elle semblait préfigurer. Et, après la mort de Matt, je n'ai plus été capable de le laver, de m'en débarrasser ou d'en faire quoi que ce soit.

Jamais.

– Poubelle, décrète Frankie.

– Non !

Je me jette sur elle et le lui arrache des mains, plus violemment que je n'en avais l'intention. C'est la seule preuve qui me reste du jour où Matt et moi sommes passés de simples amis à… autre chose. J'ai du mal à retenir mes larmes.

– Mais enfin, Anna, qu'est-ce qui t'arrive ? C'est juste un débardeur blanc. Tu peux te racheter exactement le même pour cinq dollars.

Ne t'inquiète pas. C'est notre secret.

– Excuse-moi.

Je suis surprise et soulagée qu'elle ne l'ait pas reconnu. Je passe doucement le pouce sur l'une des bretelles, tandis que des images de la bataille défilent en accéléré dans ma tête.

Tu ne vas pas quand même pas pleurer pour des vieux morceaux de glaçage bleu.

– C'est juste que… je l'aime beaucoup.

– Pourquoi ?

Dis-lui.

– Il date de… c'est le…

Je me mords la lèvre sans finir ma phrase.

Dis-lui !

– Anna, qu'est-ce qui ne va pas ?

Oh, trois fois rien. Je le portais simplement lorsque ton frère m'a embrassée pour la première fois et m'a fait promettre de ne pas t'en parler. J'étais follement amoureuse de lui, il devait tout te raconter pendant vos vacances en Californie, et ensuite nous aurions vécu heureux jusqu'à la fin des temps. Je lui écris encore des lettres dans le journal intime qu'il m'a offert, mais il ne me répond pas parce qu'il est mort. Sinon, à part ça, tout va bien.

– Anna ? répète-t-elle en me dévisageant.

– Hein ? Euh, désolée. Rien. Ça va. Je m'en débarrasserai plus tard. Tiens, regarde plutôt ça. (Ravalant la grosse boule qui me serre la gorge, je fourre le débardeur derrière de vieilles boîtes à chaussures et dégaine une paire de minuscules tongs Snoopy.) Tu te souviens que tu avais les mêmes en CE2 ?

– On portait toujours des tenues assorties, à l'époque ! Mais depuis, ta garde-robe s'est franchement délirée. Je me demande à quel moment nos chemins se sont séparés comme ça.

Moi, je sais. Au moment où oncle Red a commencé à nous déposer au centre commercial avec sa carte de crédit, avant de revenir nous chercher quelques heures plus tard. « Rien de tel qu'un petit drame familial pour remplir ses placards », disait-elle alors, comme si je ne la voyais pas pleurer entre deux essayages dans nos boutiques préférées.

– Délitée, pas délirée. Mais si tu es nostalgique du temps où on s'habillait pareil, tu peux nous accompagner pour notre prochaine virée à la solderie.

– Il doit bien y avoir quelque chose de récurable là-dedans.

– Récu*pé*rable. Et non.

– Oui, c'est bien ce que j'ai dit. Récupérable. Qu'on peut récurer, quoi. On a juste besoin de bikinis, de shorts en jean et de sandales. Plus une robe ou deux au cas où on sortirait le soir. D'ailleurs, maintenant que j'y pense, on devrait peut-être aussi prévoir…

– Tu veux que je me mette en *bikini* ? Devant tout le monde ?

L'univers entier s'écroule autour de moi. Avec son corps svelte, sa peau mate et tout ce qu'il faut là où il faut, Frankie va être éblouissante sur la plage. Mais moi… J'imagine déjà mon teint blanchâtre et mes bras maigrichons couverts de taches de rousseur sortant inélégamment d'un deux-pièces. Personne n'a envie de voir ça. Je dévisage Frankie en me rongeant un ongle. Finalement, ces vacances à la mer en compagnie de ma superbe meilleure amie ne sont peut-être pas une si bonne idée.

– Ça ne me tente pas trop, Frankie.

– Les garçons ne vont jamais nous remarquer si tu t'habilles comme ta mère. Ils vont croire que tu es enceinte.

– Plutôt que de vouloir me mettre enceinte ?

– Exactement.

– Je ne sais pas…

– Anna, tu es canon, et tu le sais très bien. Il faut juste que tu te débarrasses de ta timidité et que tu apprennes à te mettre en valeur. Un peu de rouge à lèvres, les épaules bien hautes, le dos cambré, le ventre rentré et les seins en avant. Assume-toi, à la fin !

Je tente de me représenter la scène, sans trop de difficulté jusqu'au rouge à lèvres ; mais ensuite, il faut penser à tellement de choses en même temps que je vais forcément trébucher sur une planche de surf, un morceau de bois ou un enfant et atterrir tête la première dans le sable.

– Je n'y arriverai jamais.

Frankie grimpe sur le lit et me prend par les épaules.

– Bien sûr que si. Fais-moi confiance. Tu es parfaite !

– Tu crois ?

BROUUUM.

Le grondement du tonnerre nous arrache un cri de surprise. Ce brusque changement de météo doit être le signe que le ciel ne veut pas me voir en bikini. Tandis qu'il s'assombrit et qu'un déluge s'abat sur la maison, Frankie se tourne vers la baie vitrée fouettée par la pluie. Elle reste ainsi un long moment, les yeux rivés sur les rigoles que dessinent les gouttes d'eau. Cela lui arrive parfois : on dirait que son esprit se détache de son corps pour aller vivre sa vie ailleurs, très loin de là, auprès de gens que je ne peux ni voir ni entendre.

– Il adorait quand il y avait de l'orage la nuit, tu te souviens ? murmure-t-elle, plus à son reflet qu'à moi.

J'acquiesce et je pose la tête sur son épaule. Elle n'en avait pas dit autant sur lui depuis bien longtemps.

cinq

Le lendemain matin, malgré mes protestations, Frankie demande à tante Jayne de nous déposer au centre commercial. Là, elle se dirige droit vers son magasin de prédilection, Bling, où tout est soit transparent, soit ultra-moulant, soit pailleté, soit une combinaison des trois.

Une blonde à peine plus âgée que nous est adossée aux enceintes géantes qui recouvrent le mur derrière la caisse. Elle feuillette un magazine people et agite la tête au rythme d'un morceau de techno, faisant danser ses boucles d'oreilles en forme de cœur argenté.

Frankie n'est pas du genre à se laisser impressionner par une fille qui porte un dos-nu en vinyle noir. Elle donne un petit coup sur le comptoir.

– Bonjour ! lance-t-elle par-dessus la musique. Vous avez reçu les nouveaux maillots ?

Miss Vinyle, dont le short en jean déchiré est plus petit que ma culotte, hausse un sourcil et désigne le fond de la boutique.

– Merci, mademoiselle.

– Pas de quoi, fait la fille avant de tourner une page avec un long soupir accablé.

Heureusement que ma mère n'est pas là ; elle aurait exigé de voir le responsable pour lui exprimer sa façon de penser quant à l'attitude de cette demoiselle dont le manque de considération envers les clients est une honte pour toute l'industrie du prêt-à-porter.

– Elle est nouvelle, m'explique Frankie en m'entraînant vers la zone que la vendeuse nous a si aimablement indiquée.

Après m'avoir tendu sa caméra, elle prend une grande inspiration et se met au travail, fourrageant dans les portants de maillots de bain, telle une maman antilope en quête de nourriture pour son petit. Elle écarte d'emblée les couleurs ou les styles « trop ringards » ou « trop ceci-cela pour la plage ». Lorsqu'elle trouve une pièce qui lui plaît, elle tire sur le tissu afin de déterminer s'il résistera à une dure journée de baignade et en vérifie la transparence à la lumière des néons.

Quinze minutes plus tard, elle émerge du rayon les bras chargés de candidats potentiels, avec un ongle cassé et un léger essoufflement pour toutes cicatrices de guerre.

– Prends-en la moitié, et ensuite on échangera.

Elle me tend un monceau de tissu élasthanne et nous nous installons dans deux cabines adjacentes.

Peu après, j'entrouvre la porte pour lui montrer l'affreux maillot orange qui me recouvre les fesses – c'est le troisième que j'essaie.

– On devrait peut-être rester sur du noir… Il paraît que ça amincit.

– Tout le monde porte du noir. Et tu n'as pas besoin de paraître plus mince. Il te faut quelque chose de plus fun, de plus… Argh ! OK, pas à ce point-là !

Elle se dépêche de me faire disparaître avant que les autres clientes l'associent au monstre de la cabine A.

– Continue, Anna. Tu vas finir par trouver le bon.

Cinq nouveaux essais, cinq nouveaux échecs. *Finalement, mon maillot une pièce de l'année dernière, le jaune avec des pâquerettes autour du décolleté, il n'était peut-être pas si mal ?*

– Frankie, ça ne sert à rien. Je n'aurai qu'à mettre mon…

– Non. Je t'interdis de mentionner ce vieux machin jaune. Moi je crois que je tiens quelque chose, viens voir.

Elle sort de sa cabine sous la lumière des néons, drapée dans un paréo d'un blanc immaculé qu'elle ouvre pour révéler un bikini bleu layette. Noué derrière la nuque et sur les hanches, il dissimule juste assez son anatomie pour titiller l'imagination. Il est fait pour elle – comme le confirme la foule de mères et de filles qui se presse autour de nous, tel un troupeau de brebis égarées, à la recherche d'un guide dans les pâturages labyrinthiques de Bling.

– Ouah, c'est clair ! (Je la serre dans mes bras comme si elle venait de choisir sa robe de mariée.) Tu es à tomber !

– Il ne me grossit pas ? me demande-t-elle en tirant sur la culotte et en se contorsionnant devant le miroir à trois pans. Tu as vu mes côtes ? Elles sont énormes, on dirait un mec.

Une des spectatrices éclate de rire.

– Ma chérie, si j'avais un corps comme le tien, j'irais à la plage toute nue !

Frankie sourit. Les autres femmes approuvent vigoureusement. Une petite fille la dévore des yeux. Les magazines people feraient bien de se préparer.

– Frankie, il est parfait. Prends-le !

– Tu es sûre ?

– Oui ! répondons-nous en chœur, les brebis et moi.

– D'accord, si tu le penses vraiment.

– Si tu n'achètes pas ce maillot, j'annule les vacances.

– Très bien, très bien ! Et maintenant, à ton tour. (Elle attrape derrière elle un cintre chargé d'un enchevêtrement vert olive.) Celui-là devrait te plaire. Il est un peu plus classique, comme tu aimes.

Enfermée dans ma cabine, je me prépare à une énième et inévitable déception. *Si ça ne va toujours pas, j'échange mes billets pour aller en Alaska. Au moins, là-bas, je n'aurai pas besoin de maillot.*

J'enfile, ajuste et noue les différentes parties sans me regarder dans le miroir. Les yeux rivés sur le vernis Barbe à papa de mes orteils, je m'imagine déambulant sur la plage dans mon maillot de petite fille, aux côtés de Frankie, déesse de l'été. Je serai sa dame de compagnie. Son faire-valoir. Le second choix.

J'ai mal à la tête.

– Alors ? s'enquiert Frankie. C'est bon ?

J'ouvre la porte, n'osant toujours pas lever le nez.

– Ouah. *Ouah*. Sérieux, Anna ! Ouah !

– C'est si moche que ça ?

– Viens par là.

Sans me laisser le temps de dire un mot, Frankie m'attrape par le poignet et me pousse devant le miroir à trois pans. Heureusement, le troupeau de brebis s'est dispersé. Une fille que je ne reconnais pas me dévisage dans la glace.

– Vendu, conclut Frankie.

– Il coûte quatre-vingts dollars.

– Vendu.

– Mais je…

– Anna, j'ai dit vendu. Point barre.

Je me tortille dans tous les sens en quête d'un terrible défaut qui me forcerait à renoncer à ce bikini – en vain. Le haut légèrement rembourré s'attache derrière la nuque comme celui de Frankie. Quant au short, il me fait un ventre plat et moule mes hanches comme une seconde peau.

– Tu vois, je t'avais bien dit que tu étais canon.

– Mouais.

J'ai encore du mal avec l'idée d'exhiber mon nombril de cette façon.

– Oh là là, Anna, je viens d'avoir la meilleure idée de tous les temps !

– D'accord… Je vais prévenir mes parents, histoire qu'ils commencent à économiser pour la caution.

– Écoute-moi, insiste-t-elle en passant son bras autour de mes épaules et en baissant la voix. C'est à propos de ta valise.

Elle hausse son sourcil fendu d'un air suggestif.

– Ah oui. Ton grand projet.

Je suis à la fois intriguée et inquiète – un mélange d'émotions qui m'est devenu familier depuis un an.

– On doit rester vingt-trois jours en Californie, pas vrai ? (Elle compte sur ses doigts, les yeux levés vers le plafond.) Si on en met trois de côté – le temps d'arriver, d'explorer les lieux et de mettre au point un plan d'attaque –, ça nous laisse dix-huit, dix-neuf, *vingt*. Vingt jours tout rond.

– Vingt jours pour quoi ?

– Vingt jours, vingt garçons.

Elle n'a pas l'air de plaisanter. Je dois mettre un terme à son délire avant qu'elle m'emmène acheter une boîte de préservatifs format familial à la pharmacie.

– Frankie, je ne coucherai pas avec vingt garçons cet été, et toi non plus !

– Mais non, Anna, je voulais seulement dire qu'on pourrait en *rencontrer* un par jour ! Pour se faire la main et, qui sait, peut-être se débarrasser de ta valise au passage ! Que dirais-tu d'organiser un concours : celle qui en séduit le plus a gagné.

La Anna en maillot de bain jaune à pâquerettes n'aurait jamais accepté un pari aussi scandaleux. Mais la fille déjantée en bikini vert qui me contemple dans le miroir est incapable de gâcher la joie de Frankie, dont le sourire radieux s'étend d'une oreille à l'autre et illumine ses beaux yeux bleus. Sans prendre le temps de me demander si c'est une bonne idée, je succombe à l'enthousiasme contagieux de ma meilleure amie.

– Vingt jours. Très bien. Marché conclu.

Frankie hausse une nouvelle fois son sourcil et nous contemple dans le miroir avec un hochement de tête approbateur.

Je lui rends son sourire, prête à relever le défi.

Quelque part sur la côte californienne, un vent prémonitoire fait frissonner l'océan tandis que vingt garçons lèvent le nez de leur planche de surf, sans se douter de ce qui les attend.

six

Dans les jours puis les heures qui précèdent notre départ, chaque fois que je repense au concours de Frankie, j'ai la boule au ventre et je vois flotter devant moi le visage flou et déçu de Matt.

Moi je ne t'ai jamais vue en bikini.

Tu n'as pas vécu assez longtemps pour ça.

Mais vingt garçons, Anna ? Il t'en faut vraiment autant ? Pourquoi pas cinq ? Ou trois ? Ou aucun ?

Qu'est-ce que ça peut bien te faire ? Tu es mort, je te rappelle.

Je secoue la tête et je termine de rassembler mes affaires. À moins que papa change d'avis à la dernière minute, nous partirons demain matin. Je dis à voix haute :

– Les morts ne parlent pas, Anna.

– Quoi ? fait maman, qui comme d'habitude entre en même temps qu'elle frappe. Tu as dit quelque chose, chérie ?

– Non, non, je vérifiais juste ma liste.

Papa se tient derrière elle. En voyant leur air grave, je croise les doigts pour qu'ils viennent simplement me rappeler de mettre de la crème solaire, d'obéir aux surveillants de baignade et de me montrer bien élevée envers mes hôtes.

– On peut discuter une minute ? me demande papa en s'asseyant sur ma chaise de bureau.

– Oui, si tu veux.

Je déplie et replie quelques vêtements pour me donner une contenance.

– Alors comme ça, Frankie fume toujours.

Ne sachant pas s'il s'agit d'une question ou d'une affirmation, je joue les innocentes.

– Comment ça ?

– Je l'ai vue cet après-midi, quand je suis repassé à la maison entre deux visites.

En tant qu'agent immobilier, papa a des horaires complètement imprévisibles. Frankie devrait le savoir et se méfier, d'autant que sa fenêtre donne sur les nôtres. Il l'a déjà surprise une première fois il y a cinq mois, ce qui m'a valu un sermon sur *ma* dépendance imaginaire à la nicotine. À l'époque, je lui avais promis de la faire arrêter.

– Elle a… c'est juste que… elle s'est… je n'en sais rien, papa.

J'abandonne. La seule explication que je pourrais lui donner est la vérité : elle est brisée. Et jusqu'à ce quelqu'un trouve un moyen de la réparer, elle se débrouillera comme elle pourra.

– Anna, tu ne crois pas que les Perino devraient passer ces vacances ensemble, en famille ?

– Ils le seront, en famille.

Cette conversation me met mal à l'aise. Au début, quand il a appris que je devais les accompagner, il s'est montré très réticent. Avant la mort de Matt, déjà, il s'inquiétait de mes « tendances rebelles » – sortir les cheveux mouillés en hiver, retirer mes baskets sans défaire les lacets ou me coucher sans me brosser les dents. Ça n'a fait qu'empirer après l'accident. J'ai vraiment cru qu'il allait m'interdire d'y aller, car il trouve que je passe trop de temps avec Frankie. Mais j'ai fini par le convaincre en lui rappelant mes excellents résultats scolaires et en m'engageant à participer davantage aux tâches ménagères sans me faire prier. Après ça, chaque fois que quelqu'un prononçait le mot « Californie », je m'empressais de changer de sujet. Comme je l'ai confié à Frankie, je ne serais tranquille qu'une fois à bord de l'avion.

– Je sais bien qu'ils seront en famille, ce n'est pas la question. Je voulais dire : sans avoir la gamine-d'à-côté dans les pattes.

À l'entendre, je suis une espèce de parasite particulièrement coriace dont les pires produits chimiques ne pourraient venir à bout.

– Papa, elle a besoin que je l'accompagne.

Je parle d'une voix mesurée, en essayant de « visionniser » mon séjour ainsi que me l'a conseillé Frankie. *Je suis sur la plage, entourée de garçons qui bavent en me regardant, de cartes postales et de sirènes…*

– Je comprends, Anna. Mais… tu ne te demandes jamais si l'une des choses qui l'empêchent d'avancer, c'est toi ?

Je me tourne vers maman en quête de soutien. Elle me

dévisage avec espoir, comme si d'une minute à l'autre, j'allais me rendre à leur logique irréfutable et défaire mon sac. Je sais qu'ils ne pensent qu'au bien de Frankie. Mais ils ne se sont pas terrés à l'étage avec elle dans les semaines qui ont suivi la mort de Matt, pendant que de la famille et des amis pleins de bonnes intentions apportaient une montagne de messages de condoléances et de plats enveloppés dans du papier aluminium, en répétant des phrases inutiles comme « il est en paix, maintenant », « Dieu avait d'autres projets pour lui », « au moins, il n'a pas souffert », « tu es encore jeune, Jayne, tu pourras peut-être avoir un autre enfant » ou « vous y penseriez moins si vous décrochiez toutes ces photos ». Ils n'ont pas serré Frankie dans leurs bras sans dire un mot tandis qu'elle sanglotait durant des heures. Ils ne l'ont pas forcée à manger alors qu'elle n'avait pas faim. Ils n'ont pas fait ses devoirs à sa place parce qu'elle n'arrivait pas à se concentrer, ni expliqué à ses profs pourquoi elle était en retard à tous les cours.

– Qu'est-ce qui te fait croire qu'elle « n'avance pas » ?

– Je dis simplement que ta présence évite à Red et Jayne de s'inquiéter pour elle, parce que tu t'en charges à leur place. Et ce voyage à plus de trois mille kilomètres d'ici va être très éprouvant pour eux. Nous voulons juste nous assurer que tu es prête à affronter tout ça.

« Affronter tout ça » ? Non content de réduire la douleur de ma meilleure amie à une espèce d'éruption cutanée, il vient de semer un nouveau doute dans mon esprit déjà torturé.

C'est vrai, si c'était moi qui l'empêchais de passer à autre chose?

Depuis la mort de Matt, la Terre a accompli plus d'une rotation autour du Soleil, soit largement le temps de « tourner la page » si j'en crois les livres, les psychologues et les conseillers d'éducation qui ont tenté de m'expliquer mon rôle de soutien émotionnel dans la vie de Frankie.

Mais elle n'a pas tourné la page.

Et moi non plus.

Et je n'ai pas envie d'en parler, parce que sinon je finirai par prononcer le nom de Matt devant elle, et mes joues roses, mon regard embué, ma respiration saccadée ou une unique larme trahiront le secret que je me suis juré de garder à tout jamais.

Maman me regarde avec son air de « tu peux tout me dire », qui est à peine plus tolérable que son cousin, le « j'ai été jeune, moi aussi ». Contrairement à ce dernier, qu'elle emploie généralement pour me pousser à avouer une bêtise, le « tu peux tout me dire » est un mélange complexe de culpabilité et d'empathie, avec une touche de « on est toujours amies? » et de « ton père n'est pas un mauvais bougre ».

– Ma chérie, papa et moi, nous nous faisons simplement du souci pour Frankie. Nous avons conscience qu'elle vit des moments très difficiles, et que tu l'aides à gérer des émotions violentes dont ses parents devraient sans doute s'inquiéter davantage.

Je songe à la frénésie décoratrice de tante Jayne et aux virées shopping avec la carte bancaire d'oncle Red.

– Ça, on ne peut pas dire qu'ils soient très impliqués.

– Exactement, reprend papa. C'est bien ce qui nous dérange. Ce séjour en Californie va remuer beaucoup de choses en eux, et personne ne sait comment Frankie va réagir. Tu vas devoir être forte.

Je me retiens de rire, car je viens de penser à une des dernières phrases de Matt. Un soir, alors que Frankie faisait du baby-sitting chez des voisins, je l'avais rejoint dans sa chambre pour l'aider à trier les livres et les CD qu'il voulait emporter à la fac.

« Je ne m'en vais pas bien loin, m'a-t-il confié en passant ses disques en revue. Mais je m'inquiète pour Frankie. Je ne voudrais pas qu'elle se sente exclue, ou abandonnée. Ça ne va pas être évident pour elle quand elle saura qu'on sort ensemble. Tu vas devoir être forte, Anna. »

« Euh, pardon ? ai-je protesté, feignant d'être vexée par sa crainte de nous voir dépérir en son absence. Tu ne pars pas à la guerre, que je sache. On va s'en sortir, tu sais. »

« Ce n'est pas ce que je voulais dire », a-t-il murmuré en se rapprochant de moi et en prenant mon visage entre ses mains.

Je lui ai décoché un regard boudeur. Puis je l'ai fait tomber à côté de moi sur le lit et je l'ai cloué au matelas d'un baiser.

« Alors, tu doutes encore de ma force ? »

« Non, c'est bon, tu as gagné », a-t-il admis en riant.

Il s'est mis à jouer avec mes cheveux, et je suis restée là, blottie contre son torse, jusqu'au retour de Frankie.

– Anna ? Ça va ?

Je hoche la tête et cligne des yeux pour chasser le souvenir.

– Je suis forte, papa.

– Je sais. Mais…

– Quoi qu'il arrive, intervient maman, je suis persuadée que ce voyage te fera du bien à toi aussi. Ce sera l'occasion – comment expliquer ça – de « rendre visite » à Matt. Tu vois ce que je veux dire ?

Elle me dévisage avec une telle compassion que, l'espace d'une seconde, je me demande si elle n'a pas tout deviné, comme si mes sentiments étaient écrits sur mon front et qu'elle n'avait qu'à écarter mes cheveux pour les voir.

– Oui, je vois très bien.

– Parfait, conclut papa en se levant. Finis ta valise et ne te couche pas trop tard. Le réveil va sonner de bonne heure demain matin.

Enfin.

Mes craintes dissipées, je les embrasse, leur souhaite une bonne nuit et vérifie ma liste une dernière fois. Tout a l'air en ordre. À un détail près.

Je n'arrive pas à me sortir Matt de la tête.

J'éteins le plafonnier et j'allume ma lampe de chevet. Pelotonnée sous ma couette, je regarde une nouvelle averse fouetter la vitre et brouiller le paysage. Ça me fait penser à l'océan, et mes yeux se tournent vers les bocaux alignés sur mon étagère.

Matt aurait pu mourir d'une centaine de façons ; mais,

chaque fois que je contemple ces morceaux de verre coloré, je me repasse le film de notre vie en me demandant ce que j'aurais pu faire différemment, ce que j'aurais pu dire plus tôt pour rompre l'enchaînement d'événements qui nous a menés dans cette voiture ce jour-là. Le jour où son cœur a cessé de fonctionner. *Salut, Matt, je suis amoureuse de toi. N'allons pas chez le glacier aujourd'hui. Cachons-nous plutôt dans un coin.*

Quand nous n'étions encore que de simples amis, je mentionnais déjà souvent son nom dans le vieux cahier que je traînais partout. J'y parlais des moments passés avec Frankie et lui le week-end, de nos conversations devant mon casier entre deux cours, des livres qu'il me prêtait et dont nous discutions ensuite. Mais je n'évoquais que très rarement mes sentiments pour lui, de peur que quelqu'un tombe sur mon journal et qu'il lui révèle tous mes secrets.

La première fois que je lui ai écrit directement, c'était dans le cahier qu'il venait de m'offrir – une lettre que je n'avais aucune intention de lui faire lire un jour. C'était juste après notre baiser derrière la maison. Toute tremblante, la sensation de ses lèvres encore vivace sur les miennes, j'ai imprimé la photo que papa avait prise à la fin de la bataille de gâteau et je l'ai collée à l'intérieur de la couverture, sous l'inscription « Joyeux anniversaire ». Puis j'ai écrit.

Les semaines suivantes sont passées dans un tourbillon merveilleux de rendez-vous secrets, de discussions sur l'été qui commençait, sur les cartes qu'il m'enverrait de Californie et sur le jour où nous l'emmènerions à Cornell, ses parents, sa sœur et moi. Dès que j'ouvrais les yeux, je n'avais qu'une hâte, le retrouver pour apprendre à le connaître sous le nouveau jour de cette relation naissante – dont j'ignorais encore ce qu'il adviendrait.

Je n'avais pas le temps de réfléchir à ce qui nous arrivait, et encore moins de lui écrire des lettres qu'il ne lirait jamais.

Quelques mois après sa mort, j'ai recommencé à me servir du cahier pour m'adresser à lui. Pas dans un but mystique de communication avec les morts, mais parce que cela m'aidait à ressentir sa présence, notamment lorsque j'avais passé une soirée difficile avec Frankie ou que je n'arrêtais pas de penser à lui.

Comme ce soir, en cette veille de départ pour des vacances en famille auxquelles il ne manquera que lui.

« *Cher Matt,*

Dans moins de vingt-quatre heures, je serai sur le sable que tu as foulé tant de fois. Enfin, pas exactement le même sable, à cause des marées, du vent et de l'érosion, mais symboliquement, c'est pareil. Je suis tellement excitée et stressée que je n'arrive pas à dormir alors que je dois me lever dans cinq heures !

Tu sais, j'ai conservé toutes tes cartes postales dans une boîte sous mon lit – toutes les anecdotes que tu m'as envoyées, tous ces petits morceaux de Californie. Comme les morceaux de verre que vous me rapportiez, Frankie et toi. Parfois, il m'arrive de les étaler sur mon bureau et de les porter à mes oreilles pour essayer d'entendre la mer. Et de t'entendre, toi.

Mais tu ne dis rien.

Tu te souviens qu'en rentrant de vacances, tu essayais de m'expliquer ce qu'on ressent là-bas ? De me décrire le bruit de l'océan, à l'aube, quand la plage est encore déserte ? Et le goût du sel sur la peau à la fin d'une journée de baignade ? Et la façon dont le sable brûle les pieds, mais devient frais et humide dès qu'on les y enfonce ? Et les trois heures où tu es resté assis à Ocean Beach pour regarder le soleil disparaître dans la mer à des milliers de kilomètres de là ? Il me suffisait de fermer les yeux pour avoir l'impression d'y être, pour que tes souvenirs deviennent les miens. De bien des façons, c'est comme si j'étais allée là-bas avec toi. Ça semble dingue, non ?

Matt, s'il te plaît, n'en veux pas à Frankie à cause du concours. C'est juste un jeu idiot. Elle est comme ça, tu sais bien.

Non, en fait, tu ne sais pas. Sinon elle aurait passé un sale quart d'heure !

Tu lui manques. Comme à nous tous. Mais je prendrai soin d'elle. Promis.

S'il te plaît, veille sur nous demain et pendant ces quelques semaines. Je penserai à toi à chaque seconde, comme toujours.

Je vais te trouver un morceau de verre rouge.

Tu me manques plus que tu ne peux l'imaginer.

Bisous,

Anna »

Je caresse son nom du bout des doigts, je ferme les yeux et je me prends à rêver qu'à notre arrivée en Californie, il sera là, tout sourire, avec ses cheveux parfumés à la pomme et son pendentif bleu.

sept

– Bon voyage ! dit maman en me serrant dans ses bras devant chez les Perino. Appelle-nous régulièrement, et n'oublie pas de nous envoyer des cartes postales.

– Promis.

– Pense aussi à mettre de la crème et à rester à proximité des surveillants de baignade, ajoute papa. La mer peut être dangereuse, surtout en pleine saison, quand les plages sont bondées et qu'ils risquent de ne pas te voir.

– Papa, on en a déjà parlé. En plus, tu détestes les vacances ; comment peux-tu savoir à quoi ressemblent les plages ?

– N'importe quoi ! proteste-t-il. D'ailleurs, ta mère et moi envisageons de partir un peu l'été prochain.

Depuis seize ans que je fais officiellement partie de cette famille, c'est une première. Mes parents souffrent de tout un tas de phobies idiotes qui rendent les vacances impossibles : papa a peur de l'avion, maman est malade en voiture, et tous deux se méfient terriblement de l'eau non traitée au chlore. Nous avons pas mal exploré la région – le secteur

Amish, le zoo, le parc d'Oak Ridge – bref, tout ce qui est mentionné dans le guide de l'État de New York à moins de deux heures de chez nous. Mais nous n'avons jamais fait de grand voyage, de ceux qui changent une vie et que l'on peut raconter dans une rédaction à la rentrée. Nous n'avons jamais visité de destination exotique d'où j'aurais pu envoyer des cartes postales.

« *Chers Frankie et Matt,*
Un petit bonjour du... zoo !
On n'a même pas eu besoin de faire la queue... de singe, ha ha.
Les lions ont hâte de vous revoir.
Bisous,
Anna, votre voisine globe-trotteuse »

– Bien sûr, papa. Super idée.

Après d'ultimes embrassades, je grimpe à l'arrière de la voiture avec Frankie. Maman et papa échangent encore quelques mots avec Red et Jayne à propos des plantes, de la maison et du courrier, puis ils nous laissent enfin partir.

À travers la lunette arrière, je les regarde agiter la main et devenir de plus en plus petits. Dans quelques heures, je débarquerai à plus de trois mille kilomètres d'ici, dans une ville où ils ne mettront jamais les pieds. Je m'amuse intérieurement de leurs phobies ridicules, jusqu'au moment où je m'aperçois que je n'ai encore jamais pris l'avion. Et si j'avais hérité de la peur panique qui empêche mon père de quitter la terre ferme ?

– Ne t'inquiète pas, me rassure Frankie, parfaitement maquillée, coiffée et vêtue d'un joli pantalon ample sous un tee-shirt rose tout simple. C'est plus sûr que la voiture.

Ces mots font ressurgir les fantômes de nos blessures. Je ressens un élancement dans le poignet et mes yeux se posent sur son sourcil fendu, mais elle ne se rend compte de rien.

Le soleil se lève à l'horizon tandis que Red s'engage sur l'autoroute. Quand il ne fait pas défiler les stations de radio pour écouter les informations matinales, il tente sans grand succès de discuter avec Jayne. Elle hoche la tête et sourit poliment, mais semble un peu ailleurs depuis que nous sommes partis. Je décide d'imiter Frankie et je bavarde comme si nous étions une famille normale s'apprêtant à passer des vacances normales.

Frankie me livre un programme détaillé de ce qui nous attend : durée du vol, atterrissage à San Francisco, formalités à l'arrivée, trajet en voiture jusqu'à Zanzibar Bay, lieu du déjeuner et heure d'arrivée prévue à la villa.

Il est à peine six heures du matin, et j'ai déjà l'impression d'avoir passé la journée à voyager.

À l'aéroport, après avoir enregistré nos bagages et récupéré nos cartes d'embarquement, nous nous dirigeons vers le contrôle de sécurité.

– Tu te rends compte que j'ai seize ans et que je n'ai encore jamais franchi un de ces portiques ? dis-je en retirant mes chaussures pour les poser sur le tapis roulant à côté de celles de Frankie. Je vis vraiment dans ma bulle.

– Première fois que tu passes aux rayons X, première fois que tu prends l'avion, première fois que tu vas en Californie… on dirait qu'il y a comme une thématique, non ? Tu sais, autour des *premières fois*, me lance Frankie avec un clin d'œil entendu.

Si Red et Jayne ne nous attendaient pas de l'autre côté, je ne sais pas ce que je lui ferais.

L'agent de sécurité la scanne avec un détecteur de métaux manuel, puis me fait signe d'avancer. Après avoir récupéré mes affaires, je me tourne vers Frankie.

– Mince, je crois que j'ai emporté le mauvais maillot. Tu sais, le jaune. Avec les petites fleurs.

– Tu plaisantes ? s'écrie-t-elle, atterrée.

– Tu verras bien.

– Elle verra quoi ? demande Red.

– Rien, répond Frankie. Où est maman ?

– Aux toilettes.

– Encore ? (C'est la quatrième fois depuis que nous sommes arrivés à l'aéroport.) Elle est malade ?

– Mais non, les filles, elle va bien. Le voyage la rend nerveuse, c'est tout. (Oncle Red fourre ses mains dans ses poches et jette un regard en direction des toilettes.) C'est juste un peu de stress.

Frankie attrape son sac à dos.

– Est-ce qu'on peut aller chercher un truc à manger, Anna et moi ? Il y a un snack, juste là.

– Bien sûr, ma chérie. On vous rejoint dans une minute.

Une fois assises, nous commandons des smoothies au

thé vert et des muffins allégés à la myrtille – histoire de préserver les cinq cents grammes que nous avons réussi à perdre avant d'abandonner le programme Minceur Super Speed.

– C'est fou qu'il y ait des cafés et un pressing à l'intérieur de l'aéroport !

Bien que j'y aie déjà accompagné des membres de ma famille, je n'étais encore jamais allée jusque-là. Les haut-parleurs diffusent les derniers appels avant embarquement ; des gens grondent leurs enfants, braillent dans leur téléphone ou s'échangent des souvenirs de vacances avant de monter dans l'avion qui les ramènera chez eux. C'est un monde parallèle et secret, agité par un flux constant de départs et d'arrivées, de retrouvailles et de séparations, de bonjours et d'au revoir, d'avant et d'après.

– Il y a tout, ici. Même un spa, m'informe Frankie. On pourrait carrément vivre dans cet aéroport !

– C'est le sujet d'un film, non ?

– S'il n'existe pas, ils devraient en tourner un. D'ailleurs, on n'a qu'à s'en charger ! (Elle dégaine sa caméra et prend sa voix de présentatrice télé.) « MVTT, jour un. Départ. Anna Reiley, dont c'est la première visite à l'aéroport, savoure un smoothie avant de s'envoler pour la Californie. C'est avec une excitation palpable qu'elle dévore un muffin allégé. Dites-nous, mademoiselle Reiley, quelles sont vos impressions face à ce lieu que vous découvrez ? »

– « Eh bien, Francesca, je suis effectivement emplie d'une certaine appréhension dans la mesure où, comme vous le savez, je n'avais encore jamais mis les pieds dans un aéroport. Néanmoins, je me dois d'ajouter que je suis ravie de voyager en compagnie de la célèbre Francesca Perino et de ses parents dévoués. Je ne les remercierai jamais assez. Merci à vous, Francesca. J'aimerais également saluer mes propres parents qui ont accepté de me laisser quitter le nid familial, ainsi que l'Académie des Oscars pour m'en avoir cru capable alors que tout le monde en doutait. Merci. Merci à tous. Plus de questions. »

– « Non, c'est moi qui vous remercie, mademoiselle Riley, proteste Frankie avant de se tourner vers la caméra. C'était Frankie P., en direct de l'aéroport. À vous les studios. »

– Tu es cinglée.

– Je confirme non moins avec apprétention.

– Néanmoins et appréhension.

– Ouais, aussi.

Red et Jayne nous rejoignent, commandent des boissons à emporter et nous entraînent vers la porte d'embarquement. Après quelques gorgées de café, Jayne a l'air de se sentir mieux. Elle éclate même de rire lorsque nous lui montrons notre « interview ».

Il nous reste une heure à patienter. Pour passer le temps, Frankie et moi observons les passagers qui nous entourent et leur inventons des histoires que je note à la fin de mon journal. Il y a ainsi Duane Durstein, un vendeur d'assurances un peu vicelard qui trompe sa femme ; Gloria Masterson, riche héritière de la famille Masterson de Boston, reniée par les siens depuis qu'elle leur a avoué sa passion pour les caniches de concours ; et puis Mickey, un enfant de six ans aux oreilles surdimensionnées qui refuse d'écouter sa pauvre mère au bord de la crise de nerfs. La dernière anecdote a un fond de vérité, car le gamin en question s'appelle bien Mickey. Alors que nous nous apprêtons à passer à une femme vêtue d'un pull aux couleurs du drapeau américain, l'hôtesse appelle notre rangée.

– C'est nous, déclare Red. Vous êtes prêtes ?

Je souris. *Oh que oui !*

Quelques minutes plus tard, je me retrouve assise près de Frankie rangée quatorze, côté hublot. J'écoute attentivement les consignes de l'équipage avant de lire la fiche de sécurité commodément rangée dans le dossier du siège devant moi. Tout est nouveau pour moi : les toilettes à neuf mille mètres du sol, les collations gratuites, les stewards… J'ouvre de grands yeux émerveillés, comme une gamine qui aurait été élevée dans la jungle par des loups.

Mais lorsque je plonge la main dans mon sac afin de noter mes impressions dans mon journal, une vague de panique s'abat sur moi. Il est bien trop vide.

– Oh *non* !

Mon pouls s'accélère.

– Qu'est-ce qu'il y a ? m'interroge Frankie. Tu stresses ?

– J'ai oublié mon journal au guichet d'embarquement !

– Tu en es sûre ?

Frankie fouille mon sac à son tour. Je suis au bord des larmes.

– Oui ! Je me rappelle, je l'ai posé sur le comptoir en cherchant mon billet !

– Ne t'inquiète pas, on n'a pas encore décollé, me rassure-t-elle en appuyant sur le bouton d'appel. Ils vont sûrement pouvoir le récupérer.

– Frankie, je ne peux pas le perdre !

Nos voisins me jettent des regards curieux. *Bon sang, mais faites quelque chose ! Comment peuvent-ils rester aussi calmes ?*

– Tout va bien ? nous demande d'un ton enjoué une hôtesse en uniforme bleu marine – Darcy, comme l'indique son badge.

– Mon amie a oublié un cahier violet à l'embarquement, lui explique Frankie.

– Ne vous en faites pas, je vais voir.

– Ça va aller, Anna. Respire.

Trois jours plus tard, Darcy revient vers nous, mon journal à la main.

– C'est ça ? Un des passagers l'a confié à Meg en montant à bord.

– Oui ! Merci, merci !

Je me penche par-dessus Frankie et l'inconnu du premier siège pour arracher mon cahier des mains manucurées de Darcy.

Puis je feuillette les pages en m'assurant qu'aucune n'a été arrachée, mangée, éclaboussée ou abîmée de quelconque façon durant cette brève mais douloureuse séparation.

– Tu te sens mieux ? me demande Frankie.

– Oui. Tu n'as pas idée !

– Si. Moi aussi je deviendrais folle si je perdais ma caméra.

Sur ces mots, elle allume son iPod et lance le double live d'Helicopter Pilot que nous avons téléchargé hier.

Mon journal sur les genoux, je me tourne vers la vitre. À partir de maintenant, je ne le lâcherai plus.

Vers la moitié du vol, je détache enfin mon regard des nuages et m'aperçois que je n'ai ressenti aucun des symptômes de panique décrits par mon père – nausée, sueurs froides, tachycardie, poings crispés et comportement ridicule (si l'on excepte le moment où j'ai cru avoir perdu mon journal, mais ce n'était qu'un accident de parcours heureusement vite résolu). Le paysage défile sous nos pieds en une succession de fleuves, de lacs, de montagnes qui ondulent et de patchworks de champs jaunes et verts.

– Regarde, Anna, c'est le Golden Bridge ! s'exclame soudain Frankie en pointant du doigt un gigantesque pont orange qui s'étire sur des kilomètres.

Au-delà s'étend l'océan Pacifique, ponctué de bandes d'écume blanche et des triangles colorés des voiliers.

Je suis tellement conquise par la vue et par cette première expérience de l'avion que, même si nous faisions demi-tour maintenant, j'aurais l'impression d'avoir été en vacances.

Nous atterrissons à dix heures, heure locale, soit près de treize heures chez nous. Après avoir attendu nos sacs et récupéré notre voiture de location, nous prenons la route sur la Pacific Coastal Highway. Dans moins de deux heures, nous serons à Zanzibar Bay – point de départ officiel des MVTT.

Comme dans l'avion, Frankie me cède la place près de la fenêtre. Je baisse la vitre pour admirer la mer infinie aux reflets bleu-vert. Un mélange d'excitation et de tristesse règne dans la voiture. Les Perino me décrivent gaiement ce qui nous entoure et s'amusent de ma naïveté, entre deux moments de silence où la mélancolie s'engouffre dans le vide laissé par Matt.

J'ai assisté avec eux aux rendez-vous chez le psychologue scolaire, aux crises de Frankie dans le salon, à des repas de fête pesants où l'on n'entendait que les fourchettes tinter sur les assiettes – mais ce trajet en voiture chargé de souvenirs est la chose la plus difficile que j'ai vécue depuis l'enterrement de Matt.

Tu vas devoir être forte, Anna.

– Vous voulez qu'on s'arrête un peu ? nous propose Red au bout d'une heure.

Il quitte l'autoroute et nous conduit jusqu'à un point de vue désert flanqué d'une petite aire de pique-nique au sol caillouteux.

Pendant que Jayne déballe un assortiment de donuts acheté à l'aéroport et sort des jus de fruits d'une glacière, Frankie et moi nous approchons du bord de la falaise. Accoudées à la rambarde en bois, nous jetons des cailloux dans le vide et les regardons rebondir sur les rochers en contrebas avant de disparaître en tourbillonnant dans les vagues. Sans ses fondations en dolomite, nous explique un panneau d'information, le pied de la falaise aurait été rongé par l'océan depuis des milliers d'années et nous ne pourrions pas surplomber aussi élégamment les flots.

Je me penche en avant, mais les remous me donnent le vertige et je dois fermer les yeux puis compter jusqu'à dix pour reprendre mes esprits. Je respire à pleins poumons l'air chargé d'embruns dont je sens le goût salé sur ma peau, comme Matt me l'a si souvent décrit dans ses cartes postales :

« *Quand tu te retrouveras face à l'océan, tu le sentiras plus que tu ne le verras. Avec un peu de chance, cet émerveillement ne s'estompera jamais et tu l'éprouveras à chaque fois, encore et encore. Car toi aussi, Anna, tu découvriras tout ça un jour.* »

– Les filles ! nous appelle tante Jayne depuis la table de pique-nique. Ne vous penchez pas trop ! Venez boire quelque chose. On a encore trois semaines pour profiter de la vue.

Je tire doucement Frankie par le bras.

– Allez, viens.

– Une seconde. Tu entends ?

– Qu'est-ce que c'est ?

On dirait une espèce d'aboiement.

– Des phoques !

Dix mètres plus bas, une dizaine de silhouettes brunes se tortillent et jouent sur le sable en grognant comme des chiens des mers.

– Ouah… Je révise ma réponse.

« Anna, quelle est la chose la plus cool que tu aies jamais vue ? »

Matt m'a posé cette question un soir, environ une semaine

après mon anniversaire, en voyant passer trois étoiles filantes au-dessus de son jardin. Il était minuit passé et, à part les criquets, tout le monde dormait. Je lui ai alors décrit l'orage de fin du monde auquel j'avais assisté à l'âge de dix ans ; j'avais regardé les immenses rideaux de pluie onduler au loin, et les éclairs illuminer le ciel d'un gris plombé.

« Et toi ? »

« Ça a toujours été l'océan. Mais j'envisage de réviser ma réponse. »

Sans rien ajouter, il m'a fixée dans les yeux pendant un long moment, jusqu'à ce qu'il fasse trop clair pour voir les étoiles.

– Quelle réponse ? me demande Frankie.

– Les phoques sont officiellement la chose la plus cool que j'aie vue de ma vie.

– Tout à fait d'accord !

Après avoir englouti quelques donuts recouverts de sucre glace, nous nous alignons devant la balustrade avec Jayne pendant que Red installe son trépied pour la première photo de nos vacances. Les phoques semblent eux aussi prendre la pose au bord de l'eau – même si on ne distinguera sans doute pas grand-chose de plus que de vagues taches brunes à l'arrière-plan. Après avoir vérifié le cadrage, Red lance le retardateur et nous rejoint en courant.

– Vous verrez, les Jumelles, elle va être super.

Bien que nous ayons abandonné depuis longtemps nos barbotteuses assorties, Frankie et moi sommes toujours inséparables, et ce surnom nous colle à la peau.

– Ça va, Anna ? murmure Frankie tandis que ses parents remontent en voiture.

– Oui, je crois. Il faut juste que je m'habitue.

Je frotte mon pied sur le sol, faisant dégringoler une pile de graviers le long de la falaise. Une brise humide couvre nos bras d'une brume argentée.

– Il est ici.

Je lui prends la main et ferme de nouveau les yeux, agrippée à la rambarde, en suspension.

Les quarante minutes suivantes passent à toute vitesse. Red et Jayne, à qui cette petite pause a remonté le moral, nous racontent leurs premiers séjours au bord de la mer quand les enfants étaient petits. Red conduit d'une seule main, l'autre posée sur le genou de sa femme qui la caresse de temps à autre en souriant.

Au moment précis où je commence à avoir faim, Frankie me montre un panneau bleu délavé sur le bas-côté :

BIENVENUE À ZANZIBAR BAY,
PARADIS PERDU… ET RETROUVÉ !
~~945~~ 949 HABITANTS

– Le Zéphyr ! Le Zéphyr ! Le Zéphyr ! scande-t-elle en agitant le poing.

C'est le nom de leur restaurant préféré, où la tradition veut qu'ils s'arrêtent déjeuner en arrivant – comme elle me l'a expliqué ce matin sur le chemin de l'aéroport.

Après avoir quitté la route principale, Red longe au ralenti une rue appelée Moonlight Boulevard. Bondée de vacanciers, de vendeurs de hot dogs et de maillots de bain fluo, c'est une véritable torture pour les cinq sens.

Le problème ne vient pas de la ville en elle-même, mais des gens. De nous. Notre arrivée semble marquer le début de l'été, comme si les rues endormies depuis le mois de septembre s'éveillaient au son des taxis et des voitures de location déposant leur chargement devant la plage – familles avec enfants, étudiants en vacances, retraités venus se réchauffer au soleil de Californie, sans oublier notre petite bande disparate. Nous déferlons tel un raz-de-marée tandis que la ville frotte ses yeux embrumés, s'étire et allume la cafetière pour nous accueillir.

Nous longeons le boulevard cinq fois avant de trouver une place, réservons une table au Zéphyr où on nous annonce vingt minutes d'attente, puis allons nous promener sur la jetée pour admirer les bateaux. Un parfum d'huile de noix de coco s'élève de la foule qui dore au soleil en contrebas, mais le ressac camoufle presque entièrement leurs rires et leur musique.

– Ne t'inquiète pas, Anna, me rassure Red. La plage près de la maison est beaucoup moins peuplée. Elle est réservée aux villas de location ; seuls les résidents peuvent l'utiliser.

– Ouais, les vieux, quoi, chuchote Frankie.

– Alors, qu'est-ce que tu en penses ? poursuit Red. Impressionnant, non ?

– Encore plus que je ne l'imaginais.

– Le centre-ville mis à part, on est quasiment coupés du monde, ici. C'est très tranquille. Enfin, si on fait abstraction des surfeurs. Et des vacanciers. Et des vendeurs. Et des gamins qui hurlent. Ah là là, Jayne, tu te souviens quand cet endroit était encore un secret bien gardé ?

– C'était dans une autre vie.

Red enlace sa femme qui contemple l'océan, et l'embrasse sur le front. Elle sourit tristement. Je détourne le regard, gênée.

– Notre table devrait être prête, annonce Frankie. Tu vas voir, Anna, ils servent les meilleures piñas coladas du monde.

– Sans alcool, bien entendu, précise Jayne en s'écartant de Red.

– Bien entendu.

Après les cocktails et le déjeuner, Frankie et moi faisons la queue aux Douceurs de Caroline, le glacier qui se trouve juste à côté. Tant pis pour le régime. Jayne a l'air d'aller mieux, mais j'ai appris à ne pas me fier aux apparences : depuis la mort de Matt, le simple fait de commander un croque-monsieur dans un café peut déclencher chez elle un flot de souvenirs incontrôlables.

Pendant que nous attendons de pouvoir annuler les bienfaits des muffins allégés et de reprendre tout le poids que nous avons perdu, nous comptons trente-sept vieilles femmes à la peau brûlée par le soleil qui n'ont pas conscience d'avoir dépassé l'âge maximum autorisé pour le port du bikini. Nous nous promettons de ne jamais laisser sortir l'autre dans cette tenue passé trente ans, aussi bien conservée soit-elle. Le contraste entre les maillots verts ou orange fluo et le cadre des vitrines délavé par des années d'embruns me rappelle que nous ne sommes qu'un inconvénient de passage, une toquade que la ville supporte chaque été. Pendant quelques semaines, elle nous accueille, remplit nos paniers et nos estomacs, se consacre tout entière à notre plaisir. Puis les propriétaires condamnent leurs boutiques à l'automne, coupent l'électricité, nettoient et rangent les cuves de caramel au beurre salé, les rues se repliant comme un chapiteau géant pour être embarquées à bord du train avec les éléphants et les cracheurs de feu.

Des cornets à la main, nous retournons sur la jetée où nous avons attendu que notre table se libère. Je lèche le filet de glace cerise-chocolat qui me coule sur les doigts, avec une conscience soudain accrue du monde qui m'entoure. Le va-et-vient éternel et apaisant des vagues. Le cri des mouettes au-dessus de nos têtes. L'odeur de sel et d'iode de la brise. À chaque pas, de minuscules grains de sable évadés de la plage crissent sur les vieilles planches de bois. Du sable qui a parcouru des millions de kilomètres, voyagé pendant des millions d'années à travers des continents mouvants et des océans en furie, survécu à la tectonique des plaques, à l'érosion et au dépôt sédimentaire pour être finalement broyé sous nos sandales neuves.

L'univers est parfois cruel.

– Frankie, regarde ce sable. Tu ne trouves pas dingue que…

– Chut… vise un peu ça. Non, attends, ne te retourne pas tout de suite.

– Pourquoi ?

– Là-bas. Les deux avec des casquettes de base-ball. Je t'ai dit d'attendre ! Ils nous matent comme des malades. Je n'ai rien entre les dents ?

Elle me décoche un rapide sourire pour que je lui confirme que toute trace de son déjeuner a bien disparu.

Je jette ensuite un coup d'œil aux garçons en question, dans l'espoir que mon cœur fasse un bond dans ma poitrine et que mes paumes se couvrent de sueur. Mais mon corps continue à fonctionner normalement. Ce sont juste des garçons, à peine un peu plus bronzés que ceux de chez nous.

– Bah, il n'y a pas de quoi en faire tout un plat.

Si la ville n'a rien de mieux à offrir, je risque de me traîner ma valise encore un bout de temps.

– Je te signale qu'ils nous dévorent des yeux alors qu'on n'est même pas maquillées.

Elle s'est pourtant remis une bonne couche de mascara pailleté sur les cils dans les toilettes du Zéphyr.

– Hum.

– On est là depuis une heure et on a déjà une ouverture ! On arrivera à vingt sans aucun problème. On devrait peut-être monter la difficulté à trente.

– Ou alors, on pourrait présenter tes nouveaux fiancés à tes parents, parce que là, ils approchent.

huit

Frankie reprend immédiatement son visage angélique de fille idéale, réservant celui de séductrice impénitente à un moment plus approprié, quand les adultes seront absents. Les garçons qui nous observaient ont dû s'apercevoir de ce changement de personnalité – à moins qu'ils préfèrent éviter les pères de famille. Le temps que Red et Jayne nous rejoignent, ils ont disparu.

– Eh bien, vous ne perdez pas de temps, commente Red.

– Hein ? fait Frankie, manquant de s'étouffer sur ce qui reste de son cône.

– Vous avez déjà presque fini ! Maman et moi, on a pris la glace au cookie.

– Oh… ça. Nous c'était cerise-chocolat.

Je préfère intervenir avant que la conversation devienne encore plus gênante.

– Alors, quand est-ce qu'on va voir la maison ?

Face au laxisme de ses parents, Frankie a parfois du mal à situer le curseur entre ce qu'elle peut leur confier et ce qu'elle ferait mieux de garder pour elle. Elle n'irait sans doute pas jusqu'à leur annoncer qu'elle a perdu sa virginité avant de leur demander le sel, mais je préfère ne pas prendre de risque. Je ne tiens pas à être renvoyée chez moi dès le premier jour. Ce serait bien trop gênant. Que penseraient mes hôtes s'ils savaient que leur fille et moi avons prévu de faire une chasse à l'homme pendant les vacances ?

– Il faut qu'on passe acheter deux ou trois choses pour le repas de ce soir et le petit déjeuner, me répond Red. Ensuite, on pourra y aller. La maison est un peu plus loin sur la côte, à moins de deux kilomètres d'ici.

Depuis la route qui sort de la ville en passant devant le supermarché, on n'aperçoit que le toit en bois de la villa pointant comme le sommet d'un iceberg au-dessus des arbres. Elle est construite sur une longue butte en bordure d'océan, à une distance raisonnable des autres habitations.

Oncle Red s'engage en silence sur le chemin d'accès. Alors que nous contournons un bosquet de palmiers au bout d'une petite côte, elle nous apparaît soudain, tapie dans la végétation, prête à nous sauter dessus.

– Ouah…

Je ne sais pas quoi dire d'autre. La voir en vrai, si proche, me coupe le souffle. Elle n'est pourtant ni très imposante ni très moderne, mais c'est un lieu mythique qui n'existait jusque-là que dans les histoires et sur des centaines de photos. Elle est tout en bois, avec de grandes baies vitrées à chaque étage qui reflètent la lumière orangée du soleil, immense triangle de verre flamboyant contre le ciel bleu.

Nous tournons dans l'allée qui donne au nord de la maison. Le jardin est orienté vers l'ouest, face à la plage, la mer et l'horizon.

– J'ai du mal à croire qu'on y est vraiment.

– Bienvenue dans notre deuxième endroit préféré au monde, déclare Red en prenant la main de Jayne.

Nous restons assis un moment sans rien dire. Pour finir, pressée d'échapper à ce silence pesant, j'annonce :

– Je vais voir la mer.

– On arrive, me répond tante Jayne.

Je gravis lentement la dune, puis je jette un regard en arrière vers la voiture gris métallisé. Tous trois sont restés à l'intérieur, pétrifiés. J'ignore s'ils se parlent. Frankie est penchée entre les deux sièges avant.

Pendant un bref instant, je regrette que mes parents ne soient pas là. Papa et sa veste aux couleurs de son agence immobilière. Maman et ses coupons de réduction. Calmes. Prévisibles. Normaux. Je me demande s'ils pensent à moi, eux aussi, à des milliers de kilomètres de là, dans leur maison tranquille d'où on n'entend pas aboyer les phoques et devant laquelle personne ne pleure.

Le jardin fait à peu près la taille de la piscine municipale. Au fond, six marches de bois permettent d'accéder à la plage. Je le sais parce que Matt me racontait comment il sortait en courant de la villa, traversait la terrasse, la pelouse et sautait par-dessus pour atterrir directement dans le sable. Sa mère lui criait toujours qu'il allait se rompre le cou.

Je me débarrasse de mes tongs et je vais m'asseoir sur la dernière marche. Lorsque je creuse le sable du bout du pied, je constate qu'il est humide et frais sous la surface, comme Matt me l'avait décrit.

Bercée par le bruit des vagues, je contemple l'océan et les quelques familles disséminées sur la plage. Devant moi, une maman s'avance dans l'eau jusqu'aux genoux et agite la main en appelant ses deux petits garçons pour qu'ils viennent manger.

Lorsqu'on perd un être cher, les gens s'inquiètent toujours de savoir si on tient le coup. En réalité, ça ne les intéresse pas vraiment. Ils attendent qu'on les rassure, qu'on les remercie pour leur soutien, qu'on leur dise que la vie continue et qu'ils peuvent retourner à la leur. Au fond d'eux, ils se demandent pendant combien de temps ils sont censés prendre de vos nouvelles. (La réponse est trois mois. Loi écrite ou pas, c'est le temps que mettront la plupart à oublier ce qui vous obsédera jusqu'à la fin de vos jours.)

Ils ne veulent pas savoir que vous ne mangerez plus jamais de gâteau d'anniversaire parce que vous avez peur d'effacer le goût magique du glaçage sur ses lèvres. Que vous vous réveillerez chaque matin en vous demandant pourquoi vous êtes en vie et pas lui. Que vous passerez le premier après-midi de vos premières vraies vacances assise face à la mer, en plein soleil, à attendre un signe de sa part.

– Ah, te voilà ! s'exclame Frankie dans mon dos. Ça va ?

Je me pousse pour lui faire de la place et pose ma tête sur son épaule.

– Ouais. Je pensais à lui.

Elle a les yeux rouges et humides, mais elle sourit.

– Je crois que le plus dur est passé. On a réussi à sortir de la voiture.

J'éclate de rire en extrayant mes pieds de leurs cavités de sable. Au loin, de minuscules triangles blancs, rouges ou arc-en-ciel dansent sur la crête des vagues.

– C'est incroyable, pas vrai ? On se sent tout petit.

– Oui.

Je n'ai pas envie de parler, de peur de briser la bulle fragile qui s'est formée autour de nous. Ma meilleure amie, pensive, sérieuse, est donc encore capable de s'émerveiller.

– Tu sais ce que je préfère en Californie ? (Elle passe son bras autour de mes épaules. Le verre frais du bracelet de Matt se pose contre ma peau.) C'est que personne ne me connaît. Personne ne se sent obligé d'être triste pour moi.

Je songe aux réactions de nos camarades lorsque nous arpentions les couloirs du lycée. Ils détournaient le regard, chuchotaient : « C'est la sœur de Matt. Et elle, ça ne serait pas leur super copine ? »

– À part toi, conclut-elle. Tu es la seule à savoir. Mais tu as toujours été une tombe.

Elle gratte le sable du bout du pied, le sourire aux lèvres.

Au bout d'un moment, nous nous approchons de l'eau. Vus de près, les rouleaux sont d'un bleu trouble qui tire vers le gris. Une à une, les vagues viennent lécher nos pieds nus et se retirent, emportées par la marée qui les soulève comme des volants et nous laisse entrevoir les galets colorés.

La mer est plus froide que je ne pensais. Elle me glace les pieds, jusqu'à ce que je m'habitue à sa température et ne parvienne plus à faire la différence entre l'eau et l'air. Je m'agenouille pour ramasser quelques cailloux et une poignée de vase que je regarde s'éclaircir dans ma paume au fur et à mesure qu'elle sèche.

– À ton avis, Frankie, ils viennent d'où, tous ces cailloux ?

Je rince mes mains dans les vagues qui murmurent, comme une respiration.

Inspire. Expire.

– D'un peu partout, répond-elle en ramassant un galet lisse pas plus gros qu'une prune. L'océan est rempli de jolies surprises. Le matin, on trouve aussi des coquillages et des morceaux de verre. Tu vois les bandes de couleur sur cette pierre ? Elles viennent des différentes couches de roche et de sable qui ont été compressées pendant des millions de... Quoi ?

– Mademoiselle Perino, pour quelqu'un qui a toujours des notes pourries en sciences, vous en connaissez un rayon sur l'écosystème océanique !

– Ce n'est pas de la science. C'est la nature. Rien à voir.

J'ouvre la bouche pour protester, mais elle n'a pas complètement tort. Science : concept inventé par l'homme pour expliquer les mystères de la vie. Nature : mystère des mystères, existait bien avant que nous poussions notre premier cri et sera toujours là bien après notre dernier soupir.

Inspire. Expire.

– Frankie, merci de m'avoir amenée ici.

Elle me sourit. Son corps est là, avec moi, ses pas s'impriment sur le sable, mais son esprit est parti plusieurs millions d'années en arrière et nage avec des créatures préhistoriques pendant que sable, pierres et squelettes s'agglutinent et se décomposent, portés par le cours immuable de la nature, indifférents aux aléas de la vie humaine. Je me sens soudain toute petite, encore plus insignifiante que les grains de sable sous nos pieds. C'est une sensation réconfortante qui aide à prendre du recul.

– Tiens, cadeau, déclare-t-elle finalement en me tendant le galet strié. Ce sera ton premier souvenir des MVTT.

Nous arpentons la plage pendant une demi-heure en nous arrêtant tous les deux ou trois pas pour ramasser un coquillage ou un morceau de verre olivâtre. La peau de mes doigts et de mes orteils est toute fripée, le vent me plaque les cheveux sur la figure, mais je pourrais rester là jusqu'à la fin du séjour et dormir auprès de la mer, cette vieille marchande aux coffres remplis de trésors.

Frankie retourne le sable sans rien dire. La dernière fois qu'elle est venue sur cette plage, c'était pour aider Matt à compléter sa collection. Ils s'éclaboussaient. Réfléchissaient à l'endroit où ils iraient dîner. Discutaient de la meilleure manière de prendre une vague pour se laisser porter jusqu'à la rive sans même avoir besoin d'une planche.

Parfois, je me dis que tout lui avouer pourrait nous rapprocher. Si elle savait combien son frère comptait réellement pour moi, elle m'accepterait peut-être dans le club ultrasélect des endeuillés. Alors que, pour l'instant, je suis une intruse tapie dans l'ombre qui les regarde pleurer à travers la fenêtre.

– Frankie, je peux te poser une question ?

– Quoi ?

– Tu te souviens de mon anniversaire, l'année dernière ? Celui de mes quinze ans ?

Je ne prête pas attention à la voix de Matt qui murmure avec les vagues.

Chut. C'est notre secret, Anna. Tu as promis.

– Bien sûr. (Elle se rince les mains et les essuie sur son pantalon.) Bon, on rentre ? On doit défaire nos sacs. J'espère que papa et maman ont fini de décharger la voiture.

– D'accord.

Je lance une poignée de cailloux et les regarde retomber en pluie dans la mer.

– Qu'est-ce que tu voulais me dire, à propos de ton anniversaire ?

En fait, je n'ai pas envie de voir disparaître son sourire.

– Oh, rien de spécial. J'ai oublié.

Je ne prononce pas son nom.

Je me contente de déglutir.

De hocher la tête, de sourire.

Un pas après l'autre.

Je vais bien, merci de ne pas demander.

Je traverse la terrasse, les pieds encore pleins de sable. J'essaie de ne pas en faire entrer dans la maison, mais Frankie m'assure que ça fait partie de l'expérience californienne.

– C'est un concept de décoration, renchérit tante Jayne. Brouiller les frontières entre intérieur et extérieur.

– Chérie, tu as promis de faire une pause pendant les vacances ! lui rappelle Red. On n'a apporté ni tes échantillons de tissu ni tes nuanciers, je te rappelle.

– Pas grave, réplique-t-elle en riant. Je trouverai bien un moyen si l'envie m'en prend.

Aucun signe de drame à l'horizon – pas de coulures de mascara, pas de portes qui claquent, pas de soupirs ni de visages sombres. Ils ont déjà réparti les bagages dans les différentes pièces, vidé les leurs, ouvert les fenêtres et vérifié que nous avions assez de serviettes, de vaisselle et de produits de base. Si un fantôme les a accompagnés au moment de franchir la porte, il est visiblement ressorti en courant. Red et Jayne sont l'incarnation même de la normalité.

Je me prends à rêver. Et si ces vacances étaient exactement ce dont cette famille a besoin ? Un rêve qui s'accompagne d'une lueur d'espoir : si le soleil de Californie parvient à les rapprocher, peut-être qu'il saura aussi nous guérir, Frankie et moi.

Je retiens mon souffle pendant que tante Jayne met la table, car j'ai conscience que le moindre grain de poussière peut venir fissurer cette mince couche de vernis et tout réduire en miettes. Par moments, j'ai l'impression que nous nous en voulons d'être heureux. Dès que nous nous laissons aller à vivre comme si tout allait bien, l'un de nous se souvient que ce n'est pas le cas.

Ce soir, c'est ce qui se produit lorsque Frankie renverse son verre de Coca light, que tante Jayne fond en larmes, et que le voile de sérénité recouvrant l'horrible et triste réalité s'envole brusquement.

neuf

— Tout va bien, maman, la rassure Frankie, qui s'est levée d'un bond pour aller chercher une éponge.

– On vient à peine d'arriver, et il faut déjà que tu salisses tout !

Jayne lui arrache l'éponge et s'agenouille sur le sol, essuyant le Coca d'une main et ses larmes de l'autre.

– Laisse-moi faire, propose Red, désireux d'éviter que les choses dégénèrent pour de bon.

– Certainement pas ! hurle-t-elle. Est-ce qu'on pourrait dîner normalement au moins *une fois*, s'il vous plaît ?

Elle est encore à fleur de peau. Certains jours, elle se raccroche au mot « normal » comme à un radeau qui pourrait sauver sa famille du désespoir. Les gens normaux partent en vacances. Les gens normaux dînent tous ensemble. Les gens normaux ne renversent pas du Coca partout et ne voient pas mourir leurs enfants.

Et d'autres jours, comme aujourd'hui, la disparition de Matt semble encore toute fraîche. Jayne a accusé le choc plus durement que n'importe qui. Après les funérailles, elle est restée enfermée dans sa chambre pendant des semaines, muette, mangeant à peine. Maman et moi avons passé l'été à attendre qu'elle sorte enfin. Ce qu'elle a fini par faire. Elle est allée jusqu'à la chambre de son fils, s'est assise sur le lit et a respiré les vêtements qu'il avait laissés là. Elle refusait de les laver ou de toucher à quoi que ce soit. Quelques mois plus tard, au cours d'un dîner chez eux, oncle Red a parlé de donner une partie des livres et des affaires de Matt. J'ai essayé d'imaginer ce que je ressentirais en croisant quelqu'un dans ses vêtements. Je ferais la queue à la caisse du supermarché, et tout à coup : « Tiens, on dirait Matt là-bas ! Ah non, c'est juste le voisin qui a récupéré son tee-shirt, en train d'acheter de la compote et des muffins avec sa mère. » Ce serait insupportable. Apparemment, Jayne partageait mon point de vue. Elle s'est levée de table sans répondre, s'est réfugiée dans sa chambre et n'a plus prononcé un mot pendant des jours. Elle ne se confiait même plus à ma mère, sa meilleure amie. Je craignais que la mort de Matt les avale tous comme une immense baleine triste, ne laissant derrière elle qu'une maison remplie de messages de condoléances, de fleurs, de tourtes au poulet et de fantômes.

– Désolée, maman, s'excuse Frankie d'une toute petite voix. Je n'ai pas fait exprès.

Jayne soupire et continue à éponger la flaque depuis longtemps disparue.

– Ce n'est rien, chérie. J'aimerais juste que tu fasses un

peu plus attention. Ces vacances sont déjà assez pénibles sans que…

– *Assez pénibles ?* répète Frankie, haussant brusquement le ton. Ce n'est pas moi qui ai eu l'idée de ce… de ces vacances gauques !

Glauques, Frankie. Glauques.

Jayne s'extirpe de sous la table, abasourdie, les larmes aux yeux.

– Excuse-moi, Frankie, mais tu n'as pas le monopole de la souffrance !

Red se fige à l'autre bout de la table, impuissant face à la confrontation mère-fille qui se déroule sous nos yeux. Je n'ose plus lever le nez de mon assiette.

Frankie repousse violemment sa chaise et sort en trombe de la pièce. Avant de disparaître dans l'escalier, elle lance par-dessus son épaule :

– T'es vraiment trop conne !

– Ça, c'est dit… commente Jayne en s'essuyant les mains sur un torchon avant de suivre le même chemin que sa fille.

On entend claquer la porte de sa chambre.

Après un long silence durant lequel je continue à fixer mon assiette, oncle Red entreprend de débarrasser la table.

– On pensait que… Bah, laissons tomber. Je ne sais pas quoi te dire, Anna. Je suis désolé.

Il fronce les sourcils pour retenir ses larmes. C'est horrible de voir un papa pleurer. De toute ma vie, je n'ai vu le mien pleurer que deux fois – à l'hôpital, et le jour de l'enterrement. Même si Matt et lui ont toujours prétendu le contraire, je sais bien que les pères sont censés rester forts. Cela explique sans doute pourquoi le front de Red est aussi ridé. Il intériorise toute sa douleur.

Après s'être excusé une nouvelle fois, il monte rejoindre sa femme, me laissant seule dans la cuisine avec la grosse baleine triste.

Pourquoi pleures-tu ? me demande-t-elle. *Ce n'était pas ton frère.*

J'attends qu'il n'y ait plus aucun bruit à l'étage pour aller voir ma meilleure amie. Elle n'est pas dans la chambre jaune aux lits jumeaux qu'elle a toujours occupée et que nous partageons cette année. Sans hésiter, je longe le couloir dans la direction opposée à celle de ses parents et pousse la vieille porte de chêne à laquelle Jayne nous a demandé de ne pas toucher – celle de l'escalier du grenier.

Allongée à plat ventre sur le grand lit, Frankie pleure doucement dans les oreillers blancs sur lesquels son frère a dormi tous les étés à l'exception du dernier. Il y a encore quelques heures, elle rayonnait dans la salle du Zéphyr avec sa piña colada sans alcool et son mascara fraîchement retouché. Lorsque je la vois ainsi, petite fleur pâle et brisée dans cette chambre gris bleu qui donne sur l'océan, mon cœur se serre.

Je souhaite de toutes mes forces que Matt se tienne à nos côtés dans ce qui fut son antre et qu'il rie avec nous de l'énorme malentendu survenu à l'hôpital, encore pire qu'un échange de bébés.

Allô, monsieur et madame Perino ? Ici Peg, du Mercy General.

En détruisant des archives, je me suis aperçue qu'il y avait eu une erreur. Oui, ce sont des choses qui arrivent. Bref, il y a un an, en raison d'un cafouillage administratif, nous vous avons annoncé une mauvaise nouvelle qui ne vous concernait pas. Il s'avère qu'en réalité, le jeune homme décédé ne s'appelait pas Matt mais Philip. Votre fils se trouve dans la famille de ce dernier à Toledo. Oui, je les ai appelés. Ils vous le renvoient demain par le premier avion. Vous ne nous en voudrez pas trop ? Oui, je sais, merci pour votre compréhension. Au revoir.

Je caresse le dos de Frankie jusqu'à ce que ses larmes se tarissent et que sa respiration s'apaise.

Une heure plus tard, nous entendons Red et Jayne descendre l'escalier, quitter la maison et s'éloigner en voiture dans l'allée. Une fois certaines que la voie est libre, nous nous risquons dans la cuisine pour chercher quelques provisions.

– Je n'en reviens pas qu'elle ait piqué une crise pareille, déclare Frankie en prenant deux canettes dans le frigo. Et papa qui n'a rien dit !

– Je crois qu'il ne savait pas trop comment réagir.

– C'est fini.

– Quoi, la crise ?

– Non, entre eux. Ils vont divorcer.

– Qu'est-ce que tu racontes ? Tes parents s'entendent très bien. Ils ont juste du mal à reprendre leurs marques. C'est leur première soirée ici depuis que… enfin bref, ce n'est pas évident pour eux.

Ni pour toi.

– Oh, arrête ! À la maison, ils font carrément chambre à part.

– N'importe quoi.

– Ils me disent bonne nuit et referment la porte, mais dès qu'ils me croient endormie, papa ressort en douce. Ils ne faut pas me prendre pour une idiote.

La gorge serrée par un mélange de peur et de tristesse, je repense à toutes les fois où j'ai dormi chez les Perino. Le soir où ils nous ont parlé des vacances, Red a serré Jayne dans ses bras. *Est-ce qu'elle a tiqué ?* Ensuite, je les ai vus entrer dans leur chambre ensemble. Maintenant, je les imagine allongés côte à côte dans le lit qu'ils ne partagent plus, le dos tourné, attendant de pouvoir mettre fin à cette mascarade.

Je secoue la tête pour chasser cette vision, aussi gênée que si je les avais vraiment surpris en pleine intimité.

Pendant un moment, j'ai cru moi aussi que leur couple ne s'en remettrait pas. C'était juste après la mort de Matt. En l'espace de deux jours, ils semblaient avoir oublié pourquoi ils étaient mariés depuis vingt ans. Ils s'adressaient à peine la parole, même devant mes parents. Une franche dispute aurait été plus saine que l'épais silence dans lequel ils étaient englués, mais elle n'était pas près d'éclater. La tension se solidifiait peu à peu entre eux comme un mur de béton.

Un mois plus tard, ils étaient toujours ensemble. Trois mois se sont écoulés. Puis six. Ils ont survécu à l'anniversaire de Matt. À Noël. À la fête des mères. À la fête des pères. Au premier anniversaire de sa mort, il y a deux mois. Ils se parlaient. Mangeaient ensemble. Riaient, parfois. Chaque sourire, chaque plaisanterie ouvrait une nouvelle fissure dans le mur qui les séparait.

– Tes parents ne sont pas comme les autres, Frankie. Je croyais qu'ils… enfin, comment se fait-il que tu ne m'en aies jamais…

Je ne termine pas ma phrase. Frankie soupire, suivant du doigt le rebord de sa canette, son sourcil fendu arqué au-dessus d'un œil plein de larmes.

– La dernière fois qu'on est venus ici tous ensemble, je ne me doutais pas de ce qui allait arriver.

Sa voix est faible et lointaine, comme celle d'un fantôme s'époumonant dans une autre dimension. Elle ne s'adresse pas vraiment à moi – si je m'en allais, elle continuerait sans doute à parler.

– On n'avait pas le même âge, reprend-elle en jouant avec son bracelet. On ne voyait pas le monde de la même façon. On n'aimait pas les mêmes choses. Je ne savais pas, Anna. Je croyais qu'on avait du temps. Qu'il…

Frankie a de bonnes raisons de ne jamais parler de Matt, et cette dérogation momentanée à la règle s'avère trop pénible pour elle. Les genoux repliés contre la poitrine, elle laisse couler ses larmes. Je me rapproche, la prends dans mes bras et me joins à elle. Nous pleurons ensemble comme nous le faisions dans les semaines qui ont suivi l'accident, avec de gros sanglots déchirants qui remontent du fond de nos entrailles, là où la lumière s'est éteinte il y a un an.

J'ignore combien de temps nous restons ainsi, en silence, front contre front, hoquetant à l'unisson. Quand nous émergeons enfin de cet état de transse, nos canettes sont tièdes.

Frankie relève doucement la tête et s'essuie les yeux tandis que j'écarte ses cheveux emmêlés de son visage.

– Coucou, souffle-t-elle.

Malgré son teint pâle et ses paupières gonflées, son sourire magique revient danser aux commissures de ses lèvres. Je déclare :

– Les vacances commencent bien.

– Manger et pleurer. Tu vois un meilleur programme ?

– Non.

À l'extérieur, des phares balaient la pelouse, annonçant le retour de Red et Jayne. Nous posons nos canettes dans l'évier et nous dépêchons de remonter l'escalier, pressées de tirer un trait sur cette soirée. Nous nous mettons en pyjama, prenons place dans nos lits jumeaux, éteignons la lumière et rabattons nos draps sur nos têtes.

Une fois Frankie endormie, mes supers-pouvoirs de meilleure amie s'évaporent. Ma respiration redevient saccadée, des larmes brouillent les étoiles fluorescentes collées au plafond et les vieux fantômes que je pensais avoir laissés chez moi tourbillonnent dans la pièce comme des aigrettes de pissenlit emportées par le vent.

dix

Pendant que Frankie ronfle légèrement sous sa couverture en patchwork, je suis assaillie par des images de Matt. Notre premier baiser. Les étoiles filantes. Les regards complices à table. Les citations qu'il m'envoyait par texto au milieu de la nuit. Sa main effleurant ma joue lorsque personne ne nous observait. Le parfum de sa peau quand il s'est penché devant moi pour payer notre commande, le dernier jour, à l'Âge de Glace.

Si j'avais su qu'il allait mourir, j'aurais mieux choisi mes derniers mots. Je ne me serais pas contentée de chanter faux sur son morceau préféré de Grateful Dead. Non, je lui aurais dit ce que je ressentais pour lui, sans tourner autour du pot. Finis le flirt et les discussions à voix basse dans le jardin. Je l'aurais regardé avec attention pour graver son visage dans ma mémoire. Je lui aurais posé un million de questions pour me souvenir de tout ce qui était important *avant* que nous montions dans cette voiture. Parce que *depuis*, plus rien n'a d'importance.

Nous n'avons même pas eu le temps de mettre un nom sur notre relation. Quoi que nous ayons partagé au cours de son ultime mois d'existence, cela restera un mystère. Je n'ai jamais réussi à évoquer le sujet avec lui. Je m'interrogeais la nuit, seule dans mon lit, sur ce qui se passerait s'il rencontrait quelqu'un à Cornell, ou si Frankie le prenait tellement mal qu'il décidait de rompre. Quand on est en train de tomber amoureux de quelqu'un, on ne s'arrête pas pour lui dire : « Au fait, si tu mourais avant d'avoir parlé de nous à ta sœur, est-ce que tu voudrais que je le fasse ? Et à ce propos, qu'en est-il exactement de ce "nous" ? »

Lorsque cela se produit, on est pris de court, brisé, perdu, réduit à chercher du sens au moindre détail. J'ai rejoué les événements de cette journée plus de cent mille fois dans ma tête en quête d'un indice. D'une fin alternative. D'un effet papillon.

Si Frankie et moi n'avions pas insisté pour manger cette glace, il serait encore en vie.

Si je ne lui avais pas mis le cœur à rude épreuve en l'embrassant tous les soirs depuis mon anniversaire, il serait encore en vie.

Si je n'étais pas née, il serait encore en vie.

Si j'avais trouvé cette saleté de papillon avant de monter dans la voiture, je l'aurais écrabouillé.

– Insomnie ?

Je sursaute en découvrant tante Jayne dans un coin sombre de la terrasse où je me suis aventurée avec mes fantômes.

– Je pensais que tout le monde dormait. Désolée, je ne voulais pas… je vais…

– Reste, Anna. Tu ne me déranges pas. J'étais simplement… plongée dans mes souvenirs.

– Moi aussi. (Aussitôt, je voudrais retirer ces paroles, rentrer en courant et me cacher sous mon lit.) Enfin, je me remémorais quelques anecdotes, tout ça.

Jayne hoche la tête sous le clair de lune.

– Assieds-toi.

Du bout du pied, elle pousse une chaise dans ma direction. Je retrouve l'ancienne Jayne, celle qui me traitait d'égale à égale même quand j'étais petite. Qui s'allongeait au soleil avec nous et nous apportait du thé glacé en échange d'un moment entre filles. Nos confidences n'étaient pourtant pas bien palpitantes à l'époque. Frankie était encore vierge, le glaçage bleu ne me faisait pas pleurer, et je ne cachais pas à ma meilleure amie le secret qui me liait à son frère.

Pendant quelques minutes, nous écoutons le bruit des vagues sur le sable. *Inspire. Expire.* Dans le noir, il semble résonner plus lentement et plus fort.

– Frankie et Matt passaient leur temps à chercher des morceaux de verre sur cette plage, reprend Jayne. C'était à qui trouverait le plus beau.

– Ils me les rapportaient en souvenir. Je les ai toujours.

– Ah oui, je me souviens des bocaux. Matt s'en servait aussi pour fabriquer des bijoux. Comme le bracelet rouge de Frankie, ou le pendentif bleu qu'il portait autour du cou. Tu te rappelles ?

Je le regarde monter. Descendre. Au rythme de sa respiration.

Je fais oui de la tête en ravalant mes larmes.

– Je ne sais pas ce qu'il est devenu. Je l'ai cherché partout, pourtant. Il a dû l'emporter avec lui.

Je pose ma main au creux de ma gorge, là où j'ai parfois l'impression de le sentir comme si Matt me l'avait finalement offert. *Rien.* Il a probablement disparu avec l'épave de la voiture, en même temps que les CD, la basket solitaire, les livres de bibliothèque et nos cuillères à glace – toutes ces petites choses qui restent à la fin d'une vie.

La voix de Jayne s'élève de nouveau, brisant le rythme hypnotique des vagues.

– Anna, je peux te demander quelque chose ?

– Bien sûr.

Je me demande où elle veut en venir.

– Tout à l'heure, je n'étais pas vraiment moi-même. Je suis vraiment désolée. Malgré mes efforts, j'ai encore du mal à déterminer à l'avance ce qui va me faire exploser. Mais Frankie… comment va-t-elle ? Pour de vrai ?

Je songe à Johan reparti en Allemagne. Aux fards à paupières pailletés, aux cigarettes fumées dans la chambre, aux notes en chute libre, aux portes qui claquent. Je ne comprends même pas qu'elle me pose cette question. Elle espère peut-être entendre que tout va bien pour pouvoir continuer à agir comme si de rien n'était ? Mais cette expression sévère, ces rides sur son front et autour de ses lèvres, ces phalanges crispées sur l'anse de sa tasse de thé… Jayne est juste une femme aveuglée qui cherche à retrouver la vue.

Quelque part, au loin, résonne la voix triste de papa : « Ta présence évite à Red et Jayne de s'inquiéter pour elle, parce que tu t'en charges à leur place. »

– Je suis désolée, Anna. Je ne voulais pas te mettre mal à l'aise. Je me fais simplement du souci pour Frankie. Elle ne me parle plus. Je ne reconnais plus ma fille.

– C'est pareil avec moi. (Et voilà que je recommence à parler sans consulter mon cerveau à moitié endormi. *La ferme !*) Enfin…

– Tu peux tout me dire, me rassure Jayne en posant une main sur mon bras. Ne crains rien.

Elle me regarde droit dans les yeux. C'est une occasion unique, une chance de tout lui raconter – combien Frankie a changé, sa tendance à se déconnecter de son corps, Johan, les vingt garçons, la valise, le premier baiser au goût de glaçage, la promesse, l'omniprésence de Matt dans mes pensées, tout. Je meurs d'envie de me confier à elle, la mère brisée qui, finalement, saurait peut-être nous réparer.

– Frankie s'en sort bien.

Je mérite des baffes. De toutes les choses que j'aurais pu partager avec elle, c'est la seule qui m'est venue ? On dirait que je commente les performances d'une collègue de bureau.

– Non, c'est faux. Et nous non plus. Sois honnête avec moi.

Je suis assaillie par un mélange d'émotions étranges – un désir féroce et loyal de protéger mon amie, de la culpabilité parce que je n'ai pas réussi à avouer la vérité à Jayne, et un soupçon de colère à l'idée que personne ne s'inquiète de ce que j'ai perdu, moi. Je poursuis d'un ton presque désinvolte, comme si j'étais surprise de devoir mettre les points sur les i :

– Frankie est toujours là. Elle n'est pas suicidaire, elle ne se drogue pas. Elle arrive encore à rire, enfin la plupart du temps. Mais elle n'est plus la même.

– Anna, je ne voulais pas...

– Tu t'en es forcément rendu compte. Son maquillage, son attitude... Et on ne peut pas dire qu'elle brille par ses résultats scolaires. Sans parler de ce qui s'est passé tout à l'heure à table ! Frankie a simplement conscience qu'il est parti et que rien ne le ramènera jamais.

Je tremble comme une feuille et plaque ma main sur ma bouche, submergée par la violence de ce que je viens de dire. Des propos durs, blessants qui n'auraient jamais dû m'échapper. Je suis officiellement la pire personne de l'univers, comme le confirme le visage pétrifié de Jayne.

Mais soudain, elle renifle.

Se déride.

Me regarde.

Sourit de toutes ses dents.

Et alors que je viens de lui cracher l'abominable vérité au visage, en pleine nuit, sur cette terrasse de Zanzibar Bay avec l'océan pour seul témoin, voilà qu'elle... éclate de rire.

Après s'être essuyé les yeux sur sa manche, elle déclare :

– C'est la première fois qu'on me parle avec une telle franchise depuis la mort de mon fils.

– Oh là là, tante Jayne, je suis tellement désolée. Je ne sais pas ce qui m'a pris.

Je me lève et la serre dans mes bras, rouge de honte.

– Et tu as vu ? Je ne me suis même pas effondrée !

Je reprends ma place, encore secouée par ma tirade et sa réaction inattendue. Elle sirote son thé, les yeux emplis d'une infinie tristesse – aussi infinie qu'aurait dû l'être la vie de Matt. Mais elle sourit toujours.

– Il te manque, pas vrai ? murmure-t-elle.

– Tout le temps. Je n'arrive pas à croire qu'il n'est plus là.

Les mots sont encore une fois sortis tout seuls, me laissant un goût amer dans la bouche. J'ai beau les avoir prononcés des dizaines de fois, ils me paraissent toujours aussi irréels. Ma poitrine me fait mal et je dois retenir mon souffle pour ne pas laisser échapper un gros sanglot.

– Il n'était pas seulement ton meilleur ami.

Je hoche la tête sans réfléchir, oubliant que je m'adresse à Jayne et pas à mon journal.

– Il… c'était comme mon frère. Comme Frankie. Sauf qu'elle, c'est plutôt ma sœur. Enfin je veux dire…

Jayne prend ma main dans les siennes.

– Ma chérie, quand tu prononces son nom, tu as le même regard que lui lorsqu'il prononçait le tien. Je crois que j'ai compris.

Sa voix se brise à la fin, mais ses mains restent chaudes et fermes.

Quel regard ? voudrais-je demander. Mais les papillons sont de retour dans mon ventre, accompagnés d'une mélancolie qui leur plombe les ailes et les emprisonne au fond de ma gorge. L'océan soupire, attendant que je parle.

Inspire. Expire.

– Frankie n'est pas au courant, mais…

Je ne sais pas vraiment ce que j'attends d'elle. Qu'elle prévienne sa fille ? Qu'elle protège mon secret ? Mon cerveau et mon cœur sont plongés dans la confusion la plus totale. Je n'ai encore rien dit, mais je me suis déjà davantage dévoilée à Jayne qu'à quiconque, y compris ma mère.

– Je m'en doute. Elle n'aurait jamais pu me cacher une chose pareille.

Le nom de Johan me vient à l'esprit, mais je m'empresse de le chasser. C'est de moi qu'il s'agit, pas de mon amie.

– Tante Jayne, je…

– Moi non plus, je n'arrive pas à dormir. (Nous sursautons en voyant débarquer Frankie dans son pyjama à imprimé grenouilles. Elle referme la porte coulissante derrière elle.) Vous parliez de quoi ?

Un frisson de peur remonte le long de ma colonne vertébrale. Je me lève d'un bond.

– De, euh, de rien. Impossible de fermer l'œil. Je n'ai pas voulu te réveiller.

Je scrute son visage, craignant qu'elle ait entendu notre conversation, mais je ne vois que des yeux embrumés, des cheveux aplatis et des marques d'oreiller.

– Eh ben c'est raté.

Elle s'assied à côté de sa mère, qui pose sa tasse de thé et s'essuie les lèvres en poussant un soupir aussi profond que l'océan.

– On fait la paix ? demande-t-elle. (Frankie acquiesce et

pose la tête sur son épaule.) Toute la matinée, j'ai attendu le moment où j'allais craquer. Une fois arrivée ici, quand je me suis mise à défaire les sacs, j'ai cru que le plus dur était passé.

– Moi aussi.

– Lorsque je suis montée dans ma chambre après la dispute, j'étais persuadée que nous allions repartir dès demain.

– Et maintenant ?

Tante Jayne plonge la main dans la poche de son gilet.

– Ton frère aurait voulu qu'on reste, je crois. J'ai trouvé ça au fond d'un placard en cherchant une boîte de mouchoirs.

Elle sort une petite voiture en métal. Les yeux humides, elle caresse doucement la peinture rouge puis fait rouler le jouet sur la table.

– Il les perdait tout le temps. Une fois sur deux, votre père marchait dessus et manquait de se rompre le cou. Tu te souviens ?

Frankie sourit.

– Mais comment tu sais qu'elle était à lui ? On n'est pas les seuls à louer cette maison.

– Regarde…

Jayne retourne la petite voiture, révélant deux lettres écrites au marqueur noir entre les roues : *M. P.*

Frankie réprime un cri de surprise.

– Tu vois ? murmure sa mère en lui caressant la joue. Il veut qu'on reste.

Ça paraît dingue, mais ce genre de choses se produit tout le temps. Moi, c'est avec les pièces de monnaie. Matt refusait systématiquement de ramasser les centimes qui traînaient sur le trottoir. « Laissons ce cadeau à quelqu'un d'autre », disait-il. Pour le taquiner, je répondais que le jour où il irait au paradis, il trouverait sûrement une salle remplie de tout l'argent auquel il avait renoncé.

Maintenant, je vois apparaître des centimes partout. Pas seulement sur le trottoir – auquel cas je n'y touche pas, comme il l'aurait voulu –, mais dans les endroits les plus saugrenus. Dans la baignoire. Souvent dans mes chaussures, qui sont visiblement une de ses cachettes de prédilection. Hier encore, j'ai fait tomber une pièce en prenant un livre. Je les glisse toutes dans ma poche et les sème dans la rue dès que j'en ai l'occasion, histoire d'offrir un petit cadeau à quelqu'un d'autre.

Jayne range la voiture dans sa poche en souriant. Va-t-elle quitter l'îlot de solitude sur lequel elle vit depuis la mort de Matt, et revenir parmi nous ? Difficile à dire. Comme cela s'est produit au dîner, son calme apparent peut très vite se transformer en ouragan de force cinq.

Mais pour le moment, elle semble apaisée.

Nous restons assises toutes les trois autour de la table de jardin, perdues dans nos souvenirs respectifs, nos souffles se mêlant au murmure des vagues. *Inspire. Expire.* De longues minutes s'écoulent ainsi. Mes yeux vont de Frankie à sa mère en passant par l'horizon. Je voudrais que cette parenthèse dure éternellement.

C'est Jayne qui finit par rompre le silence. Elle bondit sur ses pieds et nous prend par la main.

– Venez, les filles !

Ensemble, nous descendons tremper nos pieds dans l'eau glacée en poussant de petits cris. Puis Jayne s'allonge sur le sable.

Frankie et moi restons debout, sans trop savoir si nous devons nous joindre à elle ou aller chercher Red. Mais quand elle se met brusquement à agiter les bras, tel un insecte cloué au sol, nous ne pouvons nous empêcher de rire.

– Je dessine un ange dans le sable ! nous explique-t-elle.

À l'entendre, c'est une occupation parfaitement normale pour une femme d'âge mûr à trois heures du matin.

Alors nous nous étendons à côté d'elle et l'imitons, les joues couvertes de larmes de joie et de tristesse mêlées.

– Vous croyez qu'il les voit ? nous demande finalement Jayne en se redressant pour contempler notre œuvre.

– Dans ce cas, répond Frankie, il doit se dire que les femmes de sa famille sont complètement cinglées !

Les femmes de sa famille. En cet instant, j'en fais partie. Je ne suis pas simplement la gamine-d'à-côté. Je ne suis pas un parasite. Je suis un membre de cette famille qui rentre en courant vers la maison dans un brouhaha de rires, les pieds gelés et du sable plein les cheveux.

onze

— Vous parliez de quoi, cette nuit, quand je suis descendue ?

Mes paupières encore engluées de sommeil s'ouvrent l'une après l'autre comme celles d'une poupée cassée. J'essaie de rassembler les fragments d'images qui clignotent devant mes yeux. Frankie assise sur le rebord d'un matelas inconnu. Une chambre étrangère. Des rayons de soleil rosé aux angles inhabituels. Enfin, ma mémoire engourdie me rappelle que nous sommes à Zanzibar Bay, et je me redresse sur mon lit.

C'est le matin de notre première véritable journée de vacances.

Et tante Jayne sait. Pas tout, mais plus que n'importe qui.

– Hein ? Oh, de rien. De Matt.

– J'en étais sûre. Tu crois qu'elle va mieux ?

– Je dirais que oui. On s'est bien amusées, hier soir, non ? (Je me passe la main dans les cheveux, faisant tomber une pluie dorée sur le sol.) À la plage.

Frankie se gratte la tête.

– Ne m'en parle pas ! J'ai même du sable dans les oreilles.

Je jette un œil au réveil en plastique blanc posé sur la table de chevet. Nous avons à peine dormi quatre heures, mais je suis tellement excitée par la journée à venir que toute fatigue a disparu.

– Merci d'être restée avec moi hier quand j'ai craqué, Anna. Je suis désolée pour cette scène.

Je pense au psy que ses parents l'ont envoyée voir durant l'année. S'il était là, il dirait quelque chose du genre : « C'est normal, tu dois explorer les souvenirs que font remonter ces premières vacances sans ton frère. »

– Pas de souci. (Je sors de mon lit, m'étire et me frotte les yeux.) Tu as faim ? On pourrait faire des pancakes aux pépites de chocolat.

Ça ne vaut pas une psychothérapie, mais le chocolat est un remède très efficace.

– Je peux te poser une question, Anna ?

– Je sais ce que tu vas me demander, et la réponse est oui. On pourra ajouter des fraises.

Elle rit.

– Non, ce n'est pas ça. À ton avis, pourquoi mes parents sont aussi tordus ?

– Parce que ce sont des parents. Ça fait partie des compétences requises pour le poste. « Vous devrez savoir conduire un mini-van, ne rien comprendre à la mode et être complètement tordu. »

– Je suis sérieuse, insiste-t-elle en se rongeant les ongles.

Maman crie, pleure, et cinq minutes après, elle se roule dans le sable parce qu'elle a trouvé une petite voiture. Pourquoi ont-ils voulu revenir ici ?

Je me suis moi-même posé cette question un millier de fois dans les semaines qui ont suivi leur invitation.

– Je crois qu'ils essaient simplement d'arranger les choses, Frankie. Ils espèrent peut-être que tout redeviendra comme avant.

– Sauf que c'est impossible. Ils n'ont pas l'air de comprendre. (J'ouvre la bouche pour prendre leur défense, mais elle ne m'en laisse pas le temps.) Ne t'inquiète pas, Anna. Je suis juste un peu perdue. C'est vrai qu'on a bien rigolé cette nuit, même si c'était bizarre après la crise que maman venait de faire pour un pauvre Coca renversé. Allez, viens – je crois qu'ils sont déjà en train de préparer le petit déjeuner.

Après un dernier étirement, nous descendons l'escalier. Je reconnais les notes de vanille et de cannelle du pain perdu de tante Jayne – une « recette secrète », en réalité découverte dans une émission de cuisine –, ainsi que l'odeur du café et du bacon.

– Bonjour, mes chéries !

Elle embrasse sa fille sur la joue et me décoche un clin d'œil complice.

– Salut, les Jumelles, dit oncle Red en retournant des tranches de bacon dans une poêle. J'espère que vous avez un petit creux !

– Je meurs de faim ! répond Frankie en prenant place à table et en attrapant la bouteille de jus d'orange. Et je m'interroge encore sur ce qui s'est passé hier soir. Si ça intéresse quelqu'un. Ce dont je doute fortement.

– N'en parlons plus. On a fait la paix, non ?

– Maman, ça ne résoudra rien.

– Et voilà ! les interrompt Red, torchon sur l'épaule et assiette de pain perdu à la main. Dépêchez-vous, les œufs vont refroidir !

Visiblement, il ne tient pas à ce qu'un nouvel incident se solde par des sorties théâtrales et des claquements de porte.

– Désolée, papa, c'est juste que je ne m'y attendais pas.

Il se fige, la poêle en suspens au-dessus des assiettes, comme s'il était un majordome et non un père de famille pris à partie dans une conversation sur son fils décédé.

– C'est vous qui avez eu l'idée de ce voyage, continue Frankie, et vous ne m'avez pas vraiment demandé mon avis. Mais si vous voulez tout savoir, moi aussi, j'ai peur. J'ai beaucoup de souvenirs ici et… j'ai peur de les effacer en m'en créant de nouveaux.

Jayne va se planter devant la porte-fenêtre. Ses épaules tressautent légèrement, mais elle ne fait aucun bruit. Au bout d'une minute, elle s'essuie les yeux avant de nous rejoindre. J'ai déjà vu ce film des centaines de fois, et il est toujours aussi triste. Je rêve de me cacher sous la table et de disparaître.

Renonçant à nous servir, oncle Red vient s'asseoir avec nous. Je me concentre sur le motif de cercles entremêlés qui borde mon assiette bleue. Toutes mes pensées sont tournées vers la porte ; si seulement je pouvais sortir en courant et me précipiter vers la côte...

– Nous n'essayons ni d'effacer nos vieux souvenirs, ni de prétendre que tout va bien, dit Jayne.

– Je sais, maman. Mais...

– Mes chéries, coupe Red d'une voix apaisante, contentons-nous de prendre le petit déjeuner, d'accord ? Une chose à la fois.

Il caresse la joue de Jayne, qui hoche la tête et prend la main de sa fille. Frankie me donne un petit coup de pied sous la table en articulant : « Désolée. »

– Vous êtes restées dehors drôlement tard, hier soir, enchaîne Red, qui reprend son rôle de majordome et dépose une grosse portion d'œufs au bacon dans son assiette. Qu'est-ce que vous mijotiez ?

– On papotait un peu entre filles.

Lorsque tante Jayne me passe le sirop d'érable, nos regards se croisent. Si elle lisait dans mes pensées en cet instant, elle saurait que j'ai envie de lui parler encore de Matt. Que je me demande comment me comporter avec Frankie. Que je ne suis pas certaine de pouvoir prendre part au défi des vingt garçons alors qu'un seul occupe toutes mes pensées.

Une nouvelle vague de culpabilité vient clapoter à mes pieds, menaçant d'éclabousser mon cœur de regrets. Jayne a été une oreille attentive hier soir, et je suis contente de ce que je lui ai dit sur Frankie. Mais je n'aurais peut-être pas dû reconnaître à demi-mots que Matt était davantage qu'un ami. Si elle me voit parler à d'autres garçons sur la plage, elle risque de penser que je trompe son fils.

– Pas vrai, Anna ?

La voix de Frankie me tire de mes pensées.

– Euh, oui… Désolée, tu disais ?

– Je parlais de nos projets pour la journée. On va lézarder au soleil sur le sable derrière la villa, hein ?

Je sais pertinemment qu'elle n'a aucune intention de s'attarder près de la plage privée et de ses maîtres-nageurs d'âge mûr, mais je hoche la tête.

– C'est toi qui décides, Frankie.

– Papa et moi irons acheter quelques provisions tout à l'heure, nous informe Jayne. Vous voulez nous accompagner ?

– Voyons voir… (Frankie écarte les mains comme pour peser le pour et le contre.) Passer deux heures à l'épicerie pendant que papa compare tous les produits, ou aller nager, bronzer et dra… je veux dire, nager et bronzer. Je crois qu'on va passer notre tour !

– C'est bien ce que je pensais. Donnez-nous simplement la liste de ce qu'il vous faut. Et pensez à remettre de la crème toutes les deux heures ainsi qu'après chaque baignade. Et puis évitez de vous exposer entre midi et deux…

– On sait, merci, soupire Frankie en levant les yeux au ciel. À vous entendre, on dirait que c'est la première fois que je pars en vacances au soleil.

– Non, mais tu finis complètement brûlée à chaque fois, réplique Red.

– Tu n'y connais vraiment rien ! C'est pour stimuler mon bronzage.

– Bref, vous pouvez aller jusqu'aux snacks, mais je ne veux pas que vous vous alliez nager dans la crique. Elle n'est pas surveillée. D'accord ?

– D'accord, papa.

– Parfait, conclut Red, toujours si gentil, si confiant et si naïf. Amusez-vous bien, mes jolies. (Il repousse l'assiette qu'il vient de vider pour la deuxième ou troisième fois.) Maman et moi n'allons pas tarder. On sera joignables sur le portable. Et sinon rendez-vous ce soir à l'heure du dîner. Jayne a décidé de cuisiner chinois.

Un petit déjeuner normal au sein d'une famille normale. S'ils avaient un chien, il s'appellerait Rex et aboierait devant la maison pour qu'on lui lance sa baballe.

Après être remontées dans notre chambre, nous (ou plutôt Frankie) passons plus d'une heure à nous préparer pour la plage. Elle change plusieurs fois de sandales et met une éternité à choisir ses boucles d'oreilles. Coiffure et maquillage font également l'objet de longues réflexions : cheveux détachés ou retenus par un joli bandeau ? Mascara waterproof ou touche de gloss ? Look sage ou sexy ?

Plantée à côté d'elle dans le paréo et le bikini que j'ai encore du mal à assumer, je la rassure :

– Personne ne fera attention à ce que tu portes. C'est toi qu'ils vont regarder. Le reste, c'est du détail.

J'attache mes cheveux à la va-vite, sans même les démêler.

– Pour ton information, Anna, rien de ce que tu mets sur ton visage, tes cheveux ou ton corps n'est un simple détail. Tiens, filme-moi. Il faut qu'on garde une trace de tout ça.

Elle sort sa caméra de son sac à dos.

Je manque d'éclater de rire, mais elle ne plaisante pas. Comme le concours de garçons, c'est un projet qu'elle a soigneusement planifié et mis en œuvre, afin d'enregistrer nos vacances pour la postérité. Rien ne sera laissé au hasard, pas même la question de ses bagues d'orteil.

Je garde la caméra braquée sur elle aussi longtemps que possible, en l'éteignant de temps à autre pour éviter à notre futur public de mourir d'ennui en la regardant appliquer son eye-liner, souffler sur son vernis à ongles et s'épiler les sourcils. Je suis sur le point de partir sans elle quand elle se déclare enfin prête.

– Merci, mon Dieu. (Après avoir rangé l'appareil, je glisse mon journal et deux livres dans mon sac.) On peut aller se baigner, maintenant ? S'il te plaît.

– Attends ! piaille Frankie d'une voix si paniquée que je crains un instant d'avoir un scorpion ou une tarentule sur la tête. Et toi, alors ?

– Frankie, j'ai fini depuis une heure.

Elle ricane. Littéralement.

– Tu ne comptes tout de même pas sortir comme ça ? Tu as vu ta tête ?

– Par pitié, Frankie… On va juste à la plage. Nager. Tu te souviens ?

– Ce n'est pas une raison pour négliger son apparence.

Elle s'approche de moi, armée d'un peigne et de quelques épingles. Un peu plus et elle va cracher sur son mouchoir pour me débarbouiller. J'ai peur.

– J'en ai pour deux secondes, me promet-elle.

Sois forte, Anna. Sois forte.

douze

Lorsque nous arrivons enfin au bord de l'eau, les cils surchargés de mascara waterproof, il est près de onze heures. Les meilleurs emplacements doivent déjà être pris, mais Frankie a une solution : nous allons nous installer au niveau de la crique, loin des « vieux ».

Cette extrémité de la plage, complètement séparée du reste, est en effet déserte. Il n'y a pas de bouées, pas de vendeurs de hot dogs, pas de surveillants, personne.

Ce qui rend d'autant plus visible le panneau « Baignade interdite » planté en plein milieu.

– Tu vois ? dit Frankie. On sera entre nous, sans enfants qui hurlent ni familles gênantes.

– Ni témoins.

– Arrête.

– Frankie, si la baignade est interdite, ce n'est pas par hasard. Il y a peut-être des rochers dangereux. Ou des requins. Ou des courants mortels.

– La seule raison, c'est que cette partie de la plage n'est

pas surveillée. (Elle s'accroupit pour déplier la couverture que nous avons apportée.) La mer est la même. S'il y a des requins ici, il y en a tout autant près de chez nous. Ils ne savent pas lire les panneaux, tu sais ?

– Comment tu as découvert ce coin ?

Je laisse tomber mon sac en même temps que la conversation sur les requins.

– Grâce à mon frère. Il venait ici, parfois.

« La plage est toujours bondée, m'a-t-il raconté l'année dernière, quelques jours avant leur départ, alors que Frankie somnolait devant un film dans le salon. Mais il y a une petite crique que j'aime bien, un peu à l'écart. J'y vais parfois pour lire et réfléchir. L'océan m'aide à me vider la tête. »

« Tu parles, tu veux surtout mater les filles ! »

« Évidemment. Mais pas à cet endroit. Comme ce n'est pas une plage surveillée, il n'y a presque personne à part les surfeurs. Juste de l'eau et des rochers. Un jour, je suis resté assis là-bas trois heures à écouter le clapotis des vagues et à me demander ce qui se cachait au fond de la mer. »

Je me tourne vers le large en me posant la même question. Dire que je me tiens peut-être à l'endroit précis d'où Matt contemplait l'étendue bleue, plongé dans ses pensées…

Que verrait-on si on pouvait vider la mer comme une baignoire géante ?

J'enfonce mes orteils dans le sable en attendant que Frankie reprenne la parole.

– Tiens, viens m'aider ! lance-t-elle enfin en me tendant un coin de la couverture.

– Voilà, c'est bon. (Je lutte pour chasser de mon esprit le souvenir de cette soirée où Matt m'a décrit tout ce qu'il aimait en Californie.) Et maintenant ? On attend qu'il se passe un truc intéressant, c'est ça ?

Frankie se tortille dans tous les sens pour prendre la position qui la mettra le plus en valeur – ventre plat, lèvres entrouvertes, jambes légèrement repliées et poitrine gonflée.

– Tu verras.

– Tu comptes vraiment rester allongée là ?

– C'est le principe de la plage, Anna.

– On ne va pas se baigner, alors ?

– Tu es folle ? On vient de se coiffer !

Avant, elle adorait ça. Matt et elle me racontaient dans leurs cartes postales qu'ils passaient des heures à nager, sauter dans les vagues, jouer au Frisbee avec leurs copains de vacances ou simplement faire la planche, jusqu'à ce que leur peau soit toute ridée et que le sel leur brûle les yeux.

– Allez, Frankie, juste un petit…

– Ça y est, Anna, beaux gosses à dix heures !

– Hein ?

Je tourne la tête dans la même direction qu'elle – qui correspond d'ailleurs plutôt à deux heures.

– Ne les regarde pas ! Prends un air naturel. Ils approchent.

Je m'étends à côté d'elle en essayant de déterminer à quoi ressemble un air naturel. Je finis par imiter sa posture, mais sans retirer mon paréo et en croisant les bras sur ma poitrine. N'importe qui observant la scène se dirait sans doute que j'ai froid. Ou que je boude.

– Pfiou, Anna, quelle *chaleur* ! s'écrie Frankie d'un ton théâtral dès que nos cibles sont à portée de voix. Tu peux me passer de l'eau ?

C'est une blague ?

Elle me fixe d'un regard impatient et presque agacé.

Non, ce n'est pas une blague.

Je me redresse et je sors une bouteille de mon sac. Les garçons ne sont plus qu'à six mètres de nous. Ils restent bouche bée car elle boit d'une façon extrêmement suggestive.

– Salut, lance l'un d'eux avec un petit signe de tête. Ça va ?

Frankie les autorise d'un geste à pénétrer dans notre coin de sable jusqu'ici désert.

Après avoir échangé des coups d'œil de lions affamés qui se verraient conviés dans l'enclos des zèbres, ils se présentent : Warren et Todd (ou Rod, je ne sais plus). Trente secondes de conversation me suffisent à faire le tour de leurs centres d'intérêt.

Boire de la bière. Rencontrer des filles. Bronzer.

Et ainsi de suite.

Sur l'insistance de Frankie, ils finissent par aller récupérer leurs serviettes et s'installer près de nous – de son côté à elle, heureusement. Rod ou Todd, le plus bavard des deux, semble incapable de se concentrer sur le moindre sujet pendant plus d'une minute. Il est en première année à la fac de Berkeley, où il étudie la biologie marine. Sa petite copine est restée sur le campus et, moins elle en sait, mieux elle se porte. Clin d'œil appuyé.

Les mecs pensent vraiment que ce genre de truc marche ?

Frankie glousse. Apparemment oui, ça marche – au moins sur certaines.

Warren n'est pas particulièrement réservé, mais le fait que je fasse semblant de dormir pendant que Frankie et Rod-Todd flirtent et échangent leurs numéros ne lui laisse pas vraiment d'autre choix que se taire.

– Bon, lance-t-il après avoir contemplé l'océan pendant une quinzaine de minutes. Il faut que je file. À plus.

Son ombre me cache le soleil lorsqu'il se lève. J'ouvre un œil. Frankie est en train d'embrasser Rod-Todd d'une façon plus qu'amicale, pas vraiment sur la bouche mais pas non plus sur la joue. Qu'elle se montre entreprenante avec un lycéen allemand, soit, mais avec un parfait inconnu aussi insupportable… ça me donne la nausée.

– Dis, Frankie, ce ne serait pas tes parents là-bas ?

– Oh oh, il est temps que je déguerpisse, fait Rod-Todd. Appelle-moi, chérie.

Appelle-moi, chérie ? Là, je vais vomir. Frankie, par contre, semble quasiment prête à emménager avec lui.

Pendant que les garçons s'éloignent, elle cherche Red et Jayne du regard.

– Où sont-ils ? Je ne les vois pas.

– J'ai dû me tromper. On peut se baigner, maintenant ?

J'ai chaud, je m'ennuie et je commence à être à cran.

– Et deux de moins ! Pourquoi tu n'as pas discuté avec Warren ?

– Il avait de l'acné dans le dos. Sans parler du fait qu'il est à peu près aussi intéressant qu'une algue verte.

Frankie éclate de rire.

– Bon, d'accord. Mais je les valide quand même. Entre eux et ceux qui nous regardaient sur la jetée hier, ça fait déjà quatre.

– Ceux d'hier ne comptent pas !

– Ils auraient pu, si mes parents n'avaient pas débarqué. (Elle dégaine sa caméra et la braque sur mon visage.) « Alors, mademoiselle Reiley, acceptez-vous d'intégrer les garçons A et B croisés près des Douceurs de Caroline au classement officiel des Meilleures Vacances de Tous les Temps ? »

Je plisse le front d'un air concentré.

– « Eh bien, après de longues délibérations, le jury consent à un compromis. Le duo platonique et sans envergure d'hier sera comptabilisé comme un seul garçon. »

Elle brandit trois doigts devant l'objectif.

– « Trois sur vingt. Ce qui n'en laisse plus que dix-sept. Pas mal en seulement vingt-quatre heures ! »

Je défais mon paréo, prête à courir dans l'eau. Si notre objectif implique de renoncer à tout critère d'hygiène, de personnalité et de QI, je préfère abandonner.

– Allez, viens !

– D'accord, d'accord.

Elle range sa caméra et me rejoint dans les vagues finalement dépourvues de requins où nous nous éclaboussons en riant.

Nous nous enfonçons jusqu'aux épaules pour essayer d'attraper des rouleaux qui nous ramèneront au bord. Le sel dont l'air et l'eau sont saturés me pique les yeux et me colle à la peau, comme Matt me l'avait décrit dans ses cartes postales.

« Quand on se lèche les lèvres, on a l'impression qu'on vient de manger des chips. C'est une sensation incomparable. »

– Pause-déjeuner ? me propose Frankie au bout de deux heures de baignade. J'ai super faim.

Nous rassemblons nos affaires et nous dirigeons vers la zone, plus proche de la maison, où se trouvent les stands de hot dogs et de frites. Un type à la peau tannée assez vieux pour être mon père nous regarde manger, puis il vient s'asseoir près de moi à la table de pique-nique.

– Je vous offre un milk-shake, les filles ?

Je suis assaillie par son haleine aigre.

– Avec plaisir, répond Frankie. J'en prendrai un au chocolat.

– Et toi, ma belle ?

– Rien, merci.

Je donne un coup de pied à Frankie sous la table, outrée qu'elle encourage ce pervers.

– Tu es sûre ? Tu es trop jolie pour être privée de dessert. Qu'est-ce que tu dirais d'un milk-shake à la cerise ?

– Elle *adore* les cerises, minaude Frankie.

Il nous décoche un clin d'œil et s'éloigne vers un stand.

– Frankie, attrape ton sac. On dégage.

– Ça va pas la tête ? Je ne me suis pas autant amusée depuis des mois !

– Mais il est super vieux !

– Il nous offre le dessert.

Décidément, je ne comprends pas sa logique.

– Oui, mais à quel prix ?

– Oh, ça va, *maman*.

Le gros pervers est de retour avant que j'aie pu la convaincre de partir. En prenant le milk-shake, elle effleure la main de l'homme, dont le regard s'attarde longuement sur ses seins.

Je suis en train de me dire que je ne supporterai pas plus longtemps son haleine chargée d'alcool, quand nous sommes sauvées par une femme en robe rose fluo aussi bronzée que lui.

– Harold ? Mais qu'est-ce que tu fabriques ? (Elle écrase un mégot de cigarette sous sa tong. Sa voix est rauque et la peau de ses bras toute fripée.) Marcia nous attend dans la voiture.

– J'arrive, ma puce. (Il nous jette un regard entendu et tente de s'extirper de la table de pique-nique, ce qui n'est pas évident vu son état d'ébriété.) Régalez-moi – je veux dire, régalez-vous !

Mme Harold l'attrape par le bras et l'entraîne vers la voiture sans ménagement.

– Ne bois pas ça. Si ça se trouve, il a versé un truc dedans.

Avant que Frankie ait eu le temps de toucher au milk-shake, je le balance dans une poubelle avec le mien.

– Comme tu voudras, grand frère.

J'ai envie de rire en imaginant ce que son vrai grand frère aurait fait à ma place.

– Alors, c'était le numéro quoi ? Quatre ou cinq ? me demande-t-elle.

– Il est hors concours. C'est le défi des vingt garçons, pas des vingt pervers.

– Tiens, ça me donne une idée pour l'année prochaine !

Avec un clin d'œil, elle retourne acheter deux milk-shakes dont nous serons sûres qu'ils ne sont pas trafiqués.

Bien entendu, nous passons cet événement sous silence lorsque nous racontons notre première journée à Red et Jayne.

– C'était génial ! s'exclame Frankie en leur montrant les quelques images de la plage bondée que nous avons pris soin de tourner après le déjeuner. Il y avait un monde fou, mais on s'est bien amusées.

Red nous fait passer les plats chinois que Jayne a cuisinés pour se faire pardonner sa crise de la veille. Ravi que sa fille et sa meilleure amie ait autant profité de leur première journée à Zanzibar Bay, il ne se doute pas une seconde de la supercherie.

– On a bien fait de rester, conclut-il avec un grand sourire.

treize

Notre deuxième matinée en Californie est identique à la première, sauf que cette fois je sais ce qui m'attend. Pendant que Frankie prend une douche, je me pare de suffisamment de paillettes et de dorures pour qu'elle me fiche la paix avant notre départ pour la Crique de la Mort.

– Je croyais que tu voulais rencontrer des garçons ? Ce n'est pas en venant nous isoler ici comme deux nomades du désert que ça va arriver.

Non pas que je le regrette ; s'ils sont tous du même acabit que ceux d'hier, je n'ai aucune envie de relever le défi. Mais je me sens plus en sécurité au milieu de la foule, surtout depuis notre grande rencontre avec Harold le Pervers aux milk-shakes.

Frankie s'installe dans la même position que la veille avant de me répondre :

– Là-bas, il n'y a que des touristes. Les gens du coin préfèrent venir ici.

– Si tu le dis. En tout cas, moi, je vais me baigner.

J'ouvre le paréo qui dissimule mon corps pâle, encore peu habituée à m'exhiber ainsi en public. Puis, après m'être enduite d'une nouvelle couche de crème, je me dirige vers l'eau en espérant que personne ne me regarde.

Elle n'est pas aussi chaude que la veille, mais je m'y habitude vite et je m'avance jusqu'à ce qu'elle m'arrive à la taille. Au loin, des familles de vacanciers font des allers-retours entre le sable et les vagues. Le vent m'apporte leurs rires étouffés.

Je jette un coup d'œil en direction de Frankie qui me sourit et agite la main, puis se rallonge de façon à pouvoir grignoter des fruits secs sans avoir à bouger.

– Reste dans mon champ de vision ! me crie-t-elle. J'ai envie de te filmer un peu.

La crique est très calme aujourd'hui. Bercée par la mer qui monte et descend sur mes jambes, je repense à ma conversation avec Jayne la nuit où nous avons dessiné des anges dans le sable. Que sait-elle au juste ? Matt lui a parlé de nous ? Elle nous a vus nous embrasser devant l'évier plein de vaisselle sale, alors que nous nous croyions à l'abri des regards ? Elle a tout simplement deviné ? Et que voulait-elle dire à propos de son regard lorsqu'il prononçait mon nom ? Matt et moi avons passé tellement de temps à nous demander quand et comment annoncer la nouvelle à Frankie que nous n'avons pas du tout pensé aux autres.

Un nouvel envol de papillons palpite dans mon ventre, m'obligeant à fermer les yeux pour les chasser. *Matt est parti, souviens-toi.* Ces jolis insectes sont voués aux ténèbres, s'épuisant à battre des ailes jusqu'à les briser.

– Alors, cette première fois, c'est pour quand ?

Cette apostrophe est si brutale et inattendue que je mets quelques secondes à réaliser qu'elle m'est adressée. Lorsque je me retourne enfin, je découvre Frankie en train de minauder devant deux garçons bronzés avec des planches de surf sous le bras. De vrais clichés californiens.

– Ça fait partie de tes projets, non ? insiste la voix.

Elle appartient au plus grand des deux, un blond aux mèches décolorées. Frankie éclate de rire, et je sens tout mon corps devenir brûlant dans l'eau froide. *Si elle croit qu'elle peut me vendre aux enchères, elle va...* Je n'ai pas le temps de réfléchir à la suite, car je suis trop occupée à prier pour qu'un poulpe géant m'entraîne au fond des océans, là où personne ne pourra plus me voir, m'entendre ou se moquer de moi.

Je m'accroupis dans l'eau pour dissimuler ma poitrine.

– Pardon ?

– Ben oui, ta copine m'a dit que tu attendais avec impatience ta première fois... sur une planche de surf ! m'explique Blondinet, tout fier de sa blague.

– Viens, Anna ! me crie Frankie. Je vais te présenter nos nouveaux amis !

Je jette un regard par-dessus mon épaule au cas où le poulpe aurait décidé de répondre à mon appel, puis je tente de développer un pouvoir de télékinésie afin que mon paréo flotte jusqu'à moi et se drape autour de mon corps. Comme cela ne fonctionne pas non plus, j'envisage un instant de mimer une crampe, avant de renoncer à cette idée : si j'ai l'air de me noyer, l'un des deux garçons risque de se jeter à l'eau et d'en profiter pour me tripoter. Sans doute pas Blondinet, cela dit. Il est bien trop occupé à jauger les mensurations de Frankie du coin de l'œil.

Je retourne vers la plage, une manœuvre toujours très sexy quand on a de l'eau jusqu'à mi-cuisse et qu'on doit lever les jambes comme des pistons pour avancer. Le poulpe géant n'a peut-être pas voulu de moi, mais je suis sûre qu'il trouvera Frankie très appétissante cette nuit, lorsque je la tirerai de son lit pour la sacrifier aux dieux de la mer.

J'arrache ma serviette de sous les coudes savamment positionnés de Frankie et lance avec autant de désinvolture que possible :

– Salut. Moi, c'est Anna.

Une fois enroulée dans le tissu éponge, je tends la main à Blondinet, Jake de son prénom.

– Anna, très chère, que de cérémonie ! se moque Frankie avec un accent bourgeois pas très réussi.

Je lui en veux encore d'avoir ri de la blague sur ma « première fois ». Elle préférerait peut-être que j'enlève le haut de mon bikini et que je le fasse tournoyer au-dessus de ma tête ? Avant que j'aie eu le temps de réfléchir à une repartie cinglante, elle se lève et frotte lentement le sable collé à ses fesses. Jake la dévore des yeux. L'autre – Sam, d'après ce que j'ai compris – secoue la tête et me sourit.

– Désolé, mon cousin n'a vraiment aucune manière.

J'en oublie un instant mon agacement.

– Alors, vous venez d'où ? demande Jake.

– De New York, réplique Frankie sans préciser qu'il ne s'agit pas de la ville, mais du nord de l'État du même nom.

– Sérieux ? Trop cool !

– Ouais, c'est pas mal, reconnaît-elle d'un air blasé, comme si elle avait vécu dans la célèbre métropole toute sa vie.

– À quoi ça ressemble en été ? s'enquiert Jake.

– C'est épuisant. On n'arrête pas une seconde. C'est pour ça qu'on a choisi la Californie : pour souffler un peu.

Elle boit une gorgée d'eau et se passe la langue sur les lèvres, le regard tourné vers l'océan. Jake semble fasciné par cette jeune fille mystérieuse qui doit être l'héritière d'une grande famille new-yorkaise, dîner avec des stars, côtoyer la jet-set et risquer sa vie au quotidien dans des rues mal famées. En réalité, avant notre départ il y a deux jours, nous partagions notre temps entre des activités aussi excitantes que les quiz de *Cosmo*, les fausses interviews filmées avec la caméra de Frankie, la préparation de masques à l'avoine, voire à la mayonnaise, et un festival de produits locaux où nous avons parié cinq dollars sur l'identité de voisins déguisés en flacons de ketchup et de moutarde.

– Et vous, les garçons ? enchaîne Frankie.

– On vit ici. Enfin, pas sur la plage, mais en ville. Rien à voir avec New York. Moins classe, c'est sûr.

J'ai une petite pensée pour nos amis enfermés dans leurs costumes de condiments géants. *Classe*, c'est le mot.

Une fois les présentations terminées, Jake se tourne vers la mer et lance d'un ton plein de sous-entendus qu'il est

« temps de se mouiller ». Après avoir poussé un cri d'enthousiasme bien trop exagéré, même pour elle, Frankie fait claquer l'élastique de sa culotte sur ses fesses et lui emboîte le pas.

Sam me sourit. S'engage alors entre nous un de ces échanges embarrassants où chacun se met à parler en même temps que l'autre et finit par renoncer en riant. Non loin de là, Frankie piaille comme une gamine.

Malgré mes réserves au sujet du concours, ce Sam ne me déplaît pas. Avec ses cheveux décolorés par le soleil et ses grands yeux verts, il est très séduisant. Surtout qu'il n'a ni acné dans le dos ni regard lubrique, et qu'il semble intelligent.

En d'autres termes, tout ce que je devrais éviter.

– Bon, Anna-très-chère-de-New-York, ça te dit d'essayer ou pas ? demande-t-il en désignant sa planche du menton.

J'ai dû accepter sans m'en rendre compte, puisque je laisse tomber ma serviette et que je le suis – sans bien sûr prêter la moindre attention aux muscles bien dessinés de son dos, à la grande cicatrice qui orne sa hanche ou à l'étrange sensation qui me serre le ventre lorsqu'il se retourne et me sourit.

Pas la moindre attention. Du tout. Zéro.

Frankie, à plat ventre sur le surf de Jake, pagaie avec ses mains en écoutant ses explications.

– Cette crique est parfaite pour apprendre ; la mer est très calme, ici, la rassure-t-il, la main posée au creux de ses reins pour l'empêcher de tomber. Sur l'autre plage, il y a beaucoup plus de monde et la mer est plus agitée. Bien. Alors, pour commencer, essaie de ressentir le poids de la planche et la façon dont elle réagit aux mouvements de ton corps.

Il est si bon professeur que je me demande si son cousin et lui n'arpentent pas la côte tous les jours en quête de filles à impressionner.

– Il donne vraiment des cours, m'informe Sam. (*Oh non, j'ai parlé à voix haute ou quoi ?*) Il est plutôt doué… enfin, malgré son ego surdimensionné.

– Hé, proteste Jake, il ne faut pas confondre ego surdimensionné et confiance en soi.

– Mille excuses, le taquine Sam en lui faisant signe de continuer.

– Donc, je disais : tu dois faire des mouvements de crawl avec les bras en gardant les genoux sur la planche et en plaquant le buste contre elle, comme si tu voulais l'embrasser.

En disant cela, il guide Frankie, parcourant son corps de ses mains à la manière d'un sculpteur.

Pendant ce temps, Sam m'aide à monter sur sa planche. Nos jambes se frôlent sous l'eau et le contact de sa peau provoque en moi une véritable décharge électrique.

J'ai été surprise, c'est tout. Je ne pensais pas qu'il était si proche. J'ai cru que c'était un requin. Ou un truc comme ça.

– Ça va ? me demande-t-il tandis que j'essaie de trouver mon équilibre.

– Nickel.

J'ai toujours des fourmis dans la jambe qui a touché la sienne. Il n'est pas aussi expérimenté que Jake et ses mains restent suspendues à quelques centimètres de ma peau, comme s'il attendait ma permission pour me toucher.

Lorsque je manque de chavirer, il me rattrape doucement par le bras. Je détourne le regard et tente de me convaincre qu'il s'agit de la vieille prof de sport obèse du lycée.

Pendant une heure, Frankie et moi apprenons ainsi quelques rudiments de surf, regardons Jake faire son show et échangeons nos points de vue avec les garçons sur l'ennui au lycée. Ils ont un an de plus que nous et s'apprêtent à entrer en terminale. Tout leur temps libre, ils le passent à la plage. Jake donne des cours de surf et de natation aux vacanciers, tandis que Sam travaille à la Cabane à Smoothies, une boutique qui appartient à un troisième cousin plus âgé. Elle se trouve de l'autre côté de la crique par rapport à la maison.

– Et vous vous promenez toujours avec vos planches pour draguer les filles ? demande Frankie d'un ton détaché.

– Mince, on est démasqués ! réplique Jake en la faisant tomber à l'eau.

– En fait, Jake devait me montrer des nouveaux tricks, aujourd'hui, explique Sam. Il n'y a jamais grand-monde par ici. D'ailleurs, qu'est-ce que vous faisiez là ? C'est interdit, de se baigner.

– Oh, ça va, le rabroue Frankie. Je viens ici depuis que je suis toute petite. Je connais la côte par cœur, et je nage là où ça me chante.

– Comment ça se fait qu'on ne vous ait jamais vues ? s'étonne Jake.

– Vous n'avez sans doute pas fait attention. (Elle oublie de mentionner qu'avant, elle ne portait pas de maillot deux-pièces et n'avait surtout pas de quoi remplir le haut.)

Ou alors, j'étais occupée à discuter avec quelqu'un d'autre.

Il semble qu'elle ait opté pour la méthode dite de la douche écossaise : minauder et flirter sans retenue, puis, une fois le poisson ferré, feindre l'indifférence. On dirait de la magie noire. Ça marche à tous les coups.

– Ça m'étonnerait. Tu n'aurais jamais parlé à quelqu'un d'autre en ma présence, fanfaronne Jake. Qui peut résister à des cheveux et un corps pareil ?

Frankie l'éclabousse. Il lui dit qu'elle est sexy. On dirait qu'elle est amoureuse. Encore.

Mais la réalité nous rattrape : Sam doit aller travailler.

– Vous n'aurez qu'à passer un peu plus tard, nous propose-t-il. Si vous aimez les smoothies, je suis l'homme qu'il vous faut.

– Et les cours, alors ? proteste Frankie. On vient à peine de commencer.

– C'était la session d'initiation, la rassure Jake. Rendez-vous demain pour la suite, même heure, même endroit.

– Je te préviens, je ne sais pas si on pourra se libérer, dit Frankie.

Non seulement nous n'avons rien de prévu, mais nous serons certainement là avec quinze minutes d'avance – après avoir consacré deux heures à choisir la tenue de Frankie et à répéter notre texte.

– Bon, on y va ? insiste Sam. Je vais finir pas être en retard, moi.

Nous retournons à notre couverture, où Frankie serre Jake dans ses bras pour lui dire au revoir. Sam se contente d'un sourire accompagné d'un imperceptible haussement de sourcils – *encourageant ? curieux ? perplexe ?*

– À plus, Anna-très-chère-de-New-York ! me lance-t-il avant de s'éloigner avec son cousin.

– Oh-là-là, soupire Frankie en s'allongeant sur le dos. Ils sont trop canon !

– On n'est ici que depuis un jour et demi. On ne relèvera jamais notre défi si tu te maries dès demain. (Je pose ma serviette sur ma tête pour imiter un voile.) « Veux-tu m'épouser ? » « Oui, je le veux ! » « Et toi, veux-tu m'épouser ? » « Oui, je le veux ! » « Oh, Jake, il faut absolument que tu me donnes le nom du coiffeur qui t'a fait ce balayage ! »

Frankie me tape sur l'épaule en riant.

– Ça va, hein, mademoiselle « Sam, tu peux me tenir la planche ? Sam, comment on fait ça ? Sam, je voudrais tellement te voir tout nu ».

– Arrête ! Et le pauvre Rod-Todd, dans tout ça ? Tu comptes toujours l'appeler ?

– Et puis quoi encore ! Il était immonde.

– Pourquoi tu l'as embrassé, alors ?

– Je ne l'ai pas embrassé, je lui ai fait la bise !

– Mouais, si tu le dis. N'empêche que tu lui as donné ton numéro.

– Franchement, Anna, des fois tu es vraiment… pétrograde.

– À moins que tu aies men… Attends, de quoi est-ce que tu viens de me traiter ?

– De pétrograde. De fille vieux jeu, quoi.

– Tu voulais sans doute dire « rétrograde ». Pétrograd, c'est l'ancien nom de Saint-Pétersbourg.

– En même temps, tu es tellement pâle que tu pourrais être russe.

– C'est parce que je mets de la crème solaire. Tu devrais essayer.

– Non, merci. Bref, c'est chouette qu'on ait enfin rencontré des garçons intéressants, déclare-t-elle en se retournant sur le ventre avant de dénouer son haut. Et le mieux, c'est qu'on a chacune notre préféré.

Je chausse mes lunettes de soleil et pose ma main sur ma jambe, là où ma peau a frôlé celle de Sam et me picote encore.

– Je n'ai pas de préféré.

– Mais c'est quoi, ton problème ? me demande-t-elle sur le ton d'un médecin qui ne parviendrait pas à diagnostiquer la cause de mes symptômes contradictoires. Sam te mangeait des yeux, et tu avais l'air de t'amuser.

Je hausse les épaules sans répondre, soudain pressée de chercher un livre dans mon sac. Il doit y avoir un million de façons de couper court à cette conversation. « Il n'est pas assez beau. » « Je n'aime pas sa coiffure. » « J'ai repéré quelqu'un d'autre, plus près de la villa. » Mais rien de tout cela n'est vrai. La vérité est la seule chose que je ne peux *pas* dire à Frankie : si je me laisse séduire par Sam, c'est que je suis prête à oublier Matt.

quatorze

Pendant que Frankie somnole au soleil à côté de moi, je relis le même paragraphe une bonne centaine de fois sans en retenir un traître mot. Je cherche désespérément une distraction. *Tiens, mon livre fait trois cent quatre pages. Où est-ce qu'on va dîner ce soir ? Ouah, le sable brille !* Mais Sam occupe toutes mes pensées, des pensées dangereuses qui pourraient vite devenir indécentes.

Son sourire. *Ça suffit, Anna !*

Ses yeux verts. *Concentre-toi !*

Sa façon de dire « Anna-très-chère-de-New-York ».

Est-ce qu'ils font des smoothies fraise-banane dans sa boutique ? Je parie qu'il est bronzé toute l'année. Est-ce qu'il a une copine ? Peut-être. Peut-être même une dans chaque État. Une véritable collection de vacancières vierges qui n'attendent que lui.

Je revois la fille qui m'observait dans le miroir le jour où nous avons acheté nos maillots de bain. Lorsque j'ai accepté de participer au concours des vingt garçons, c'était un peu pour rire et surtout pour faire plaisir à Frankie. De toute façon, je ne peux pas nouer ce genre de liens. Je ne peux pas m'attacher. Tous ces mots, ces émotions, ces intentions se mélangent et forment un imbroglio encore plus inextricable que mes cheveux. Non, merci. La dernière fois qu'un garçon m'a mise dans cet état, il est mort.

À l'évocation de Matt, mon cœur se serre. Je me frotte les yeux et me tourne vers la crique interdite où requins, courants sous-marins et poulpes nous guettent – ou pas – pour nous entraîner vers les profondeurs.

Inspire. Expire. Inspire. Expire.

Je fais le vide. Je suis maîtresse de mes pensées. Mon esprit est libéré. Je flotte. Je suis une plume à la tête vide qui flotte au vent.

Inspire. Expire.

Est-ce ce soir ou demain que Sam nous a proposé de passer boire un smoothie ?

J'abandonne.

Il est temps que je quitte cette plage, que je me réfugie dans la fraîcheur calme de la maison. Je range mon livre dans mon sac et pose la main sur Frankie pour la réveiller.

– On rentre ? J'ai faim. Ouah, la vache !

Elle remue et lève les bras pour renouer son bikini.

– Je sais. Ce maillot me fait un corps de rêve.

– C'est pas ça, tu es brûlante. Tu es en train de prendre un méga coup de soleil. (Lorsqu'elle se redresse, je m'aperçois que tout son dos est rouge vif.) Tu es complètement malade de ne pas mettre de crème.

– Ma mère m'a forcée à le faire hier. Je n'allais quand même pas me priver de soleil deux jours de suite. (Elle se tortille comme un poisson échoué sur le sable pour essayer de voir ses épaules.) Il faut bien que je stimule mon bronzage si je ne veux pas brûler.

– Ben c'est raté... Tu dois avoir super mal.

– Pas du tout, m'assure-t-elle en se levant pour secouer la couverture pleine de sable. Tu es vraiment parano. Et un peu de couleur ne te ferait pas de mal non plus, tu ressembles à un mort-vivant.

Nous retournons vers la villa en filmant la plage surveillée et les stands de hot dogs, au cas où ses parents voudraient voir où nous sommes allées.

Nous les trouvons en train de lire sur la terrasse.

– Dure journée ? nous interroge Red pendant que nous posons nos sacs dans un coin et envoyons valser nos tongs. Je ne m'attendais pas à vous revoir avant... Bon sang, Frankie, qu'est-ce qui t'est arrivé ?

– Je me suis endormie. Mais ça va. Je suis juste un peu fatiguée.

Elle s'allonge sur le canapé, les yeux fermés, avant que Jayne ait pu découvrir l'ampleur des dégâts et la gratifier d'un énième sermon sur les dangers du soleil.

– Tous les ans, c'est pareil, me confie celle-ci d'un air dépité. Pour info, j'ai de la Biafine. Elle ne s'abaissera jamais à me la demander, alors je compte sur toi pour lui en mettre, tout à l'heure – quand elle ne pourra même pas enfiler son pyjama.

Elle brandit un tube de crème format familial.

– On devrait peut-être annuler notre réservation et dîner ici ce soir, suggère Red.

Mais Jayne lui rappelle que pour rien au monde Frankie ne renoncerait à du homard. Nous jouons donc aux cartes dans la cuisine pendant une heure avant de la réveiller.

Jayne avait vu juste : Frankie peut à peine marcher, mais elle refuse que nous changions de programme. Après être parvenue je ne sais comment à prendre une douche froide, elle passe une heure à se coiffer et à se maquiller. Elle n'admettra jamais qu'elle a pris un coup de soleil de peur que ses parents l'obligent à porter des pantalons et des manches longues jusqu'à la fin du séjour. Si j'étais une véritable amie, je lui témoignerais un peu plus de compassion et je lui proposerais de porter son sac, par exemple. Mais je m'amuse beaucoup trop à la regarder dissimuler ses grimaces sous de grands airs.

Malgré ses efforts, elle est à cran toute la soirée et passe son temps à râler pour des détails – alors que le vrai problème, ce sont les brûlures au dixième degré qui recouvrent son dos et ses jambes.

« Quand est-ce qu'ils comptent nous donner notre table, papa ? Ça fait des heures qu'on attend… »

« Comment ça, plus de soda au gingembre ? Mais c'est quoi, ce resto ? »

« Il sort d'où, ce serveur ? Franchement, tout le monde connaît la sauce mahimahi… »

« Il fait une de ces chaleurs, ici. Je n'en reviens pas qu'ils n'aient pas la clim… »

« Je vous ai déjà dit que je ne voulais pas d'eau, merci ! »

Sur ces mots, elle chasse de la main le jeune homme qui s'apprêtait à la servir. Troublé par la beauté de Frankie, ses coups de soleil ou sa gentillesse, celui-ci lui renverse l'intégralité du pichet sur les genoux. Comme au ralenti, il essaie désespérément d'empêcher la gravité de faire son œuvre – en vain.

Frankie pousse un cri perçant et bondit de sa chaise, les jambes trempées. Le pauvre garçon tente frénétiquement de réparer les dégâts à l'aide d'une poignée de serviettes qu'il agite devant elle sans la toucher, craignant sans doute d'aggraver son cas. Red, Jayne et moi restons figés sur place, réprimant à grand-peine une furieuse envie de rire. Dans une ultime tentative pour sauver sa peau, le jeune homme finit par aller chercher le patron du restaurant.

– Je suis vraiment navré, monsieur, s'excuse celui-ci. Nous vous offrons bien entendu le dîner. Dessert compris.

– Ne vous en faites pas, le rassure Red en s'essuyant la bouche pour masquer son sourire. Elle se plaignait justement de la chaleur. Ça ne pouvait pas mieux tomber.

C'est la goutte de trop : Jayne et moi explosons de rire. Perplexe, le patron invoque une soudaine urgence en cuisine pour s'éclipser, non sans nous avoir répété de faire appel à lui s'il y avait quoi que ce soit d'autre.

Frankie se précipite vers les toilettes comme une furie.

Je resterais bien à table avec ses parents pour déguster

le daïquiri à la fraise (sans alcool, bien sûr) surmonté de crème fouettée que le serveur vient de m'apporter. Mais, au bout de cinq minutes, je me sens obligée d'aller prendre des nouvelles de la diva en colère.

Debout devant le lavabo, elle se tamponne le visage avec un mouchoir humide.

– Allez, viens, Frankie. Ils nous ont offert des daïquiris ! (Elle jette son mouchoir sans me répondre.) Reconnais que la scène était plutôt comique.

– Ben voyons. Je vais demander au serveur de te balancer un seau d'eau glacée sur les genoux. On verra si ça te fait toujours rire.

– Tu te plaignais d'avoir trop chaud : l'univers t'a entendue ! (Elle prend un air offusqué, mais je devine l'ombre d'un sourire sur ses lèvres.) En tout cas, tu es sublime, ce soir. C'est sûrement ce qui a provoqué l'accident. Ton ineffable beauté lui a fait perdre tous ses moyens. À vrai dire, tu devrais prendre ça pour un compliment.

– Possible.

Elle essuie les dernières traces de khôl sous ses yeux.

– On y retourne ? Ton père a déjà commandé les homards.

– Génial. Il va encore en profiter pour se moquer de moi.

Lorsque nous les rejoignons à table, Red et Jayne lui présentent leurs excuses et proposent de nous emmener jouer au golf miniature après le dîner.

Une fois nos estomacs remplis de fruits de mer et de desserts décadents, sans parler des fameux daïquiris, nous longeons Moonlight Boulevard jusqu'au meilleur parcours de la ville : l'Île des Pirates. L'endroit est bondé de personnes âgées qui avancent à deux à l'heure et tiennent le compte de leurs points, de gamins qui fourrent la balle directement dans le trou avec leurs petites mains poisseuses, et de jeunes comme nous, qui donneraient n'importe quoi pour aller boire un smoothie chez Sam plutôt que de passer du temps en famille.

Frankie tient à peine debout, mais ses parents s'amusent tellement que ce serait cruel de les abandonner. Et puis, ça fait du bien de les voir rire un peu.

– Trou en un ! s'écrie Red en brandissant son club d'un geste victorieux après avoir envoyé sa balle dans la bouche d'un crocodile en plastique. Note bien ça sur la carte des scores, chérie. Un coup. Record à battre !

Ils passent ensuite au coffre au trésor pendant que Frankie et moi prenons leur place. Au moment où elle s'apprête à frapper, j'aperçois les garçons que nous avons croisés le premier jour sur la jetée. Ils sont en train d'acheter leurs tickets.

– Frankie, regarde ! Voilà tes petits copains des Douceurs de Caroline.

Elle jette un coup d'œil vers l'entrée et se réfugie aussitôt derrière moi.

– Je croyais que tu rigolais ! Cache-moi !

– La dernière fois, tu bavais presque en les regardant !

– Anna, il est hors de question qu'ils me voient.

– Tu reconnais donc que tu ressembles à un homard géant ?

J'avance de quelques pas en imitant sa démarche boitillante.

– C'est pour stimuler mon bronzage, OK? Je veux dire qu'il est hors de question qu'ils me voient avec *eux*.

Elle désigne Red et Jayne qui, deux trous plus loin, se tapent dans la main sous un drapeau à tête de mort.

– Alors, les marins d'eau douce ! nous interpelle Red, ce qui lui vaut des regards de sympathie de la part des golfeurs des trous cinq à sept. Si vous ne vous pressez pas, on vous jette à la mer !

Bon, Frankie n'a pas tort. Je la prends par la main et l'entraîne jusqu'à l'avant-dernier trou, loin de ses parents pirates et, encore plus important, loin des garçons. À y regarder de plus près, ils ne sont pas si mal – même s'ils n'arrivent pas à la cheville de Sam.

Anna ! Tu étais pourtant bien partie. Il y avait au moins dix minutes que tu n'avais pas pensé à lui !

Nous réussissons les deux derniers trous sans effort et rendons notre équipement, puis allons attendre près du snack-bar que Red et Jayne terminent leur grande aventure. Je demande à Frankie :

– On a prévu quoi, après ?

Elle tente de s'asseoir sur un banc en métal en ménageant son arrière-train endolori.

– Pas grand-chose, à mon avis. Mes parents ne sont pas des couche-tard. Pourquoi ?

– J'ai hyper envie d'un smoothie, moi.

***

– Je ne te comprends pas. Tu tenais absolument à ce que je perde ma « valise », et maintenant, tu refuses d'aller les voir alors qu'ils nous ont invitées !

Il est dix heures passées. Red et Jayne sont au lit depuis longtemps et j'essaie de convaincre Frankie de faire le mur. *Moi*. J'essaie de la convaincre, *elle*. C'est fou ce que j'ai changé en trois jours. Je ne me reconnais plus.

– Du calme, Anna, on dirait que tu n'es jamais sortie avec un garçon... Ah mais oui, tout s'explique !

Elle jette un oreiller dans ma direction.

– La ferme.

On a déjà vu réplique plus inspirée mais, d'un autre côté, je peux difficilement la contredire.

– Vas-y, si tu veux. Moi je reste ici.

Elle se glisse entre ses draps en grimaçant.

– Sois honnête. Tu as honte de ton coup de soleil. C'est la seule raison qui t'empêche de sortir.

– Je n'ai pas envie de désobéir, c'est tout.

Elle me dévisage d'un air faussement sévère, qui déclenche bientôt chez nous un fou rire hystérique. Je me penche sur elle, la main tendue, menaçant de claquer la peau rougie de son bras si elle continue à mentir.

– D'accord, d'accord, tu as gagné ! cède-t-elle enfin. Ça me fait un mal de chien.

– Et ?

– Et je ressemble à une touriste !

Satisfaite, je vais chercher l'énorme tube de crème afin de la soulager un peu des conséquences de sa stupidité.

Plus tard, quand je rejoins mon lit après m'être résignée à mon sort de gentille petite fille sage (du moins pour la soirée), Frankie me conseille d'y aller doucement avec Sam.

– Jake et lui ne sont que les numéros quatre et cinq de notre liste. Il ne faut pas qu'on ait l'air trop intéressées, m'explique-t-elle – en cherchant probablement une énième référence à Johan pour illustrer sa haute expertise en la matière.

– Bien sûr. De toute façon, je ne suis pas du tout intéressée. C'est juste histoire de.

quinze

Suite à l'abus de rayons ultraviolets de Frankie, nous sommes obligées de passer la journée enfermées, à jouer aux cartes et à manger des glaces. Même oncle Red et tante Jayne s'amusent plus que nous : footing le matin, baignade l'après-midi, puis farniente dans le jardin avec un livre. Je commence à avoir des fourmis dans les jambes.

Je n'ose pas l'avouer à Frankie, mais je n'arrête pas de penser à Sam. À cette heure-ci, il s'est sans doute déjà trouvé une nouvelle vacancière qui ne décline pas ses offres de cours de surf et de smoothies. Note pour plus tard : si Frankie survit à ses brûlures, il faudra que je pense à la tuer.

Le lendemain matin à huit heures, elle entame son retour triomphant à la civilisation par d'interminables préparatifs auxquels j'ai encore une fois la chance d'assister.

Je ne sais pas si c'est le soleil, l'air de l'océan, l'atmosphère détendue de la Californie ou mon désir d'arracher Sam aux bras de la sirène qui a dû le séduire en mon absence, mais toujours est-il qu'aujourd'hui, je suis d'humeur docile. Je remets ma petite personne entre les mains de Frankie et j'attends que la magie opère, écoutant ses conseils sur l'art du brushing et du maquillage comme si ma vie en dépendait. Je la laisse me badigeonner de gel, m'ébouriffer les cheveux et me peinturlurer jusqu'à paraître au moins dix ans de plus. Nos ongles sont vernis, nos sandales choisies avec soin, même nos sacs sont assortis à nos serviettes de plage. Aucun garçon normalement constitué ne saurait résister à un tel sens de l'harmonie des couleurs.

Puis nous travaillons notre démarche sur la terrasse jusqu'à ce que Red et Jayne partent jouer au golf (au vrai, cette fois). Nous avons convenu de les retrouver dans l'après-midi pour un déjeuner tardif.

– Souviens-toi, me dit Frankie sur le chemin de la plage : épaules bien hautes, ventre rentré, poitrine en avant.

J'applique ses consignes à la lettre et me contorsionne dans l'espoir d'imiter son déhanché, en priant le dieu des moments embarrassants pour ne pas trébucher.

Lorsque nous approchons du petit décrochement qui abrite notre crique, je suis soulagée d'apercevoir deux garçons dans les vagues. Mais très vite, je constate que notre coin isolé a été envahi par les vacanciers et que Sam et Jake ne sont pas là.

– J'en étais sûre. Ils nous ont laissées tomber.

Frankie ramasse le sac que je viens de jeter sur le sable.

– Arrête un peu, Anna. Ce n'est qu'un mec parmi d'autres. Calme-toi.

Elle-même a pourtant du mal à masquer sa déception devant l'absence de son Californien blond.

– Qu'est-ce qu'on fait, on rentre ?

J'essaie de ne pas paraître trop abattue. Après tout, on les connaissait à peine.

– Évidemment.

– Attends ! Ils sont peut-être à la Cabane à Smoothies ? Sam a dit que ce n'était pas très loin. On pourrait…

– Toi et tes smoothies ! Je croyais qu'il ne t'intéressait pas ?

– Non, mais… je… tu ne voulais pas apprendre à surfer ?

Elle me dévisage longuement, sans doute effarée par mes piètres arguments. Puis elle éclate de rire, rassemble ses affaires et se dirige vers l'autre côté de la plage, où nous ne nous étions encore jamais aventurées.

– Opération Smoothie, c'est parti ! annonce-t-elle en dégainant sa caméra. Ta valise ne perd rien pour attendre.

Bras dessus, bras dessous, nous nous frayons un chemin à travers la foule de vacanciers huilés, en prenant soin de tout commenter à voix haute pour la vidéo. Alors que je frôle l'overdose de vieux messieurs blafards en maillots moulants, Frankie repère l'enseigne de la Cabane à Smoothies.

Nous nous précipitons vers la porte, notre énergie et nos espoirs décuplés par cette pancarte aux lettres vert et jaune un peu délavées. Derrière le comptoir, Sam sourit en nous voyant entrer. Rien que pour ça, ça valait la peine.

– Je termine dans dix minutes. Vous m'attendez ?

Frankie range sa caméra et nous nous asseyons. Après

cette longue marche entre les touristes rigolards et les bébés aux couches trempées, je suis prête à passer la nuit ici s'il le faut.

Dix minutes plus tard, Sam nous rejoint avec trois verres de banane-noix-de-coco-je-ne-sais-plus-quoi, son parfum favori. Il s'assied à côté de moi.

– Salut ! Qu'est-ce que tu as fait à ton… enfin, je te trouve changée.

Je vire au rouge. Par chance, personne ne doit s'en rendre compte sous mon épaisse couche de fond de teint.

– Oh, on s'est un peu amusées avec Frankie, ce matin.

– Ah, répond-il en faisant des nœuds avec l'étui de sa paille. Excuse-moi, j'ai eu un peu de mal à te reconnaître. Mais ça te va bien, hein.

Je prends note d'arrêter le maquillage.

Puis je m'en veux de me laisser dicter ma conduite par un garçon que je connais à peine.

Puis je m'en veux de m'en être voulu étant donné que moi aussi, je préfère le look naturel.

Tu vois ? C'est exactement pour ça que je ne veux pas de copain.

– Il n'est pas là, Jake ? demande alors Frankie d'un ton faussement désinvolte.

Je lui envoie un baiser moqueur derrière le dos de Sam. Désinvolte, tu parles.

– Il donne des cours, aujourd'hui. On a rendez-vous dans une heure. Vous n'avez qu'à venir avec moi. (Il hoche la tête comme si c'était réglé.) Au fait, vous nous avez posé un lapin, hier !

– Pas du tout, mais Frankie avait...

– Anna, me coupe-t-elle en me fusillant du regard, ce qu'on fait de nos journées ne regarde personne.

– Laisse-moi deviner, dit Sam. Coup de soleil?

Il éclate de rire, complètement insensible au numéro de Frankie. Des filles dans son genre, il a dû en croiser un paquet. Contrairement à quatre-vingt-dix pour cent des hommes de la planète, il est complètement insensible à ses charmes. Et ça, c'est le genre de chose qu'elle ne supporte pas.

– C'est pour stimuler mon bronzage, explique-t-elle. Et de toute façon, on avait mieux à faire.

– Si tu le dis, Miss Écrevisse. Mais je ne vous demandais pas de vous justifier. Je constatais simplement que vous nous aviez posé un lapin.

Frankie n'a pas le temps de répliquer qu'il est déjà passé à autre chose. Apparemment, l'eau est un peu plus agitée là où nous devons retrouver Jake tout à l'heure, mais c'est assez proche de la plage surveillée pour que les surveillants de baignade puissent intervenir en cas de besoin.

– Ne vous inquiétez pas, dit-il. Douées comme vous êtes, ça ne devrait pas poser de problème.

Après avoir ainsi regagné les bonnes grâces de Frankie, il débarrasse la table, plie son tablier et le range derrière le comptoir.

Une fois dehors, il récupère son surf derrière la boutique et nous conduit vers la limite de la zone surveillée, à une dizaine de minutes de là.

La côte étant beaucoup plus dégagée que dans la crique,

il y a largement assez de place pour nous et les quelques surfeurs déjà présents.

Jake est en train de cirer sa planche au bord de l'eau. Il court vers Frankie et la soulève dans ses bras, le genre de comportement théâtral dont elle raffole.

– Aïe ! s'écrie-t-il en la reposant à terre. Tu t'es endormie au soleil, ou quoi ?

– Mais non, c'est pour – oh, et puis zut. Oui, c'est ça. On peut passer à autre chose, maintenant ?

Je lui tends le tube de crème solaire avant que nous entamions notre leçon de surf numéro deux. Cette fois, nous nous agenouillons sur les planches et nous nous laissons ramener au bord par les vagues, suivies de près par les garçons. Elles sont beaucoup plus grosses que dans la crique, en grande partie à cause des hors-bords qui filent à quelques centaines de mètre de nous. Je m'attends à ce que Frankie fasse semblant de tomber à l'eau pour qu'on vienne galamment à son secours, mais elle s'amuse tellement qu'elle en oublie ses techniques de drague les plus basiques. Je retrouve même par moments la Frankie d'autrefois. Certes, une armée de surveillants de baignade et d'infirmiers accourrait sans doute si elle se cassait ne serait-ce qu'un ongle. Mais de toute façon, elle n'a pas l'air de s'en soucier.

Par malheur pour moi, cette deuxième leçon ne fait que confirmer combien Sam est charmant et attentionné. En dépit de mes bonnes résolutions (qui n'auront pas tenu bien longtemps), je suis forcée d'admettre que je suis peut-être un tout petit peu, mais alors très légèrement, intéressée.

Ce qui l'exclut donc automatiquement de la liste des Voleurs de valise potentiels. Je ne pourrais jamais partager un moment aussi gênant avec quelqu'un que j'apprécie autant.

Il est bientôt temps d'aller retrouver Red et Jayne, après avoir donné rendez-vous aux garçons le lendemain.

Ce lendemain cède la place au surlendemain, puis au sur-surlendemain, et ainsi de suite. Frankie et moi ne tardons pas à passer à deux leçons par jour, entrecoupées de longs déjeuners avec ses parents. Même s'ils apprécient d'être seuls, il ne faudrait pas qu'ils commencent à s'interroger sur l'existence des filles adorables – et imaginaires – avec qui nous passons tout notre temps à la plage.

Au bout d'une semaine, notre routine est bien huilée. Repas et autres activités de petites filles modèles avec Red et Jayne ; matinée et fin d'après-midi avec Sam et Jake. En très peu de temps, nous sommes devenus incroyablement proches tous les quatre, comme cela n'arrive qu'avec des gens que l'on connaît à peine. Des gens qui vivent dans un autre État, à des milliers de kilomètres du nôtre.

Des gens qui ignorent tout de nos secrets.

Frankie et Jake n'en finissent plus de se tripoter avec une indécence qui semble déranger les vieux couples mariés. La seule chose qui les empêche de sauter le pas, c'est le manque d'occasions. Malgré le penchant de Frankie pour les lieux publics (comme, mettons, les terrains de foot), il y a quand même un peu trop de monde sur la plage en pleine journée.

Sam meurt d'envie de m'embrasser, je le sens. J'ai déjà vu

ce regard, et je ne suis pas sûre d'être prête à l'affronter de nouveau. Les divers organes et terminaisons nerveuses qui composent mon corps seraient partants, mais, par chance, ma raison l'emporte encore sur eux. Elle me rappelle que les bonnes idées n'en sont pas toujours et m'aide à changer de sujet ou à me détourner dès que cette lueur s'allume dans les yeux de Sam.

Frankie me prend pour une folle.

– J'ai du mal à te suivre, Anna, m'avoue-t-elle à la fin de cette première semaine, alors que nous admirons les acrobaties de Sam et Jake depuis le sable. Il ne te plaît plus ?

– Si, mais…

– Mais quoi ? Tu ne veux plus te débarrasser de ta valise ?

Elle a l'air inquiète, comme si son avenir dépendait de ma réponse à cette question.

– Je crois que si, mais…

– Tu *crois* que si ?

– Tu sais, j'aime vraiment beaucoup Sam, dis-je à voix basse pour qu'il ne m'entende pas. Mais ce genre de choses ne se fait pas à la légère.

– Dans ce cas, je ne peux rien pour toi. Tu vas devoir te débrouiller toute seule pour perdre ta virginité.

– Si seulement c'était aussi simple !

Les garçons nous rejoignent, dégoulinants d'eau froide. Sam n'a même pas le temps de me proposer à boire que Frankie et Jake sont déjà bouche contre bouche.

– Ils sont prisonniers de leurs pulsions, commente-t-il en me tendant une canette.

Prisonniers... Oh non !

– Frankie ! Alcatraz !

Nous avons complètement oublié que Red doit nous emmener visiter l'ancienne île-prison. D'après la montre de Sam, on a déjà vingt minutes de retard.

– Merde !

Elle s'arrache aux bras de Jake et noue son paréo autour de sa taille.

Après avoir fourré nos affaires à la hâte dans nos sacs et expédié les adieux, nous nous élançons à travers la foule de vacanciers transpirants qui sépare la Cabane à Smoothies de notre villa.

Nous arrivons quarante minutes après l'heure prévue, hors d'haleine. Red et Jayne sont assis à la table de la cuisine, clés de voiture et appareil photo à la main. Frankie leur débite une histoire à propos de « Jackie » qui nous a invitées à déjeuner avec « Samantha », et chez qui nous avons perdu toute notion du temps parce que nous avions oublié nos téléphones portables sur la table de nuit. Le rouge me monte aux joues face à tant d'assurance. Je contemple mon vernis à ongles en attendant que Red et Jayne nous reprochent d'avoir abusé de leur gentillesse.

Mais ils ne le font pas. Ils pensent qu'on peut encore arriver à temps pour la visite, et nous demandent simplement de faire plus attention la prochaine fois. J'aurais préféré un sermon sur les responsabilités qui accompagnent l'entrée dans l'âge adulte, et des « à quoi bon vous payer un portable si vous ne l'utilisez pas ? » – conformément au manuel rédigé par mes parents il y a des années de cela et toujours en vigueur chez moi. Red et Jayne n'ont pas du tout l'air fâchés.

– Ce n'est pas bien grave, conclut la mère de Frankie. On est ravis que vous vous soyez fait des copines. (*Parce que d'une certaine façon, cela signifie que la vie continue.*) Mais si vous êtes d'accord, j'aimerais qu'on passe un peu de temps entre filles demain. À condition, évidemment que vous acceptiez d'être vues sur la plage en compagnie d'un vieux fossile comme moi !

– Super !

Derrière nos sourires angéliques, nous songeons qu'il va falloir prévenir Jackie et Samantha qu'elles n'existent pas, que nous n'existons pas non plus et que, si d'aventure elles nous croisent avec ledit fossile, elles sont priées de passer leur chemin.

Puis nous nous excusons une dernière fois, enfilons un short, grimpons en voiture direction Alcatraz et promettons à Red d'être à l'heure la prochaine fois.

Il ne se doute pas une seconde que ses deux petites Jumelles ont l'intention de faire le mur dès que sa femme et lui seront endormis. Pourtant, à vingt-trois heures, c'est bien ce qui se passera.

seize

– C'est bon, murmure Frankie en rentrant dans notre chambre sur la pointe des pieds après sa mission de reconnaissance au bout du couloir. Ils ronflent.

Comme j'ai toujours incarné la voix de la raison dans notre duo, je me sens obligée de protester :

– Tu es sûre que c'est une bonne idée ? Et si on se fait choper ? Ou si on va jusque là-bas mais qu'ils n'y sont pas ?

– Ils nous ont dit qu'ils traînaient dans ce coin tous les soirs. Et il n'y a aucun risque qu'on nous surprenne. Papa et maman ont le sommeil lourd, surtout après une journée au soleil.

– Ils pourraient avoir soif.

– Ne dis pas n'importe quoi. Même s'ils se levaient, ils n'auraient aucune raison de venir nous voir. Tiens, tu n'as qu'à faire comme moi. (Elle sort du placard une pile d'oreillers et de couvertures dont elle glisse la moitié sous ses draps avant de me tendre l'autre.) Comme ça, si jamais ils ouvrent la porte, ils croiront qu'on est profondément endormies.

La voix de la raison et sa cousine la voix de la logique protestent un peu, mais elles s'enrouent brusquement lorsque je me représente Sam assis devant un feu de camp.

– Bon, d'accord. On y va.

Après une ultime vérification, Frankie me fait signe que la voie est libre. Nous descendons l'escalier à pas de loup, en prenant soin d'éviter la troisième marche – elle grince –, puis nous filons après avoir laissé la porte de la terrasse entrouverte.

« Rendez-vous dehors tout à l'heure, d'accord ? » a chuchoté Matt en m'attirant dans le placard de l'entrée avant qu'on puisse nous voir.

« Mais si mes parents nous entendent ? »

« Anna, c'est pareil tous les soirs depuis des semaines. Ils n'entendront rien du tout. Et je suis incapable d'attendre douze heures avant de te revoir. »

Ses lèvres brûlantes se sont plaquées sur les miennes, scellant notre promesse sans me laisser l'occasion de me défiler.

« D'accord. J'y serai. »

« Tu as intérêt. »

– Anna, tu m'écoutes ?

Le souvenir de mon dernier rendez-vous avec Matt se dissout dans l'air marin.

– Hein ?

J'ai du mal à déchiffrer l'expression de Frankie dans le noir. Nous ne pouvons pas allumer la lampe-torche avant d'avoir atteint le bas des marches, invisible depuis la fenêtre de Red et Jayne

– Je disais : attention aux cailloux dans l'herbe. Tu dors ou quoi ?

– Non, non, je suis là, c'est bon.

Je la prends par la main en faisant attention de ne pas trébucher. Une fois sur la plage, c'est plus facile de se repérer. Les vagues clapotent sur notre gauche, et plusieurs feux de camp éclairent le sable ici et là. L'odeur résiduelle des hot dogs et de la crème solaire se mêle à celle des cigarettes et de la bière. Quelqu'un joue de la guitare ; c'est le point de rassemblement des adolescents du coin. Un groupe sur deux nous siffle et nous propose de boire un verre. Ravie d'attirer ainsi l'attention, Frankie agite la main, sourit à tout le monde et filme quelques images au hasard. Mais nous sommes en quête de Sam et de Jake, et rien ne pourra nous détourner de notre but.

Nous les retrouvons juste devant la Cabane à Smoothies, comme ils nous l'avaient promis avant notre départ précipité cet après-midi. Eux aussi ont allumé un feu et apporté une glacière pleine de bières. Mon cœur fait un petit bond dans ma poitrine lorsque Sam me regarde.

– Content de te revoir, dit-il en me tendant une bouteille. On n'était pas sûrs que vous oseriez sortir.

– J'ai dû insister, reconnaît Frankie. Anna est vraiment trouillarde, parfois. (Je tente de l'étrangler du regard, mais elle me prend dans ses bras et éclate de rire.) Allez, on t'aime quand même !

Nous restons plantés là tous les quatre, à boire nos bières en grattant le sable du bout du pied. Nous leur racontons notre excursion à Alcatraz avec Red et Jayne.

– La visite est plutôt cool, reconnaît Jake. J'y suis allé avec ma petite sœur, l'année dernière.

– Tu as une sœur ?

Je me rends soudain compte que malgré nos longues discussions sur les matières que nous aimons et celles que nous détestons, nos projets de carrière, nos plats et notre musique préférés, nous n'avons jamais abordé la question de la famille.

– Trois, même, me répond-il. Katie a treize ans, et j'ai aussi deux sœurs jumelles plus âgées, Marisa et Carrie, qui vont à la fac en Caroline du Nord. Et vous ?

Tout en disant que je suis fille unique, je me rends compte avec un nœud dans le ventre que je viens de commettre une terrible gaffe. J'adresse une grimace d'excuse à Frankie, pour qu'elle comprenne combien je m'en veux de nous avoir entraînées sur ce terrain glissant.

– Moi aussi, ment-elle avant de planter sa bouteille vide dans le sable. Tu viens, Jake, on va se baigner !

Elle s'essuie la bouche du revers de la main, le regard tourné vers l'océan.

– Tu es folle ? proteste-t-il. On n'y voit rien !

– Justement.

Elle retire le tee-shirt qui recouvrait son bikini et le lance à côté de la glacière – mettant fin une bonne fois pour toutes au débat « nager ou ne pas nager ».

– OK, comme tu veux.

Jake tend sa bière à Sam, laisse tomber son tee-shirt sur celui de Frankie et s'élance à sa poursuite.

Après leur départ, le rythme de la conversation ralentit sans pour autant s'arrêter. La chaleur des flammes se mêle à celle de l'air qui nous entoure.

– Frankie est plutôt sympa, comme fille, dit Sam en s'installant sur une couverture à rayures rouges et blanches.

– Ça va te sembler difficile à croire, mais il n'y a pas si longtemps, elle était encore très timide.

Je le rejoins sur la couverture, contente de ne plus rester debout à faire semblant d'aimer la bière.

– Pourquoi, elle était grosse ?

– Grosse ? Non, pas du tout. Elle… Tu sais quoi ? Je n'ai pas envie d'en parler.

Matt n'a rien à faire dans cette soirée. Frankie a délibérément laissé ce pan de sa vie derrière elle ; jusqu'ici, et malgré ma gaffe de tout à l'heure, elle a tenu sa résolution. C'est son histoire. Quels que soient mes propres tourments, je n'ai aucun droit d'invoquer son frère à ma guise.

– Pas de problème. (Sam retire ses sandales et s'étend sur le dos, les mains derrière la tête.) Allez, allonge-toi.

Je laisse néanmoins une bonne cinquantaine de centimètres entre nous, de peur qu'un de mes orteils frôle sa jambe et présente un cas de combustion spontanée. Malheureusement (ou heureusement, je ne sais plus), il se tourne vers moi. Je garde la tête bien droite, les yeux rivés sur les étoiles. Je ne pense pas à lui. Je ne mesure pas les particules chargées d'électricité qui nous séparent avec l'espoir qu'elles se rapprochent les unes des autres. Je ne devine pas l'odeur de savon et de sel de sa peau. Je n'entends pas son souffle doux et mesuré, pas plus que les battements de son cœur tout près du mien.

– Décris-moi ce que tu vois, réclame-t-il.

Je lui parle des formes que je distingue dans les étoiles, de la noirceur absolue du ciel tout autour, des petites volutes de nuages gris éclairés par la lune.

– Maintenant, ferme les yeux, murmure-t-il.

Ses doigts se posent sur mes paupières. La chaleur de sa main se transmet à ma peau, effrayante et grisante à la fois. Puis il reprend sa position initiale, laissant une sensation de froid sur mes yeux.

– Voilà. Concentre-toi sur toutes les choses que tu ne peux *pas* voir.

J'inspire profondément et m'efforce de lui obéir. Je ne veux pas le décevoir. Je ne veux pas qu'il prenne mon appréhension puérile pour un manque de profondeur.

– Et là, qu'est-ce que tu vois ?

– Le spectacle magnifique de l'intérieur de mes paupières.

– Ce n'est pas de ça que je te parle. Essaie encore.

De nouveau, je prends une grande inspiration.

Dans le noir, je vois la brise caresser ma peau. Je vois chaque grain de sable se presser contre mon dos à travers la couverture. Je vois le feu crépiter et projeter des étincelles qui retombent doucement autour de nous. Je vois la musique s'élever au-dessus des groupes qui s'esclaffent un peu plus loin, puis flotter jusqu'à mes oreilles pour s'infiltrer dans mon cœur. Et je vois l'océan, le bruissement des vagues qui se précipitent vers la côte et repartent en arrière en une course sans fin.

Malgré le sentiment de bien-être qui m'envahit, je frissonne. J'ouvre les yeux et me tourne vers Sam. Il me dévisage avec une telle intensité que mon corps réagit comme du métal face à un aimant. Incapable de résister à l'ordre naturel des choses, je me rapproche malgré moi. J'ai peur. Peur que quelque chose vienne troubler son regard, et peur que cela n'arrive pas.

Frankie et Jake ont disparu. On ne distingue plus que le rire de mon amie, résonnant derrière elle telle une traînée de petits cailloux cristallins. Je l'entends sans l'entendre. Plus rien ne m'atteint vraiment. Je voudrais parler, mais ma bouche a oublié comment former des mots.

– Anna, tu trembles. Tiens.

Sam se redresse et retire son sweat à capuche rouge.

Je l'enfile aussitôt, appréciant le contact du tissu sur mes épaules nues. Je suis submergée par des sensations incontrôlables, comme si Sam venait de m'entourer de ses bras tièdes et protecteurs. C'est lui, c'est son odeur, celle de sa peau, une odeur de propre et de feu de bois, aussi chaude et familière que s'il était dans ce vêtement avec moi.

Plus rien n'a d'importance. Le froid a disparu. Le temps a disparu. Les vagues ont cessé de murmurer. Je me perds dans ses yeux qui ne cillent pas. Le monde s'arrête de tourner. Sam m'attire doucement à lui. Mes bras s'enroulent autour de son cou, les siens autour de ma taille, et il m'embrasse, un baiser si brûlant et si implacable qu'il se propage jusqu'au bout de mes orteils. Quand nous tombons à la renverse sur la couverture, je perds tout contrôle. Mes jambes s'accrochent aux siennes pour qu'il vienne plus près, encore plus près. Son corps roule sur le mien qui s'enfonce dans le sable, il embrasse mes lèvres, ma gorge, ses mains se perdent dans mes cheveux, se glissent sous mon débardeur, et je me mets à flotter, enfin débarrassée de la douleur qui m'accablait depuis si longtemps. Tout mon cœur s'évapore.

– Anna-très-chère-de-New-York, souffle-t-il.

Couché sur moi, il frémit de tout son être. J'ouvre la fermeture éclair du sweat-shirt et rabats la couverture sur nous deux avant de le faire basculer sur le côté, un bras et une jambe drapés sur son corps. Ma tête repose au creux de son épaule. Je respire son parfum et le retiens dans mes poumons, là où personne ne pourra l'atteindre.

Ma vie pourrait prendre fin ici et maintenant que ça n'aurait plus la moindre importance.

Peu après, nous entendons revenir Frankie et Jake. Lorsque nous nous séparons, je ressens soudain une impression familière, comme si je laissais couler de l'eau entre mes doigts. L'air est froid sur ma peau là où, il y a encore quelques secondes, il se pressait contre moi. L'odeur de ses cheveux m'échappe dans un soupir. Disparue, la douceur de ses mains. Un raz-de-marée de tristesse déferle sur moi. Pourtant, Sam est toujours là et me sourit, l'air heureux. Sa main caresse la mienne. Frankie et Jake arrivent en courant, hors d'haleine et riant aux éclats. Sam écarte une mèche de mon front pour m'embrasser un sourcil.

Je suis obsédée par le souvenir de son corps contre le mien, de ses lèvres sur les miennes. Je ne me rappelle plus rien avant cet instant. Et je comprends alors que c'est arrivé, cette chose horrible que je m'étais juré d'empêcher.

Le glaçage. Le triangle de verre bleu. Les étoiles filantes. Le goût de ses lèvres dans le placard de l'entrée.

Évanouis.

Sam a envahi toutes mes pensées. Matt s'est effacé.

Mon corps vibre, encore brûlant d'excitation.

Sam sourit près de moi, *à cause* de moi.

Et je ne me suis jamais sentie aussi seule de toute ma vie.

dix-sept

« *Cher Matt,*

Quel est le délai de prescription pour le sentiment de culpabilité lorsqu'on trompe un fantôme ? »

Je contemple ces pattes de mouche dans mon journal, aussi ridicules que si j'avais prononcé les mots à voix haute. Près de vingt-quatre heures ont beau s'être écoulées, je ne parviens toujours pas à me débarrasser du poignard brûlant qui s'est planté dans mon ventre. Le problème n'est pas tant que j'aie embrassé Sam – d'après Frankie, soirée romantique, ciel étoilé, bière et feu de camp ont souvent ce genre de conséquences.

Le problème, c'est que j'ai hâte de recommencer.

On n'a pas vu les garçons aujourd'hui. Nous avions promis à Jayne de passer la matinée avec elle, et cela s'est finalement prolongé par un déjeuner, puis un dîner, puis une soirée jeux de société avec oncle Red. Il était trop tard pour retourner à la plage. Le soleil s'est couché sur cette journée entièrement consacrée aux parents de Frankie et à des activités saines n'impliquant ni garçons, ni culpabilité, ni frissons dans la nuit.

« Je ne suis plus certain de vouloir y aller. »

Il était deux heures du matin. Matt et moi nous promenions dans les rues du quartier en chuchotant. Il ne restait plus que deux jours avant leur envol pour la Californie. Ensuite, nous aurions encore un mois à passer ensemble avant sa rentrée à Cornell. J'essayais de ne pas y penser, de ne pas compter les jours me séparant de son départ, de notre première visite sur le campus ou des vacances scolaires. Une heure de route, ce n'était pas si long. Mais il y avait aussi mes cours au lycée, et nous ne pourrions pas nous voir aussi souvent que nous en aurions envie. Finis les textos me demandant de le rejoindre dehors au beau milieu de la nuit. Finis les stratagèmes consistant à jeter tout le sucre à la poubelle pour avoir une raison de sonner chez l'autre après le dîner.

« Tu parles de la fac depuis qu'on est tout petits, Matt. »

« Je sais, mais tu n'y seras pas. Ça ne sera plus pareil. »

« Ici, rien ne va changer. »

« Et si à mon retour j'étais différent ? Parfois, un nouveau contexte peut modifier notre regard sur tout le reste, et les gens ne nous voient plus de la même façon. »

« Impossible. »

C'était tout ce que j'avais à dire. Alors je l'ai embrassé.

Je ne comprenais pas, à l'époque. Je le trouvais mignon de s'inquiéter ainsi à l'idée de quitter le cocon familial. Aux yeux de Frankie, Red et Jayne, il était plus que prêt. Il était né pour aller à la fac, étudier et accomplir de grandes choses. Mais moi, je savais qu'il avait peur. C'était une page importante qui se tournait – pour la première fois de sa vie, il allait être séparé de sa sœur, de moi, de notre éternel trio, de sa famille. Pour être honnête, je n'en menais pas large non plus. Mais dans les moments où il se mettait à nu sous les étoiles et me confiait ses doutes, je ne pouvais pas le lui avouer. Je ne pouvais que le regarder droit dans les yeux, lui prendre la main et espérer qu'il sache lire dans les pensées – parce que jamais, jamais je ne le verrais différemment, et jamais mes sentiments pour lui ne changeraient.

Aujourd'hui, blottie sous mes draps afin d'écrire à son fantôme, je vois enfin de quoi il voulait parler. Après une petite semaine en Californie, je ne suis déjà plus la même. Plus du tout. Ça me fait mal de raviver le souvenir de Matt, de vivre ce qu'il me décrivait dans ses cartes postales, d'essayer à la fois d'oublier sa voix et de la graver dans ma mémoire. Chaque jour est une lutte.

Je n'arrête pas de penser à Sam.

Et Frankie n'a pas la moindre idée de ce que je traverse.

Il est vingt-deux heures trente ; Red et Jayne viennent enfin de s'endormir. Nous n'allons pas tarder à faire le mur. Elle meurt d'impatience de retrouver Jake, alors que je ne me sens pas prête à revoir Sam.

– Qu'est-ce qui t'arrive ? me demande Frankie avec une

douceur étonnante. Tu étais pourtant folle de lui hier soir. Tu ne veux plus y aller ou quoi ?

Je referme mon journal sans répondre, incapable de mettre des mots sur ce que je ressens.

Elle s'assied au bout de mon lit.

– Anna, il s'est passé quelque chose ?

Oui, il s'est passé quelque chose. Sam m'a embrassée, c'était dingue, intense et encore plus merveilleux qu'avec Matt, et maintenant je n'ai plus qu'une envie : recommencer. Voilà, je l'ai dit. Sauf que c'était dans ma tête.

– Non, non. C'est juste que je ne voudrais pas faire la fille collante. Si on se pointe tous les jours et toutes les nuits à la même heure, ils vont croire qu'on les harcèle.

– C'est pas le cas ? me taquine-t-elle en haussant son sourcil fendu.

– Si. Mais pas ce soir.

Elle hoche la tête en jouant avec son bracelet. J'ai réussi à repousser l'échéance de quelques heures.

– Au fait, Frankie, on n'a quasiment rien fait toutes les deux depuis qu'on est ici. Si on se levait tôt demain matin pour aller se balader sans les garçons ? Pourquoi pas à San Francisco ?

– Décidément, tu as vraiment peur de paraître accro !

– Ça nous changerait un peu de la plage. Il nous reste encore deux semaines pour traîner avec Jake et Sam.

Ma voix s'étrangle lorsque je prononce son nom. Je prie pour que Frankie ne m'ait pas vue rougir.

Elle réfléchit à ma proposition.

– On n'aura qu'à prendre le car ; il y a un arrêt un peu plus bas dans la rue. Mais mes parents ne nous laisseront jamais y aller toutes seules, et je n'ai pas très envie de passer une journée entière avec eux. J'ai ma dose des activités en famille.

– Et alors ? Ils ne nous ont pas non plus autorisées à sortir en pleine nuit, mais ça ne nous a pas empêchées de le faire.

– Bien vu.

– Il est temps que Jackie nous propose une sortie en mer sur son bateau, non ? Avec ses parents, bien entendu.

C'est la première fois de ma vie que Frankie me qualifie de génie. Lorsque nous éteignons nos lampes de chevet et remontons nos couvertures sur nos têtes, l'Opération San Francisco est officiellement lancée.

Le lendemain, je me réveille à sept heures, au moment où Red et Jayne partent faire leur promenade matinale. Je descends à la cuisine sur la pointe des pieds, avec l'intention de consigner les dernières soirées dans mon journal pour me débarrasser de la culpabilité qui me noue le ventre.

Je me prépare une tasse de thé vert en faisant le moins de bruit possible, attrape une barre de céréales dans le placard, sors pieds nus sur la terrasse et referme la porte coulissante derrière moi.

C'est un matin idéal. Les joggeurs n'ont pas encore envahi la plage, ce qui me permet de profiter de la vue sans être dérangée. Après avoir déballé mon petit déjeuner, je pose mes pieds sur une chaise en me faisant la réflexion que je devrais me lever de bonne heure plus souvent.

L'odeur herbeuse du thé me rappelle papa et maman travaillant côte à côte à débarrasser les plates-bandes des envahisseurs. Ils communiquent sans se parler, un peu de la même façon que j'ai observé le paysage sans le voir l'autre nuit avec Sam. Perturbée par ce rapprochement, je m'empresse de penser à autre chose. Je me demande ce qu'ils sont en train de faire en cet instant où plus de trois mille kilomètres et trois heures de décalage horaire nous séparent. Je leur ai envoyé une carte postale d'Alcatraz et j'ai téléphoné il y a quelques jours. Leurs voix m'ont paru faibles et lointaines. Papa m'a donné des nouvelles de son travail et du jardin – malgré mon absence, les maisons continuent à se vendre et les plantes à pousser ; la vie suit son cours.

Tandis que je sirote mon thé les yeux fermés, Sam s'immisce à nouveau dans mes pensées. La chaleur du soleil jaune orangé sur mes paupières m'évoque celle de ses mains lorsqu'il m'a appris à regarder différemment. Je me force à revivre cette scène aussi douloureuse qu'exaltante, à rejouer chaque instant, chaque caresse, chaque respiration. Je sens presque ses lèvres sur les miennes quand…

– Ah, tu es là ! s'écrie Frankie, me tirant de ma rêverie avec une délicatesse d'éléphant. Pourquoi tu ne m'as pas réveillée ?

– Je pensais que tu m'avais entendue me lever.

J'espère que mon agacement n'est pas trop perceptible.

Elle ramasse quelques cheveux accrochés à son tee-shirt et les laisse tomber par terre.

– Voyons, tu sais bien que si tu ne me secoues pas, je continue à ronfler. Et tu te retrouves toute seule pendant des heures.

Je referme mon journal sans terminer ce que j'étais en train d'écrire.

– Hum, oui, c'est terrible.

– Qu'est-ce que tu vas mettre aujourd'hui ?

– Pourquoi ?

– Anna ! Tu m'exacerbes vraiment, parfois.

– Exaspères.

– Hein ?

– Je t'exaspère.

– C'est ce que je viens de dire ! Bref, San Francisco, tu te souviens ?

Oh, c'est vrai. Je profitais si bien de ce moment de solitude que j'en ai presque oublié ma stratégie de diversion anti-Sam.

– Je te fais confiance, Frankie. Choisis pour moi.

Je la regarde préparer son petit déjeuner dans la cuisine. Elle chantonne une mélodie de notre enfance tandis que ses mains fourragent dans le tiroir à couverts, qu'une cuillère tinte en atterrissant dans son bol et que la porte du placard lui répond en claquant. Elle attrape ensuite une boîte de céréales, une brique de lait et une canette de Coca light, sans s'apercevoir que je l'écoute.

Si on t'offre un vœu, qu'est-ce qui peut te plaire ?
Est-ce le clair de lune sur un cœur de verre ?

Ou bien le soleil qui brille sur la mer ?
À moins que ce soit moi que tu préfères ?

J'avais complètement oublié cette chanson. Quand nous étions en CM1 et Matt en 6e, il a participé à un spectacle de fin d'année intitulé *Vive la musique*. Mes parents et moi avons pris place à côté de Jayne et Frankie, pendant que Red restait debout au fond de la salle avec les autres papas pour filmer les différents numéros en prévision de longues séances de torture familiale.

Je m'en souviens maintenant comme si c'était hier. Vêtu d'un smoking et d'une ceinture en sequins argentés, Matt interprétait *Pour te plaire* en solo. Les plus jeunes étaient déguisés en sirènes et en poissons. À la fin du couplet, il les a fait venir au centre de la scène pour le refrain. La plupart d'entre eux avaient oublié leur texte, mais il a continué à sourire comme si de rien n'était.

Quand j'observe Frankie, j'ai parfois l'impression de voir son frère dans un miroir déformant. Tous les éléments sont là, mais assemblés d'une façon étrange. Ce matin, en l'entendant fredonner cette mélodie, je ne peux pas m'empêcher de penser que Matt est passé nous dire bonjour.

Frankie se retourne, les bras chargés, et nos regards se croisent. Elle rit nerveusement. Je la retrouve soudain, elle – pas une pâle copie de son frère mais la vraie Frankie, celle qui me préparait des cookies quand j'étais triste et cueillait des pissenlits pour sa mère en rentrant de l'école –, toute gênée d'avoir été surprise en train de chanter.

– Arrête de m'écouter, proteste-t-elle avec une petite toux forcée.

– Je ne t'écoutais pas. Je me demandais où tu étais, c'est tout.

Elle pose ses provisions sur la table et pioche quelques céréales dans la boîte pour s'assurer qu'elles sont assez croustillantes avant d'en remplir son bol.

Parmi toutes les manies que les gens peuvent avoir à table, aspirer bruyamment son lait est sans doute la plus insupportable. Mais Frankie ne sait pas faire autrement.

– Je crois que le car pour San Francisco passe toutes les deux heures le dimanche, m'annonce-t-elle en plongeant sa cuillère dans son bol, tel un héron partant à la pêche. Le trajet dure environ deux heures trente. Si on attrape celui de dix heures, on pourra passer l'après-midi là-bas.

Depuis le début des vacances, nous avons pris l'habitude de mentir à ses parents par tranches de deux ou trois heures afin de passer du temps avec Sam et Jake. Au fond, ce n'est pas vraiment un mensonge. Nous nous aventurons juste un peu plus loin sur la plage qu'ils ne l'imaginent.

Bien que la visite de San Francisco soit mon idée, leur cacher notre emploi du temps pendant toute une journée me paraît beaucoup plus grave. D'autant que cette fois, nous serons à une centaine de kilomètres de l'endroit où ils nous croient. Je propose donc un compromis :

– Si on rentre à temps pour le dîner, tes parents se poseront moins de questions.

Frankie manque d'en perdre sa cuillère.

– Bon sang, Anna, tu es tellement timothée !

– Timorée ? Non, pas du tout. J'estime simplement que…

– Ce n'est pas moi qui ai imaginé cette histoire de sortie en bateau. Il faut qu'on reste crédibles. Une virée en mer, ça prend du temps, sans compter que les parents de Jackie nous inviteraient sûrement à manger chez eux.

– Pas faux.

– Tu as raison, on a besoin de passer un peu de temps rien que toutes les deux. Alors si tu as fini, dépêche-toi d'aller te préparer. On doit être à notre avantage aujourd'hui !

Tout en ramassant mon journal, ma tasse et l'emballage de ma barre de céréales, je maudis intérieurement le dieu des vacances pour m'avoir laissée m'empêtrer dans ce bourbier impliquant une valise, Sam et des mensonges à n'en plus finir.

dix-huit

Les Perino nous considèrent comme des adolescentes responsables dans la mesure où nous rentrons toujours avant le couvre-feu, nous tenons à l'écart de l'alcool comme des garçons et nous montrons très sages. Nous n'avons donc aucun mal à obtenir leur permission pour une journée entière de liberté. Frankie leur raconte que les parents imaginaires de Jackie nous ont invitées sur leur bateau imaginaire, ajoute un « je vous aime » pour la forme, et tout est réglé.

Le problème, c'est qu'on ne s'habille pas du tout pareil pour une virée en mer et une escapade en ville. Alors, après avoir enfilé de simples shorts et tee-shirts, nous fourrons tout ce qu'il nous faut dans nos sacs à dos et faisons un arrêt dans les vestiaires de la piscine au bout de la rue.

Une fois coiffées, pomponnées, accessoirisées et chaussées de sandales à talons qui n'ont pas vraiment été conçues pour la marche, nous laissons nos affaires dans un casier et nous dirigeons vers l'arrêt du car. Des couples en short kaki et polo nous dévisagent.

– C'est bien ici, le car pour San Francisco ? demande Frankie à une dame. On tourne un documentaire.

– Oui, répond son interlocutrice en essayant de sourire à la caméra, alors que ses yeux sont irrémédiablement attirés par la jupe en jean fendue de mon amie.

Frankie suscite en général deux types de réaction chez les femmes plus âgées. Soit elles grimacent d'un air désapprobateur et se demandent visiblement quel genre de mère laisse sortir sa fille dans une tenue pareille ; soit elles la contemplent avec envie et baissent le nez vers leurs petites baskets blanches, conscientes que leurs maris préoccupés par leurs problèmes d'assurance ou de prostate ne grimperont plus jamais en douce à leur fenêtre et ne les embrasseront plus en pleine journée sans raison.

Les hommes, eux, font tous la même tête en la voyant.

Une tête de chien affamé qui quémande sous la table.

Le trajet dure une éternité, parce que le car s'arrête à tous les coins de rue pour faire monter ou descendre des passagers. Seuls les vacanciers, dont nous faisons partie, restent jusqu'au bout. Notre univers se résume à deux villes : la station balnéaire et San Francisco. Les petits villages gris qui se dressent entre les deux n'ont aucun intérêt à nos yeux. Un flot d'inconnus hagards défile devant nous, traînant avec eux sacs de courses, enfants, cœurs brisés et autres fardeaux.

Nous ne parlons pas beaucoup et nous relayons pour filmer à travers la vitre les bâtiments, les voitures et les champs de ce monde étranger. On se croirait vraiment sur un bateau qui file vers l'horizon à une vitesse constante, les visages apathiques tressautant au rythme des vagues.

Lorsque nous arrivons enfin à la gare routière, le chauffeur coupe son moteur et me tire de ma rêverie en criant :

– San Francisco – terminus. Tout le monde descend !

À peine dehors, nous prenons la direction d'un *diner* situé sur Market Street. Les voitures nous frôlent comme si nous n'existions pas, éclaboussant nos bras et nos jambes de leurs gaz d'échappement brûlants. Je n'ai jamais été confrontée à une telle variété de gens, de couleurs, d'odeurs et de sons. Si le car me faisait penser à un bateau, les rues de la ville forment un océan où les débris de toutes les races et cultures du monde flottent vers de mystérieuses destinations.

Même Frankie semble un peu dépassée. Elle n'est pas venue ici depuis deux ans, et jamais sans ses parents et son frère.

– Commençons par manger un morceau, dit-elle en m'entraînant à l'intérieur du diner. On en profitera pour réfléchir à la suite du programme.

À l'abri de notre banquette en vinyle rouge vif, nous commandons des hamburgers végétariens, des frites et des milkshakes à la fraise – ainsi qu'un set de table supplémentaire, car nous avons remarqué qu'une carte était imprimée au dos. Mais bien sûr, aucune des attractions qu'elle mentionne ne nous intéresse. Nous nous rabattons donc sur le plan B : finir de manger puis déambuler dans les rues au hasard.

Nous croisons une quantité incroyable de marchands de légumes frais et de boutiques hippie chic qui vendent des bijoux faits main, des couvertures et des pulls hors de prix. Frankie propose aux commerçants de les faire apparaître dans son reportage en échange d'une ristourne – sans succès. À Chinatown, je la filme en train de discuter avec des poisssonniers qui découpent des saumons dont les têtes atterrissent sur le sol et dévalent la rue. Près du marché aux poissons, une vieille femme tient un stand de cartes postales, de magnets et de petits bouddhas verts.

Fascinée par le ciel bleu et la mer que je distingue à l'horizon, je m'exclame :

– J'adorerais vivre ici !

– Pas moi, répond Frankie. Trop de monde. Trop cher. Et pour couronner le tout, ça pue.

Au moment où elle éclate de rire, j'aperçois derrière elle la vieille librairie que j'ai admirée si souvent sur les photos de Matt : City Lights. Je la reconnaîtrais entre mille. Il insistait pour y aller à chacune de leurs visites. Pourtant, Frankie ne réagit pas. Je l'entraîne vers la porte en disant :

– Regarde ! Viens, on entre !

– Oh, il n'y a pas de quoi en faire tout un plat. C'est juste une librairie. Il n'y a même pas de machine à café. Allons plutôt ailleurs.

– Tout le monde n'a pas besoin d'un latte au caramel pour apprécier la littérature ! Tu ne te rappelles pas ? C'est ici que Matt...

– Je sais, Anna. Vas-y. Moi, je préfère aller boire un truc à côté. Rejoins-moi quand tu auras fini.

Elle disparaît dans un bar appelé Vesuvio. Théoriquement,

l'entrée est interdite aux mineurs, mais ils ont dû accepter de lui donner une table car je ne la vois pas ressortir.

Cinq minutes. Pas plus.

Je tire la porte vitrée de la librairie et imprègne mes poumons de l'odeur des vieux livres. L'endroit, différent de ce que j'avais imaginé, ressemble davantage à une bibliothèque qu'à un magasin. Je comprends pourquoi Matt l'aimait tant. Il était passionné par la lecture, par la façon dont les mots s'imbriquent pour former des phrases, des histoires. Il voulait d'ailleurs en faire son métier et apprendre à les manier afin de les partager avec le reste du monde. Frankie et moi nous asseyions souvent sur son lit pour l'écouter lire à haute voix ses livres préférés. Il faisait les cent pas dans la pièce, tournant les pages avec frénésie à la recherche des meilleurs passages. Il lisait avec beaucoup d'intensité et pouvait tomber amoureux d'un personnage, d'une tournure de phrase ou d'un rebondissement du récit. Il donnait vie aux romans, comme s'il était en train de nous raconter les aventures de ses amis.

Même si elle appréciait ces moments, Frankie n'a jamais été une grande lectrice – contrairement à moi. Matt avait l'habitude de me prêter les livres qui le marquaient le plus, et certains venaient justement de cette libraire. *Sur la route* de Jack Kerouac a ainsi éveillé en moi un désir de voyage resté inassouvi jusqu'à ces vacances. Il y a aussi eu les poèmes d'Allen Ginsberg et *Les Clochards célestes*, un autre roman de Kerouac invitant à l'aventure, à la découverte, à l'expérimentation.

L'été dernier, au cours de ces brèves semaines passées

ensemble, il me faisait la lecture à voix basse dès que Frankie s'éclipsait pour se changer, prendre sa douche ou je ne sais quoi.

« Ma mission est de te faire apprécier l'importance de ces mots. L'importance de ces auteurs, de ce qu'ils disent, de ce qu'ils ont été. » Il dessinait les contours de mon visage tout en parlant. « Chaque histoire s'inscrit dans une vie, une existence entière. Heureuse, triste, tragique, peu importe. Ces vies forment un tout. Et les livres sont là pour nous les transmettre. »

Le soleil éclairait son visage qui semblait illuminer la pièce. Voilà à quel point il aimait les mots.

Si Frankie collectionne en secret les souvenirs de Matt, celui-ci n'appartient qu'à moi. C'est un lien qu'elle ne pourra jamais partager, une image qu'elle ne pourra jamais enfermer dans un bocal avec les autres. L'amour des livres était notre passion commune – une passion que j'avais héritée de lui. Rien ne comptait davantage à ses yeux.

Je parcours les allées en caressant la reliure des livres, vieux ou neufs. Devant une étagère en particulier, recouverte d'une épaisse couche de poussière, je me dis que Matt est peut-être le dernier à les avoir touchés. Je m'accroupis pour lire les titres. Dans une de ses cartes postales, il m'a décrit exactement la même scène.

« Les livres sont alignés sans obéir à aucune sorte de classement, attendant d'être découverts. On dirait que les esprits de Kerouac, Ginsberg et Ferlinghetti hantent les rayonnages et me poussent à

les choisir. Pour que leurs histoires soient lues. Pour être entendus. Tu adorerais cet endroit, Anna. »

Il avait raison. Bientôt, je ne parviens plus à dissocier ma propre expérience des images dont mon esprit s'est imprégné année après année, carte après carte.

J'achète un recueil de poèmes d'auteurs locaux sur le thème de l'océan. Puis, après avoir jeté un dernier regard autour de moi, je pars rejoindre Frankie de l'autre côté de la rue.

Mais j'ai beau inspecter les tables et les tabourets de bar du Vesuvio, aucune trace de sa chevelure auburn.

– Excusez-moi, vous n'auriez pas vu une fille de mon âge ? Elle est arrivée il y a une demi-heure environ. Elle porte une jupe en jean.

– Désolé, me répond le barman. Je viens de commencer mon service.

Les battements de mon cœur s'accélèrent. Je ne peux tout de même pas l'avoir perdue ! Je sors mon portable en espérant qu'elle n'est pas fâchée et acceptera de répondre.

– Tu devrais aller voir à l'étage, me conseille le barman.

Et en effet, elle est bien là, assise avec un inconnu, faisant tourner sa paille dans son verre et riant aux éclats.

– Frankie ?

– Oh, te voilà, lance-t-elle de sa voix d'adulte. Je te présente Jeremy.

– Jarred, la corrige-t-il en me cédant sa place. (Malgré ses efforts pour paraître plus vieux, il doit avoir à peu près notre âge.) Frankie m'a beaucoup parlé de toi, Anna.

– Jarred a quitté le lycée pour se lancer dans la musique.

– Ah oui ? Quel genre de musique ?

Je me demande s'il a les qualités requises pour détrôner Jake.

– Je joue de la batterie dans plusieurs groupes. Mad Rabbit et Hex, entre autres.

– Cool.

Je hoche la tête comme si je n'écoutais qu'eux.

– À ce propos, j'ai une répète. Il faut que je file.

– Merci pour le verre, minaude Frankie.

– Il n'y a pas de quoi. Alors on se voit tout à l'heure, au concert ?

– Avec plaisir !

– Chouette.

Jarred s'éloigne le sourire aux lèvres, espérant sans doute conquérir le cœur de la fille de ses rêves pendant ce fameux concert.

– On va vraiment y aller ? Oh non, laisse-moi deviner, tu voulais juste te faire offrir à boire…

– Bravo, tu apprends vite, me félicite-t-elle, toute rancœur envolée.

– Donc si j'ai bien compté, ça fait six.

Heureusement qu'elle est là pour faire grimper les scores, parce qu'un seul garçon, c'est déjà trop compliqué pour moi.

– Tu as trouvé quelque chose ?

– Un recueil de poésie. Mais je voulais surtout voir à quoi ça ressemblait à l'intérieur.

Elle acquiesce, soupire, boit une gorgée de Coca, soupire encore puis me présente des excuses inattendues.

– Je suis désolée, Anna. Je ne voulais pas te planter comme ça. Mais ça a fait remonter un vrai raz-de-marée de souvenirs…

– Non, c'est moi qui suis désolée. J'aurais dû m'en douter. J'étais tellement excitée de tomber sur cette librairie que je n'ai pas réfléchi.

– Je comprends, dit-elle en me laissant boire dans son verre. J'étais en train de penser à sa manie de nous faire la lecture. Tu te souviens ? Il se donnait vraiment à fond, on aurait dit un comédien sur scène.

Je la regarde avec attention car je m'attends à ce que son regard se perde une nouvelle fois dans le vague. Mais ce n'est pas le cas. Elle est bien là, avec moi, au premier étage du Vesuvio, à boire un verre de Coca light en cette journée d'escapade secrète.

– J'ai récupéré certains de ses livres, me confie-t-elle. Avant que maman pète les plombs et nous interdise l'entrée de sa chambre. Je ne sais pas pourquoi, je ne lis jamais.

Je tente de me souvenir à quoi ressemble cette pièce où je n'ai pas remis les pieds depuis la veille de sa mort, quand il nous a fait écouter l'enregistrement d'une répétition d'Helicopter Pilot qu'il venait de trouver sur Internet. La porte reste désormais fermée, comme celle du grenier de la villa. Jayne a passé une sorte d'accord tacite avec nous pour que personne n'y entre.

– Tu devrais les prendre, continue Frankie.

L'espace d'une seconde, j'oublie de quoi elle parle.

– Quoi ?

– Tu as toujours aimé lire ses livres. S'il était encore là, il te les aurait déjà donnés.

– Frankie, je ne peux pas. C'est…

– Il aurait voulu que tu les aies.

Je pose ma main sur la sienne. Elle cligne des yeux pour chasser une larme. Comme d'habitude, je ne trouve pas les mots qui me permettraient de rompre ma promesse et de tout lui raconter. Mais aujourd'hui, la chape de plomb qui recouvre ses souvenirs s'est légèrement fissurée, et cela me remplit de bonheur.

Il est plus de quinze heures lorsque nous sortons du Vesuvio. Le Cartoon Art Museum, consacré aux comics, est fermé pour travaux et aucune autre visite ne nous tente ; nous finissons donc par prendre le bus jusqu'au Golden Gate, que nous traversons à pied en nous arrêtant tous les trois pas pour filmer les voiliers dans la baie.

Il y a beaucoup de vent. Le temps que nous rebroussions chemin et regagnions le centre-ville, le brouillard s'est invité à la fête ; le soleil a disparu, et il commence à faire froid.

Ni Frankie ni moi ne nous sentons d'humeur aventurière. Nous décidons alors de partager une assiette de frites dans le même diner qu'à midi, puis de rentrer. Le serveur qui nous apporte de l'eau et prend notre commande porte un tee-shirt de surf. Je m'aperçois soudain que je n'ai quasiment pas pensé à Sam de la journée. Et maintenant que je m'y autorise, la sensation de brûlure qui me transperçait le ventre depuis deux jours cède la place à une nuée de papillons.

Quand nous sortons, une pluie froide et drue se met à tomber. Serrées l'une contre l'autre, nous courons en riant jusqu'à l'arrêt du car. Les voitures filent à toute allure et nous éclaboussent les pieds. Frissonnantes, nous atteignons enfin l'abri en plexiglas où les lumières de la ville se reflètent sur nos vêtements et nos sacs à dos trempés.

Nous avions prévu de prendre le car de dix-neuf heures afin d'être à la maison un peu avant vingt-deux heures, ce qui correspondait à notre alibi de balade en bateau suivie d'un dîner. Mais Frankie n'en finit pas de lire le tableau des horaires affiché sur la paroi. Inquiète, je lui demande :

– On ne l'a pas raté ? Il est à peine moins dix.

– C'est pire que ça.

– Pourquoi ?

– On est dimanche.

– Et ?

– Le dimanche, le dernier car pour Zanzibar Bay est à dix-sept heures.

dix-neuf

La panique m'envahit en commençant par les orteils, puis remonte le long de mes jambes comme des petites fourmis qui m'obligent à m'asseoir sur le banc de métal mouillé. Avant qu'elle atteigne mon estomac déjà mis à rude épreuve ces derniers jours, je prends une profonde inspiration, sors mon portable et compose le numéro des renseignements.

– Bonjour, est-ce que vous pourriez me mettre en relation avec la Cabane à Smoothies, à Zanzibar Bay, s'il vous plaît ?

Nous nous réfugions ensuite dans un café juste derrière l'arrêt du car. Deux heures plus tard, une voiture s'arrête, warnings allumés. Sam sort du côté passager et se précipite vers nous, une main au-dessus des yeux pour se protéger de la pluie qui tombe maintenant en rafales obliques. Le bas de son tablier vert dépasse du sweat-shirt que je connais bien – mon cœur fait d'ailleurs un petit bond lorsque je nous revois tous les deux, blottis à l'intérieur. Ses cheveux frisent comme lorsqu'il se baigne. Il me serre dans ses bras humides, et je me demande soudain pourquoi je tenais tant à l'éviter.

Après nous avoir accompagnées à la voiture, il cède sa place à Frankie et s'installe à l'arrière avec moi.

– On se demandait où vous étiez ! avoue Jake en redémarrant.

Avant que Frankie puisse dire quoi que ce soit d'embarrassant, je réponds que nous avons simplement passé du temps en famille et que nous comptions les rejoindre dès ce soir – ce qui, vu l'heure, risque maintenant d'être difficile.

Amusés, ils nous écoutent raconter notre journée face à la caméra, depuis notre transformation dans les vestiaires de la piscine jusqu'à notre coup de fil paniqué lorsque nous nous sommes rendu compte que nous étions coincées là-bas. Par chance, un collègue de Sam a accepté de le remplacer.

– Vous devriez quand même venir ce soir, dit Jake. S'il pleut encore, on se posera sur la terrasse de la Cabane. Il n'y aura personne.

– On va essayer, promet Frankie.

Troublée par la jambe de Sam contre la mienne, j'acquiesce à mon tour. Ils pourraient aussi bien nous demander de l'aide pour commettre un meurtre et dissimuler le cadavre ; du moment que Sam est là pour me réchauffer, je dirais oui à tout.

Après un peu moins de deux heures de route, nous atteignons enfin le panneau « Bienvenue à Zanzibar Bay ». Jake se gare devant la piscine pour que nous puissions récupérer nos affaires.

Mais l'univers a visiblement décidé de nous donner une leçon sur les méfaits du mensonge. Piscine et vestiaires sont fermés à clé, toutes lumières éteintes. Merci de revenir demain.

– Vous n'aurez qu'à leur dire que vous avez pris une grosse vague et que vos amies vous ont prêté des vêtements, suggère Jake.

– Ou mieux, enchaîne Sam : que vous avez sauté à l'eau pour sauver quelqu'un !

– Ou que le bateau s'est renversé, et que vous avez dû utiliser vos sacs comme des bouées de sauvetage en attendant les secours.

– Ou que…

– Stop, les interrompt Frankie en levant une main avant qu'ils se mettent à évoquer une bombe, une intervention de la brigade des stups ou je ne sais quel autre scénario tout droit sorti d'un film de James Bond. On leur dira simplement qu'on est rentrées plus tôt à cause de la pluie, qu'on s'est changées pour le barbecue et qu'on a oublié nos affaires chez Jackie en repartant.

Nous répétons notre histoire plusieurs fois et demandons à Jake de nous déposer à quelques maisons de la nôtre. On ne voudrait pas que Red et Jayne les invitent à boire un thé et à manger des biscuits au citron. Ils seraient obligés de se faire passer pour les grands frères de Jackie et Samantha, deux garçons super mûrs, super responsables et super gays qui ne s'intéressent pas du tout aux filles et s'appellent presque pareil que leurs sœurs. *Ah là là, certains parents ont de ces idées !*

Ils sortent de la voiture pour nous dire au revoir et nous donnent rendez-vous à la boutique vers minuit, sous réserve que Frankie et moi parvenions à sortir. Cette fois, quand Sam s'écarte après m'avoir embrassée, la chaleur de son corps s'attarde sur le mien comme une couverture douillette par un samedi matin neigeux, là-bas dans l'Est.

Quoi qu'il arrive, il faut que je le revoie ce soir.

Nous regardons s'éloigner la voiture dont les feux stop s'illuminent au coin de la rue. Tout en parcourant la quinzaine de mètres qui nous sépare de la villa, nous peaufinons une dernière fois les détails de notre histoire. Red et Jayne ne seront pas couchés – ils seraient incapables de s'endormir sans nous savoir rentrées. Mais s'il y a un programme intéressant à la télé, nous pourrons peut-être nous faufiler discrètement à l'étage, prendre une douche et enfiler nos pyjamas sans avoir à affronter leurs questions. J'envoie une prière muette au dieu du câble avant d'entrouvrir la porte de la cuisine.

J'aurais dû me douter que ça ne fonctionnerait pas puisque, ce soir, l'univers tout entier s'est ligué contre nous. Red et Jayne nous attendent en jouant aux cartes devant une tasse de thé, impatients d'en savoir plus sur notre folle journée en mer.

– Waouh, vous êtes tombées à l'eau ou quoi ? demande Red.

À la lumière froide des néons de la cuisine, nous ressemblons à deux créatures marines ramenées sur le sable par un filet de pêche. Il ne manque plus que deux ou trois étoiles de mer, des touffes d'algues et des coquillages dans les cheveux pour parfaire notre tenue.

– On est rentrées à pied de chez Jackie, répond Frankie. On avait envie de marcher sous la pluie.

– Vous êtes quand même sortis malgré la météo ? nous interroge Jayne.

– Oui, mais on est rentrés plus tôt que prévu, explique Frankie sans se départir de son calme. Le père de Jackie a préparé un barbecue en intérieur et on s'est quand même bien amusées !

– Où sont les vêtements que vous portiez ce matin ?

Comment font les mères pour toujours remarquer ce genre de choses ? Oncle Red boit tranquillement son thé en attendant que sa femme reprenne le cours de leur partie, mais Jayne n'est pas dupe. D'un instant à l'autre, elle va poser ses cartes, soupirer, et téléphoner à maman pour lui reprocher de m'avoir si mal élevée.

Frankie garde son sang-froid et lui débite l'histoire que nous avons répétée : notre promenade en bateau a été interrompue pour cause de mauvais temps, Jackie nous a invitées à dîner et nous a prêté de quoi nous changer, ses parents ont proposé de nous raccompagner (parce qu'ils sont très très très gentils, serviables et responsables), mais nous avons refusé car il ne faisait pas froid malgré la pluie. Nous avons passé un si bon moment avec Jackie, Samantha et leurs familles que nous en avons oublié nos vêtements, que nous récupérerons demain. Dites, ça ne serait pas des biscuits au citron, là ?

Jayne lui tend l'assiette, désolée que nous n'ayons pas pu profiter davantage de notre virée en mer.

– Enfin, l'essentiel, c'est que vous ayez passé un bon moment.

Nous lui assurons que oui, attrapons quelques biscuits et nous dépêchons de grimper dans notre chambre, où nous éclatons de rire à peine la porte refermée.

– Les parents gobent vraiment n'importe quoi, se moque Frankie, la bouche pleine de miettes citronnées.

– Les tiens, peut-être. (Après avoir enfilé un short et un sweat-shirt secs, je cesse enfin de frissonner.) Les miens ne nous auraient jamais laissées partir seules une journée entière. Surtout pas sur un bateau avec des inconnus. Ils nous auraient réclamé leur numéro afin de vérifier notre histoire, auraient exigé un inventaire des gilets de sauvetage et dispositifs de flottaison présents à bord, et téléphoné aux gardes-côtes pour qu'ils promettent de veiller sur nous.

– J'imagine. Bon, on attend combien de temps avant de ressortir ?

– Je dirais deux heures. Le mieux, c'est de faire semblant d'être épuisées jusqu'à ce que tes parents se couchent. Le bateau, ça fatigue, tu sais.

– Tu es en train de devenir une vraie rebelle !

– C'est parce que je ne suis pas la vraie Anna. Tu as devant toi Anna la Déjantée, celle du miroir de la cabine d'essayage. Tout ça, c'est de ta faute.

Frankie rigole. Je crois que nous préférons toutes les deux Anna la Déjantée à son alter ego trop sage. C'est comme dans les contes de fées. Lorsque j'ai essayé ce maillot le mois dernier, le frottement du tissu contre mes fesses a libéré le génie des MVTT. Et depuis, il exauce tous mes souhaits.

– Ça me fait penser, reprend Frankie, qu'on devrait modifier le règlement du concours. On est déjà à la moitié des vacances, et on n'a pas beaucoup avancé.

– On n'avait pas prévu de tomber sur Sam et Jake.

Assise au bout de son lit, je la regarde se remaquiller.

– C'est sûr. Enfin, je pourrais facilement en trouver dix autres, mais je ne voudrais pas prendre trop d'avance sur toi. Tu craques vraiment pour Sam, hein ? Je le sens.

Elle efface quelques bavures d'eye-liner avec la pointe d'un coton-tige.

– Possible. Et toi, tu ne craques pas pour Jake ?

– Il est cool. Je crois qu'on va – enfin, tu sais quoi. *Ce soir.*

Elle pose son mascara et se penche en avant pour faire bouffer ses cheveux, comme si cette décision n'avait pas plus d'incidence que le choix entre un donut au sucre glace et un donut au chocolat.

– Tu es sérieuse ?

– Peut-être bien.

Elle a un sourire machiavélique qui la fait ressembler au petit diable perché sur l'épaule des personnages dans les dessins animés. Un diable plutôt mignon, et donc très dangereux.

Bouche bée, j'attends qu'elle me donne des détails qui ne viennent pas. Elle se tamponne les lèvres avec un mouchoir en papier et se prépare à descendre pour l'acte deux, dans lequel la petite fille modèle et sa meilleure amie incarnent les deux adolescentes les plus endormies de la planète en une prestation digne d'un Oscar.

Deux heures plus tard, lorsque nous nous glissons dans le jardin avec la caméra, une couverture et notre fidèle lampe-torche, nous sommes confrontées à un retournement de situation qui n'était pas prévu au scénario et qui pourrait avoir des conséquences désastreuses.

– Alors, les filles, on n'arrive pas à dormir ? nous interpelle, depuis la plage, une silhouette solitaire enveloppée dans un châle.

vingt

En reconnaissant la voix de sa mère, Frankie sursaute et se heurte contre moi. Je pousse un petit cri dont je ne saurais dire s'il est causé par la douleur ou par cette apparition inattendue au pied des marches.

– Vous allez où comme ça ? demande Jayne à la vue de notre équipement.

Malgré mes récents progrès, je ne maîtrise pas encore l'art du mensonge en situation de stress. Ça, c'est plutôt la spécialité de Frankie. Malheureusement, la reine des bobards est en état de choc derrière moi.

– On allait, euh, on allait… on voulait…

Je prie pour que mes balbutiements ramènent mon amie à la réalité, car la proximité de sa mère m'empêche de lui décocher un coup de pied dans le tibia.

Ça fonctionne. Frankie laisse tomber sa couverture et descend à la rencontre de Jayne.

– On pensait s'installer au bord de l'eau et filmer quelques plans de nuit. Tu sais, pour notre reportage.

– Maquillées comme ça ?

– Tu ne voudrais quand même pas qu'on ait des têtes de déterrées à l'écran !

– Je croyais que vous étiez épuisées.

– On l'était, dit Frankie en faisant tourner son bracelet autour de son poignet. Mais une petite sieste nous a revidorées.

Je traduis à l'intention de Jayne :

– Revigorées.

– D'accord. Et la couverture, c'est pour… ?

– C'est au cas où on voudrait s'allonger et contempler les étoiles, réplique Frankie qui a décidément réponse à tout.

Jayne nous dévisage tour à tour, pousse un gros soupir et secoue la tête.

– Frankie, je…

– Et toi, qu'est-ce que tu fais dehors, toute seule ?

Si vous n'avez pas les moyens d'engager un avocat, la cour vous adjoindra les services de Frankie Perino.

Frankie poursuit sa contre-attaque sans laisser à sa mère le temps de s'expliquer.

– Ça te dirait qu'on t'interviewe ?

Elle sort sa caméra de son sac, apportant un peu de crédibilité à l'alibi qu'elle vient d'inventer.

– Bon, très bien, cède Jayne en montant les marches. Mais restons plutôt sur la terrasse. Il fait vraiment frais ce soir.

Tu veux dire par rapport aux autres soirs où, tapie dans l'ombre, tu nous regardais faire le mur ?

Mon cœur bat à toute allure. Je déglutis péniblement et

décoche à Frankie un regard qui signifie : « Tu crois qu'elle savait ? Et dans ce cas, pourquoi n'a-t-elle rien dit ? »

« Ça m'étonnerait », répond son sourcil.

Sur la terrasse, nous interrogeons Jayne sur la façon dont elle redécorerait la villa, le jardin et même l'ensemble de la côte si elle en avait l'opportunité. Ça l'amuse beaucoup. En l'entendant se prêter au jeu de nos questions idiotes, je me détends et finis par me convaincre qu'elle ignore tout de nos escapades nocturnes et qu'elle a gobé notre histoire de tournage. On dirait que l'univers nous accorde enfin un peu de répit dans cette horrible journée.

– Coupez ! conclut Frankie. Tu ne verras ce que ça donne qu'après le montage. On voudrait garder la surprise jusqu'au retour de vacances.

Par « montage », elle entend le remplacement de tous les passages concernant Sam, Jake et le reste de notre double vie – qui ira dans un fichier confidentiel – par des images où on nous voit sauter dans les vagues, nager, lire et vaquer à d'autres saines occupations. Nous avons tout filmé en une vingtaine de minutes le premier jour. Ce qu'il y a de bien avec les maillots, c'est que personne ne s'étonnera de ne pas nous voir changer de tenue.

Une fois Jayne partie se coucher (ou du moins, c'est ce qu'elle a prétendu), je me tourne vers mon amie.

– Bon, je sais que tu es douée. Je t'ai déjà vue embobiner des profs, des agents de sécurité, mes parents et tout un tas d'adultes. Mais ta mère n'est pas stupide à ce point ! C'est impossible qu'elle nous ait crues.

– Laisse tomber.

– Pardonnez-moi, ô déesse. Je n'aurais pas dû douter de vous. (Son regard se perd dans le vague.) Frankie, qu'est-ce qui ne va pas ? Tu crois qu'on est grillées et qu'elle va tout dire à ton père ? Frankie ?

Je commence à m'inquiéter. Je n'ai pas du tout envie que nos vacances se terminent avant l'heure à cause de notre imprudence.

– Ça n'a aucune importance, Anna, répond-elle enfin. Elle ne voit que ce qu'elle veut bien voir.

– Comment ça ?

– Je sais que tu la trouves super cool, mais parfois, je préférerais qu'elle se fâche pour de bon. Qu'elle hurle. Qu'elle me reproche mes mensonges. Qu'elle soit déçue. Là, on dirait qu'elle s'en fiche.

Je revois Jayne assise sur la terrasse la première nuit, les yeux rouges et l'air soucieux, me pressant de lui dire la vérité sur l'unique enfant qui lui reste.

– Bien sûr que non. Tu ne peux pas penser ça.

– Si. Je ne suis pas son petit garçon chéri. Et je ne serai jamais aussi bien que lui.

– Tu exagères.

– Tu n'as aucune idée de ce que je vis.

Je baisse le nez sans répondre. Au bout d'un très long moment, Frankie soupire et reprend la parole.

– Excuse-moi. Tu n'y es pour rien. Je ne sais pas ce que j'ai, ce soir. Tout ce qui compte, c'est qu'on s'en soit tirées. Viens, on y va.

Une force invisible – celle de mon attirance pour Sam – me pousse vers la Cabane à Smoothies, mais je résiste. Nous ne pouvons pas risquer de nous faire prendre une seconde fois.

– Non. On a deux heures de retard. Ils n'y seront sans doute plus.

– OK. Demain, alors.

– Demain.

Je guette une nouvelle ouverture, une nouvelle chance de la convaincre que sa mère s'intéresse à elle, mais son regard reste obstinément tourné face au vent froid venu de la plage.

Fin de la discussion.

Le matin arrive vite. Le soleil brille derrière la fenêtre et baigne mes pieds d'une douce chaleur. Frankie, déjà réveillée, me sourit depuis son lit. Toute son amertume de la veille semble s'être évaporée en même temps que l'obscurité de la nuit. Nous prenons une douche, nous préparons aussi vite que le permet sa routine beauté, avalons des céréales et du jus d'orange, puis nous dépêchons de filer avant que Red et Jayne nous proposent une nouvelle sortie en famille. Après un bref arrêt à la piscine pour récupérer nos affaires, nous nous dirigeons enfin vers la plage.

Nous n'avons même pas besoin d'aller jusqu'à la Cabane à Smoothies : Sam et Jake sont dans la crique, en train de fricoter dans l'eau avec une créature effrayante, diabolique et super canon. Mon cœur s'arrête de battre. Oubliant toutes les règles de l'amitié, je prie pour que cette beauté ait des vues sur Jake et non sur Sam. Nous hésitons à faire demi-tour avant qu'ils nous aperçoivent.

– Hé ! Venez ! nous interpelle Jake en agitant la main.

Elle doit être avec Sam. Mes jambes refusent de m'obéir. Frankie me donne un coup de coude pour que je pose nos affaires sur le sable et retire mon paréo. Je m'exécute dans une sorte de brouillard, en colère contre Sam qui m'a remplacée si vite, et en colère contre moi-même parce que ça ne devrait pas m'atteindre.

Lorsque nous entrons dans l'eau, il se précipite pour me serrer dans ses bras. Je réagis de manière instinctive avant que mon cerveau ait eu le temps d'analyser la situation et de préparer une repartie cinglante. Le contact tiède de ses jambes et de son torse nu me fait tout oublier ; si ce moment pouvait durer éternellement, je me moquerais pas mal qu'il ait dix copines en même temps.

Jake s'approche pour nous présenter la fille. De près, je distingue mieux sa silhouette – ou plutôt, son absence de silhouette – et je m'aperçois que je suis assez vieille pour être sa mère. Ou au moins sa sœur aînée.

– Voici Katie, dit Jake. Ma petite sœur. Je vous en ai déjà parlé.

– Hé, je ne suis pas petite ! proteste-t-elle.

Katie. J'avais complètement occulté son existence. Partagée entre la gêne et le soulagement, je me retiens de rire. Elle n'a que trois ans de moins que moi, mais j'ai l'impression qu'une génération entière me sépare de ce sourire facile et de ces yeux rieurs. Quand ai-je été aussi insouciante pour la dernière fois ? Sans doute à une époque où le sourcil de Frankie était encore intact.

Frankie et moi passons la matinée avec eux. Vers midi, des filles vêtues de rose appellent Katie pour manger une glace. Avant de partir, elle nous serre dans ses bras comme si nous étions ses meilleures amies. Elle est si adorable que je m'en veux de lui avoir souhaité du mal.

Impossible de continuer à me voiler la face : je suis raide dingue de Sam. Plus que douze jours avant la fin des vacances, et ensuite, je ne le reverrai plus.

Mais ce n'est pas le moment d'y penser.

Katie à peine partie, Frankie et Jake se sont lancés dans un marathon de baisers langoureux et transformés en une masse indistincte de peau bronzée et de cheveux. S'ils continuent, je vais devoir leur apposer un autocollant « Interdit aux moins de 16 ans ».

Par chance, Sam n'a rien à voir avec son cousin. Il suffit que son pied frôle le mien au fond de l'eau pour que je perde la tête. Au bout de cinq minutes, je sais déjà que je ressortirai ce soir pour le voir, quitte à laisser une demande de rançon sur mon lit pour me couvrir.

Quelques heures plus tard, Frankie et moi testons un nouvel itinéraire de fuite dans l'espoir de ne pas avoir à simuler un kidnapping. Cette fois, nous nous assurons que tante Jayne est bien dans sa chambre et qu'elle ne bouge plus. Après avoir rembourré nos couvertures comme les autres soirs, nous descendons sur la pointe des pieds, sortons par la porte d'entrée et regagnons la plage en passant par le jardin d'un voisin. Cela allonge notre parcours de cinq minutes mais devrait nous éviter de croiser un parent en balade à minuit passé.

La semaine suivante file à toute vitesse. Nous passons nos journées à nager, à bronzer et à rattraper nos heures de sommeil en retard ; et nos nuits à arpenter la côte entre la villa et la Cabane à Smoothies. Plus nous approchons de l'issue fatidique, plus ma relation avec Sam devient intense.

Parfois, quand nous sommes ensemble, il arrive que quelque chose me fasse penser à Matt – une étoile filante, une odeur de pomme, un rire, une phrase prononcée par un passant. Alors je ferme les yeux, compte jusqu'à dix et lui demande de partir. De me laisser. De me rendre mes souvenirs pour qu'une chose aussi simple qu'une bribe de chanson au coin du feu ne me ramène plus systématiquement à lui.

Ça ne fonctionne jamais.

vingt et un

– Bon, vous l'avez fait ou pas ?

Sur le chemin du retour après notre neuvième escapade au clair de lune, je secoue Frankie en riant. Elle a commencé à me raconter son histoire il y a dix minutes et n'en est encore qu'au moment où ils ont pris un bain de minuit. Elle a des étoiles plein les yeux. Pour être honnête, cette nouvelle version énamourée de mon amie me fait un peu peur.

– Frankie ! Oui ou non ? Tu en as parlé toute la semaine. (Pour toute réponse, elle se contente de lever son sourcil d'un air entendu.) Allez, dis-moi !

– J'essaie de te raconter, mais tout ce qui t'intéresse, c'est la chute !

– Pas du tout !

– Désolée, mais tu vas devoir attendre de découvrir tous les détails par toi-même.

Je réprime un sourire.

– Qui te dit que ce n'est pas déjà fait ?

Elle s'arrête net, scandalisée à l'idée que j'aie pu passer à l'acte sans lui en parler. Son sac tombe par terre, sa mâchoire se décroche, et elle ouvre la bouche pour me passer un savon. J'adore la torturer.

Je lui décoche un clin d'œil démoniaque avant de reprendre ma route.

– Dépêche-toi un peu, tu traînes.

– Aaaaannaaaa ! gémit-elle dans mon dos.

Elle donne des coups de pied dans le sable et refuse de bouger. Dans ces cas-là, je suis censée reconnaître qu'elle est contrariée, compatir (plus ou moins longtemps en fonction de la gravité de l'offense), m'excuser (même si je n'y suis pour rien) et tout lui raconter.

J'ai beau avoir développé une très haute TBF – Tolérance aux Bouderies de Frankie –, il est temps de mettre un terme à ses souffrances.

– Bon, d'accord. On n'a encore rien fait. Enfin, si, mais pas *ça*. Je te l'aurais dit.

– J'espère bien.

Elle ramasse son sac, à demi convaincue.

– Arrête, Frankie. Tu sais bien que je n'ai aucun secret pour toi.

Je me demande si un jour viendra où je pourrai prononcer ces mots sans qu'ils me brûlent la bouche.

– Dommage, décrète-t-elle, rassurée quant à sa supériorité sur la petite Anna et sa valise. Tu vas donc devoir attendre la fête de demain pour rejoindre le club des Grandes Filles. Il t'en a parlé ?

Un des élèves de Jake vit dans une immense maison près de Moonlight Bay. Ses parents doivent passer le week-end au nord de l'État avec leurs amis richissimes, à jouer au polo et autres activités de gens richissimes. Ses copains ne lui pardonneraient jamais (et on peut les comprendre) s'il ne profitait pas de l'occasion pour organiser une soirée de folie, avec filles à moitié nues, jacuzzi et alcool à volonté. J'imagine très bien la scène pour l'avoir vue dans je ne sais combien de films : des tas d'adolescents se pointent sans avoir été invités, quelqu'un casse un objet de grande valeur et une fille sexy finit par se lamenter sur sa vie, se soûler et vomir.

Frankie et moi n'avons jamais assisté à ce genre de fêtes. Avant la mort de Matt, les nôtres se résumaient plutôt à des soirées avec deux ou trois copines, durant lesquelles nous tentions de concocter des mélanges à base de jus d'orange et de rhum de cuisine. Et depuis, nous les passons en tête-à-tête, épiçant nos Coca light avec quelques gouttes de la mignonnette de whisky que Frankie cache dans son tiroir à chaussettes.

– Oui, Sam m'a raconté. Mais on ne pourra pas rester très longtemps ni boire beaucoup.

Depuis notre rencontre inopinée avec tante Jayne, dame de la nuit, nous nous montrons deux fois plus prudentes et deux fois plus discrètes. Nous surveillons l'heure au cas où il lui prendrait encore l'envie d'aller faire un tour. Inventer une histoire de tournage au clair de lune est une chose ; rentrer en titubant après avoir perdu sa virginité en est une autre.

– Si seulement on trouvait une excuse pour passer la nuit

là-bas… soupire Frankie. J'en ai marre de rentrer en douce dans le noir.

– Sans blague. Mais revenons-en à nos moutons. Tu t'apprêtais à me raconter la fin de tes aventures avec Jake.

Le rire de Frankie s'élève par-dessus le bruit des vagues.

– D'accord, d'accord. Écoute et apprends, ma petite. Écoute et apprends.

Le temps qu'elle arrive au bout de son histoire, un peu romancée mais sans doute vraie à cinquante pour cent, nous sommes devant la villa. Après avoir vérifié que personne ne bouge à l'intérieur, nous tournons doucement la poignée et regagnons notre chambre sur la pointe des pieds. Mission accomplie.

Allongée dans mon lit au clair de lune, j'écoute la respiration paisible de Frankie. Elle exprime un mélange d'excitation et d'espoir qui me rappelle les étés d'autrefois, lorsque Matt et elle rentraient de vacances le cœur léger, épuisés et dorés par le soleil de Zanzibar Bay.

La Californie lui fait du bien. Même ses parents sont plus sereins, malgré les errances nocturnes de Jayne. Ils passent presque tout leur temps ensemble et rient avec nous au dîner comme avant. Peut-être que nous avons remonté le temps. Peut-être que Frankie et moi avons quatorze ans, que Matt est endormi dans sa chambre bleu-gris sous les combles et que mon amie n'a pas encore couché avec deux garçons différents.

Mais non, nous avons seize ans.

Matt ne se trouve pas à l'étage du dessus. Frankie est entrée dans le monde des filles « expérimentées » il y a déjà plusieurs mois, et je panique encore un peu quand Sam pose les mains sur moi. J'ai parfois l'impression que le V de vierge est marquée au fer rouge sur mon front et clignote en crachotant, comme une enseigne au néon sur le point de griller. Tout ce que j'ai à faire, c'est coucher avec lui, et le grand V s'éteindra à jamais.

L'idée même de « perdre » ma virginité me semble ridicule. Perdre quelque chose implique une forme de négligence qui peut être réparée ; par exemple, on peut retrouver un téléphone portable ou des lunettes qu'on avait égarés. La virginité est plutôt un accessoire auquel on renonce. « Ne t'inquiète pas, maman. Tu peux annuler les hélicoptères et les maîtres-chiens parce que, tu ne vas pas le croire, mais je n'ai pas vraiment perdu ma virginité. Je l'ai juste abandonnée au bord de la route en rentrant de Californie. C'est fou, non ? Avec le vent qu'il y a, elle pourrait être n'importe où à l'heure qu'il est. »

Je m'imagine des gamins découvrant par hasard ma virginité restée sur la côte. Les autorités seraient obligées de fermer la plage et de planter un panneau : « Attention, danger ! Virginité en liberté ! Baignade fortement déconseillée ! »

Pourquoi en fait-on tout un plat ? D'après Frankie, la première fois n'a rien d'exceptionnel. C'est juste une obligation dont on doit s'acquitter, un peu comme un rendez-vous chez le dentiste. On convient ensemble d'un créneau horaire, puis on s'allonge et on attend que ça passe. La deuxième fois et toutes les suivantes peuvent être mémorables, mais jamais la première.

Le seul hic, c'est qu'avec Sam, je rêve justement que ce soit inoubliable. Enfin, si ça arrive. Mais je n'ai rien planifié. Je me suis juste épilé les jambes. Au cas où.

Si j'en crois les chiffres lumineux du réveil posé sur la table de nuit, il est bientôt cinq heures du matin. Je me tourne sur le ventre et glisse les mains sous mon oreiller, appréciant la fraîcheur du tissu.

C'est formidable qu'on puisse voter, aller à l'université et porter des pantalons. Mais si on voulait vraiment améliorer la condition féminine, il faudrait inventer une potion magique à avaler le soir d'une seule traite. Au réveil : tada ! On ne serait plus vierge ! Plus besoin d'hésiter longuement devant des sous-vêtements hors de prix et inconfortables ! Plus besoin de s'inquiéter parce que les seins s'aplatissent quand on s'allonge sur le dos pour cacher son ventre ! Et surtout, plus besoin de réfléchir toute la nuit à un moyen d'assister à une fête débile dans l'unique but de coucher avec un garçon qu'on connaît depuis deux semaines et qu'on ne reverra sans doute jamais.

Pourtant, dès que je pense à lui, tout mon corps s'électrise. Je n'ai pas le choix : je dois aller à cette fête et coucher avec…

Une minute – j'ai trouvé ! Coucher là-bas ! La voilà, la solution !

Il paraît que les éclairs de génie surviennent souvent dans un état de demi-sommeil. En voici la preuve. Que ce soit dû au grand V clignotant sur mon front ou au souvenir des mains de Sam, peu importe ; une combinaison parfaite d'atomes de carbone et d'oxygène a provoqué en moi une étincelle qui illumine l'horizon.

C'est la meilleure idée que j'ai eue depuis le début des vacances – voire depuis que je suis née.

– Frankie ! Hé, Frankie ! (Elle bâille et se redresse dans son lit, encore tout endormie.) Jackie vient d'appeler. Sa mère propose d'organiser une soirée-pyjama demain soir.

La chambre se retrouve soudain baignée d'une lumière vive, bien que je ne puisse déterminer si elle provient du V au néon, de l'éclat de mon génie, du clair de lune ou du sourire radieux de mon amie.

vingt-deux

Nous passons la journée du lendemain avec Red et Jayne, à nous promener sur Moonlight Boulevard en faisant mine d'être fascinées par les aquarelles, les carillons et la myriade de babioles plus ou moins artisanales indispensables à des vacances en famille réussies.

Alors que nous dégustons une tarte au citron après avoir déjeuné au Zéphyr, Frankie leur parle de la soirée prévue chez Jackie, sous la surveillance de ses parents et dans des conditions parfaitement chastes. (« Mais bien sûr qu'on pourra dîner avec vous, maman ! On les retrouvera plus tard ! ») Elle n'a aucun mal à obtenir l'autorisation de ses parents, qui n'exigent même pas de rencontrer la pseudo-Jackie ou la prétendue Samantha. Ils se contentent d'acquiescer en souriant, ravis que leur fille soit si à l'aise socialement.

Puis, comme le quai est de plus en plus bondé et que Jayne a satisfait sa frénésie d'acheteuse compulsive, nous rentrons à la villa où nous entamons une partie de frisbee endiablée avec Red. Nous nous amusons ainsi jusqu'au dîner, après lequel il est temps de nous préparer pour la fête.

Frankie et moi passons une heure à choisir des tenues qui cachent nos bikinis et transmettent des messages à l'équilibre subtil : décontractées mais pas négligées ; sexy mais pas dévergondées ; filles sympas mais pas faciles (enfin, pas trop). Coiffure et maquillage nous demandent à peu près autant de travail. Nous jonglons délicatement avec divers produits afin d'ombrer, de souligner et de sublimer sans faire de pâtés ni de bavures. Sam n'aime pas les looks sophistiqués, mais Frankie a raison sur un point : avoir l'air naturel, c'est tout un art.

Nous remplissons ensuite nos sacs de tout le nécessaire pour notre « soirée-pyjama » : shorts et tee-shirts roses assortis, sweats, caméra, maquillage, vernis à ongles, chaussettes duveteuses, magazine avec double page consacrée à Joe Donohue (le beau chanteur aux yeux bleus d'Helicopter Pilot) et son berger allemand Apollon, et enfin mon journal dont je ne me sépare jamais. Après avoir embrassé les parents de Frankie, nous longeons la plage et arrivons à la Cabane exactement dix minutes après l'heure annoncée, pour ne pas paraître trop impatientes.

Sam et Jake nous attendent sur la terrasse. Ils portent des bermudas et des tee-shirts qu'ils ont dû attraper au hasard dans une pile de linge posée à même le sol. Sam n'a ni gel dans les cheveux ni blush sur les pommettes ; ses sourcils ne sont pas épilés et je n'ai pas l'impression qu'il ait pris le temps de se recourber les cils.

Pourtant, malgré son ignorance totale en matière d'élégance, il me fait vibrer jusqu'au bout des orteils.

– Ouah, tu… Ouah. (Il m'attire contre lui et respire mes cheveux.) On ne devrait peut-être pas aller à cette fête. Parce qu'il va y avoir du monde. Des garçons. Qui vont te regarder.

J'attends un commentaire moqueur de la part de Frankie ou de Jake, mais ils sont déjà ventousés l'un à l'autre et incapables de communiquer avec l'extérieur.

– Bon, très bien, lance Sam en élevant la voix. Nous, on y va. Vous n'aurez qu'à nous rejoindre plus tard.

Je le suis jusqu'à la plage. On distingue encore des traînées de rose et d'orange dans le ciel sombre, souvenirs du coucher de soleil.

– Le secret d'une soirée réussie, c'est la musique, m'explique-t-il en faisant défiler les titres sur son iPod. (Eddie, le garçon qui nous accueille, lui a demandé de faire le DJ.) Si elle est trop intense, personne ne peut se détendre ni discuter. Mais si elle est trop douce, tout le monde s'endort ! Il faut aussi tenir compte du timing, adapter les chansons aux différents moments : intro, échauffement, apogée, redescente et enfin conclusion.

J'ignorais que le DJing était une discipline aussi pointue, mais quand Sam en parle, ça devient passionnant. Même si je m'intéresse davantage en cet instant à la façon dont son souffle porte les mots jusqu'à mon oreille et dont ses yeux s'illuminent lorsque j'acquiesce, ris ou pose des questions – me donnant la sensation que je pourrais l'aimer toute ma vie.

Attention, ça ne veut pas dire que je suis amoureuse.

Juste que je *pourrais*.

Être amoureuse de lui.

Toute ma vie.

– Ouah. Et comment tu sais à quel moment changer de style ?

– C'est une question de feeling. Je te montrerai, tout à l'heure. On va commencer par de l'ambient et attendre que l'énergie de la foule nous réclame autre chose. Tiens, écoute ça, ça te donnera une idée.

Il me tend son iPod et en profite pour passer autour de mes épaules un bras fort, protecteur et bronzé. Soudain, je me sens tellement vivante que si je ne l'embrasse pas dans la seconde, j'ai peur de prendre feu et de mourir. Je me retourne et l'attire à moi pour un baiser désespéré, en me serrant contre lui aussi fort que je le peux.

Nous arrivons chez Eddie vers vingt et une heure trente, bientôt suivis par Jake et Frankie. Dans le ciel indigo, la lune brille aussi fort qu'un projecteur de cinéma, effaçant les dernières traces du couchant. Une foule de gens défile derrière nous. Tout le monde discute, se salue gaiement et offre à notre hôte divers cadeaux alcoolisés. Si je me base sur le nombre de fois où il s'exclame : « Ah, cool, enchanté », je dirais que chaque invité est venu accompagné de trois ou quatre amis, tous chargés de glacières et de cartons de pizza. La maison se remplit vite d'un brouhaha de voix et de tintements de bouteilles. Au début, un peu intimidée et craignant que les choses dégénèrent, je reste collée à mes amis. Mais dès que je vide le verre orné d'une ombrelle en papier que Frankie est allée me chercher, tout me paraît beaucoup moins inquiétant.

Sam avait raison pour la musique. Vers vingt-trois heures, le salon se transforme en une véritable boîte de nuit reggae dance, où un nombre de danseurs qui dépasse de loin la population hivernale de Zanzibar Bay se presse, tournoie et rebondit au rythme des percussions jamaïcaines.

La villa est parfaitement adaptée à cet usage. Même vide, elle doit ressembler à une salle de réception avec ses immenses fenêtres qui montent du sol au plafond et donnent sur l'océan, sa piscine gigantesque, ses tables de billard disséminées dans plusieurs pièces et sa cuisine tout en inox. Au total, il doit bien y avoir une dizaine de chambres. Elle semble entièrement conçue pour recevoir, un peu comme ces demeures où des célébrités désabusées sniffent de la coke en gémissant sur leur sort. Je m'attends d'ailleurs presque à en voir débarquer quelques-unes avec leur drogue et leurs problèmes de riches ; Eddie leur dirait sûrement : « Ah, cool, enchanté. »

Sam s'éclipse un instant pour jeter un œil à la playlist et je finis par perdre Frankie dans la foule. J'erre de pièce en pièce et de couloir en couloir jusqu'à la retrouver dans la cuisine en train de filmer Jake qui tente de démonter une porte.

– Qu'est-ce que vous fabriquez ?

– On a besoin d'une planche pour jouer au bière-pong.

Sans plus d'explications, elle zoome sur mon visage

comme s'il était tout à fait normal de s'attaquer ainsi à la maison.

– Tu peux me rappeler les règles du jeu ?

– Oh, tu les connais très bien ! (À l'entendre, on dirait que nous sommes des véritables championnes de la discipline. La caméra en bandoulière, elle fouille entre les glacières entassées sur le plan de travail à la recherche de gobelets en plastique rouge.) On met six gobelets de chaque côté, comme des quilles de bowling, et on les remplit de bière. Ensuite, chaque équipe doit envoyer une balle de ping-pong dans ceux de l'adversaire. Celui qui perd boit.

– Tu vois, Anna, s'écrie Jake à l'intention des fans qui ont commencé à se rassembler autour de la pièce. Ce qui est chouette avec le bière-pong, c'est que même quand on perd, on gagne ! (Il sort de sa poche une paire de balles jaunes qu'il garde visiblement sur lui pour ce genre d'occasions.) Tu joues ?

– Seulement si on peut se mettre en équipes.

Frankie me prend par le bras.

– Toi et moi contre les garçons.

Jake demande à Eddie de le rejoindre près de la porte, qui est maintenant couchée sur deux tabourets de bar avec un triangle de gobelets rouges à chaque bout.

– *Girl Power !* piaille Frankie en levant la main.

Je fais claquer ma paume contre la sienne et avale une gorgée de bière.

– Vous allez vous faire démolir ! nous prévient Jake après avoir contourné la porte pour embrasser Frankie une dernière fois, ce qui lui vaut des sifflets moqueurs de la part de son fan-club.

Il rejoint son coéquipier, lance une balle dans notre direction, rate complètement son coup et se recule avec une grimace boudeuse.

À ma grande surprise, Frankie envoie alors la sienne dans le plus proche des gobelets, juste devant Eddie qui la récupère en plongeant les doigts dans la bière avant de la descendre d'une traite.

Je me tourne vers mon amie, incapable de cacher mon admiration.

– Tu t'es entraînée, ou c'est la chance du débutant ?

– J'y ai déjà joué plein de fois, Anna. Tu sais bien, pendant les fêtes.

– Ah.

J'ai dû passer ces soirées imaginaires dans les toilettes afin d'échapper à la fille sexy qui pleure et qui vomit, pendant que Frankie en profitait pour décrocher son diplôme de bière-pong.

La partie dure une dizaine de minutes. Grâce aux talents de sniper de Frankie et au fait que Jake n'arrête pas de reluquer ses seins moulés dans son débardeur, nous remportons la victoire.

Malheureusement, notre bonne étoile ne tarde pas à nous abandonner, et notre titre nous est brusquement arraché à l'issue de la deuxième manche, durant laquelle Jake et Eddie marquent à tous les coups et nous font vider nos gobelets à une vitesse record.

– À la copine de Sam de boire ! ordonne Eddie lorsque sa dernière balle éclabousse mon tee-shirt.

La copine de Sam. Ces mots me percutent en plein cœur et me donnent le vertige. Je ne sens plus mes pieds. Je flotte. Je suis bien.

– A-llez, a-llez, la copine de Sam ! scandent les spectateurs massés dans la cuisine.

C'est là que je m'aperçois combien une partie déjantée de bière-pong peut déplacer les foules. Je repêche la balle, vide mon verre et laisse échapper un gros hoquet qui me ferait mourir de honte si j'étais sobre – ce qui n'est pas le cas.

– Ne vous inquiétez pas, les filles, dit Eddie en me prenant par la taille. Comme dit Jake, ce qui est chouette avec le bière-pong, c'est que même quand on perd, on gagne.

Jake le tire en arrière sans ménagement.

– Dis donc, Anna, il est passé où, ton copain ?

– Ce n'est pas mon…

– Ici, répond Sam en surgissant dans mon dos et en m'entourant de ses bras.

Je sens sa respiration contre ma nuque, sous mes cheveux relevés. Il chantonne si doucement que je suis la seule à l'entendre. La béatitude de tout à l'heure cède bientôt la place à de l'effervescence ; je suis toujours une plume à la tête vide qui flotte au vent, mais une plume effervescente. *Hoquet.* Quelqu'un pourrait m'arroser de bière que je ne m'en apercevrais même pas.

Je me retourne et l'embrasse à pleine bouche, suscitant une nouvelle salve de sifflets.

– On dirait que vous avez perdu, commente Sam avec un regard amusé vers les gobelets éparpillés sur la table.

– Ouais. Mais ce qui est chouette avec le bière-pong, c'est que même quand on gagne, on gagne. Non, je veux dire, même quand on gagne, on… oh, on s'en fout. On s'est pris une raclée !

J'attrape une bouteille de bière. Finalement, ce n'est pas si mauvais que ça.

Frankie et Jake remettent les gobelets en place pour une nouvelle partie.

– Anna, on refait équipe, décrète Frankie.

– Désolé, les copains, intervient Sam, mais je vais devoir kidnapper votre joueuse vedette. (Il me prend la bouteille des mains et la pose sur la table.) Elle a besoin d'une pause.

Pendant que Frankie se plonge dans le nouveau match, Sam me guide à travers la foule encore plus compacte qu'il y a une heure. Il y a toujours beaucoup de danseurs sur la piste. Quant aux autres invités, affalés par terre ou sur les canapés, ils rient, s'embrassent et forment une toile complexe de bras, de jambes et d'orteils vernis ornés de petits anneaux argentés.

Nous sortons sur la terrasse, contournons la piscine et descendons sur la pelouse. Bien que le jardin soit également pris d'assaut, on parvient encore à s'entendre. Étonnamment, personne n'est assis sur les marches menant à la plage, déserte elle aussi.

Nous nous installons sur la plus basse pour écouter l'océan, nos jambes étroitement mêlées étendues devant nous. La lune quasiment pleine se reflète sur l'eau noire couverte d'écume sombre. On dirait du goudron. À l'écart du bruit de la fête, je retrouve peu à peu une partie des neurones que j'ai sacrifiés au bière-pong.

– C'est bizarre, murmure Sam en caressant ma jambe nue (et fort heureusement épilée). J'ai vécu ici toute ma vie, mais je suis toujours émerveillé de voir à quel point la mer change, la nuit.

Les yeux plissés, je tente de distinguer quelque chose derrière les premières vagues qui s'écrasent sur le sable. Tout est sombre. Si je m'avançais jusqu'à la limite du clair de lune, je tomberais dans le vide et serais emportée vers l'espace.

– Je comprends. Je ne suis là que depuis deux semaines et j'ai déjà du mal à imaginer que je ne verrai bientôt plus ça.

C'est la première fois que j'ose me projeter au-delà de la bulle joyeuse des vacances, de nos journées de farniente à la plage et de nos rendez-vous secrets à la Cabane à Smoothies. Au-delà de l'océan, du sable, du bonheur des Perino et surtout de Sam. Je songe un bref instant à la vie qui m'attend chez moi. Anna, la fille de l'agent immobilier. Anna, la voisine triste sur qui on peut toujours compter. Anna, hantée par son secret.

Je laisse aller ma tête contre la poitrine de Sam. Les battements de son cœur me répètent que Zanzibar Bay pourrait être une capsule temporelle. Je pourrais m'y enfermer, rester figée dans cet instant avec Sam, sur ces marches en bois branlantes, face à la mer, sans que personne ne soulève le couvercle, ne nous observe ou ne nous dérange avant une centaine de millions d'années.

– Si on allait ailleurs ?

Je n'ai envie de penser qu'au moment présent, submergée par le désir d'en profiter au maximum.

– Bien sûr, répond-il en se redressant. Tu veux marcher jusqu'à Artist Vista ?

Artist Vista est une étroite bande de côte qui forme une saillie juste après Moonlight Boulevard. Frankie me l'a montrée le premier jour, pendant que nous attendions Red et Jayne partis s'acheter une glace, mais nous n'y sommes jamais retournées de nuit. Je suppose qu'à cette heure-ci, il n'y a qu'une seule raison de s'y rendre.

Je me redresse et secoue mon short plein de sable.

– D'accord. Il faut juste que je prévienne Frankie pour éviter qu'elle s'inquiète.

– Bonne idée. Prends ton sweat, aussi. Je vais chercher une couverture.

J'ai perdu la notion du temps, mais il doit être près de deux heures du matin. Je ne suis pas fatiguée et, à en juger par le vacarme qui s'échappe de la maison, les joyeux fêtards non plus.

Frankie est toujours là où je l'ai laissée. Assise sur un tabouret de bar près d'une fille qui, comme elle, ne porte qu'un haut de bikini et un short, elle la tient par les épaules et l'interviewe au sujet de la disparition de ses vêtements.

– Hééééé, s'écrie-t-elle lorsqu'elle m'aperçoit.

– Frankie, où est passé ton débardeur ?

– Je l'ai perdu au strip-bière-pong.

Elle parle d'une voix pâteuse, avec des grimaces exagérées.

– On dirait que ça dégénère, dit Sam dans mon dos.

– Tiens, qui revoilà ! lance Jake qui vient d'émerger d'un des mystérieux couloirs de la villa, une bouteille de vodka à la main. Quelqu'un a envie de boire un shot dans un nombril ?

– Quoi, sur ton ventre poilu ? Beurk, non merci ! proteste Sam.

– Mais non ! se moque Frankie. (Elle saute de son perchoir, manquant d'entraîner avec elle sa compagne d'infortune.) C'est Lisa – pardon, Leah – et moi qui servirons de verres.

– Ah, d'accord. Mais c'est toujours non.

– Pas grave, ça nous en fera plus !

Jake ramène Frankie vers Lisa-Leah, qui n'a pas prononcé plus de deux mots depuis mon arrivée et glousse bêtement chaque fois que mon amie ouvre la bouche. Ça n'a pas l'air de le déranger qu'elle ait l'âge de Katie.

J'ignore à quelle distance se trouve Artist Vista et combien de temps nous allons y rester ; je conseille donc à Frankie de ne pas m'attendre. Après m'être assurée que Jake ne la quittera pas de la nuit, je la serre dans mes bras et lui conseille d'y aller mollo sur l'alcool si elle ne veut pas passer la journée du lendemain à vomir.

– Ne t'inquiète pas, *maman*, réplique-t-elle avant de tanguer dangereusement vers la table. Je serai sage. Tu sais que je t'aime, hein, Anna ? Tu es la meilleure amie que j'aie jamais eue. Et je ne dis pas ça parce que je suis soûle. Enfin, si, je suis soûle, mais je t'aime même quand je ne le suis pas.

– Moi aussi, je t'aime, Frankie. Tu peux me lâcher, maintenant ?

Elle éclate de rire et se rassied sur son tabouret, jambes ballantes, à côté d'une Leah hilare. L'ensemble du public du bière-pong attend avec impatience son prochain numéro.

Je vais chercher mon sac à dos dans le placard où Eddie l'a rangé, récupère mon sweat-shirt et laisse le reste de mes affaires (pyjama, journal et brosse à dents) à l'intérieur avant de le remettre en place.

Puis je m'enferme dans une des dix-huit salles de bains de la maison, le temps d'enfiler mon sweat et de vérifier mon maquillage et ma coiffure. Comme par magie, je trouve même de la lotion hydratante et des pastilles à la menthe dans un placard.

Je jette un dernier regard dans le miroir et les papillons s'emballent sous mes côtes.

La prochaine fois qu'on se verra, Anna la Déjantée, tu ne me reconnaîtras pas.

vingt-trois

Nous ne mettons pas très longtemps pour arriver à Artist Vista, que je reconnais aussitôt. Une enfilade de stations balnéaires illumine l'horizon en un véritable feu d'artifice, exactement comme sur les cartes postales de Matt.

– On venait souvent pique-niquer ici quand j'étais petit, me confie Sam en étendant la couverture sur le sable. Mais ça faisait un moment que je n'y avais pas mis les pieds.

Je m'assieds près de lui.

– Raconte-moi une histoire. J'ai envie de t'écouter parler.

– Bien sûr. Viens là.

Il s'allonge et m'attire contre sa poitrine. Tout en me caressant les cheveux, il me décrit son enfance au bord de la mer, marquée par la déception de voir partir ses nouveaux amis à la fin de l'été. Sa voix me parvient douce et étouffée.

– Le plus dur, ici, c'est que rien ne dure jamais, rien n'est vraiment réel. À force, c'est déprimant.

– Moi je voudrais rester pour toujours.

– Mais tu ne peux pas, Anna. C'est bien le problème.

(Il me prend le menton pour m'obliger à le regarder.) Tu n'es qu'une apparition merveilleuse, et bientôt je me réveillerai en me demandant si je n'ai pas rêvé.

– Je vois très bien ce que tu veux dire.

Malheureusement.

Sam me questionne ensuite sur New York, et j'essaie de lui répondre sans mentionner la tragédie qui fait partie de moi. Toutes mes histoires, tous mes souvenirs marquants aboutissent pourtant à la même conclusion inévitable.

Avant : ensemble.

Après : séparés.

Avant : heureuse.

Après : triste.

Ces quelques jours avec Sam m'ont permis de mettre mon chagrin en sourdine ; mais je suis incapable d'évoquer mon passé sans songer à Matt. J'ai de plus en plus de mal à le tenir à l'écart de ma tête et de mes mots. Pour finir, son image l'emporte et monopolise à nouveau mon esprit. Je plonge dans le silence, concentrée sur le murmure de l'océan et le souffle de Sam.

Juste après la mort de Matt, je n'osais plus rien faire. Je ne pouvais même plus me ronger les ongles ou renifler un tee-shirt sans avoir l'impression d'être observée. J'espérais que c'était le cas, je priais, je le suppliais de m'envoyer un signe pour me prouver qu'il était là, près de moi.

Mais ça n'est jamais arrivé. Le temps a passé. Et j'ai cessé d'avoir peur.

Jusqu'à ce soir, où bizarrement l'alcool me rend vulnérable

et encore moins sûre de moi que d'habitude. Je suis allongée sur le sable avec ce garçon que je connais à peine et dont je suis en train de tomber amoureuse. Matt me regarde. Il me juge, peut-être. Mais je ne veux plus me réveiller sous une avalanche de terre et de cailloux pointus. Je ne veux plus sentir le parfum de la pâte d'amandes. Je ne veux plus penser au pendentif de verre bleu, aux livres qu'il me lisait sur son lit, aux piles d'affaires à emporter à la fac ou au voisin inconnu portant ses vêtements au supermarché.

Je ne veux plus être la meilleure-amie-mais-pas-seulement d'un garçon décédé.

Ni la voisine sur qui on peut compter.

Ni celle qui garde toute sa vie des secrets à fendre le cœur.

Je veux juste flotter, suspendue dans ma capsule temporelle, sans la moindre trace à l'horizon ni du crépuscule d'hier ni de l'aube de demain.

M'effacer.

« Quel est ton plus vieux souvenir ? » ai-je demandé à Matt un jour où nous lavions sa voiture pendant que Frankie préparait des sandwichs dans la cuisine.

« La plupart d'entre eux sont associés à la Californie. Et à l'océan. Je ne sais plus quand je l'ai vu pour la première fois, mais je me souviens encore de ce que j'ai éprouvé. »

« Quoi ? »

« Je me suis senti incroyablement petit. Incroyablement insignifiant. Et parfaitement en sécurité. Ça te paraît dingue ? »

« Non. »

« Et toi, quel est ton plus vieux souvenir ? »

J'ai failli répondre : « La fête de mes quinze ans, il y a deux semaines », parce que tout ce qui s'était passé avant cette date était éclipsé par son baiser comme le soleil éclipse la lune. Mais finalement, je lui ai parlé du jour où je l'avais regardé attraper des chenilles et tenter de les nourrir avec des feuilles de chêne. Je devais avoir trois ans.

« Je voulais monter un élevage. C'est fou que tu t'en souviennes ! »

Il a souri et a rincé ses mains couvertes de mousse.

« Ce n'est pas aussi cool que l'océan, mais c'est un bon souvenir. »

« Je te promets que je t'emmènerai en Californie, un jour. Je veux redécouvrir la mer avec toi. Je veux tout redécouvrir avec toi. »

Sam me dévisage, les sourcils froncés comme s'il tentait de lire dans mes pensées. Je ne trouve pas les mots pour lui parler et, si j'y parvenais, je fondrais probablement en larmes. Alors j'opte pour la deuxième meilleure solution : je l'embrasse.

M'effacer.

Notre baiser devient de plus en plus intense ; il s'allonge sur moi, me retire mon sweat et presse ses hanches contre les miennes, plus proche qu'il ne l'a jamais été. Je ressens des choses que je n'avais encore jamais ressenties, dans des zones dont j'ignorais l'existence, comme si une centaine de petites fleurs affamées se réveillaient et s'épanouissaient au soleil après un long hiver rigoureux.

Quelque part, sous la peau bronzée de mon front, je sais que je ferais mieux d'attendre, que ce moment est censé être unique, que je devrais le partager avec quelqu'un auprès de qui je pourrais me réveiller non seulement demain mais tous les autres jours.

Et s'il me prenait pour une de ces vacancières qui cherchent une relation à distance juste pour pouvoir montrer leurs cartes postales enflammées et tachées d'eau de mer à leurs copines ?

Non. À la fin des vacances, tout s'arrêtera. Sam et moi ne serons jamais « Sam et moi ». Je vais le perdre comme j'ai perdu Matt. La mort ou la distance qui sépare New York de la Californie, quelle différence. Bientôt, j'ouvrirai les yeux et Sam aura disparu.

Sam, dont les mèches décolorées par le soleil frôlent mes joues lorsqu'il m'embrasse.

Sam, dont les grands yeux verts parcourent mon corps en même temps que ses mains, voraces, brûlants.

Sam, dont la peau a un goût de sel et d'été.

Sam, dont le nom de famille est… un mystère.

– Attends ! (Je m'écarte brusquement alors qu'il s'apprêtait à dénouer la ficelle de mon haut de bikini.) Je viens de me rendre compte que je ne connais pas ton nom de famille ! Moi, c'est Reiley.

Je le dévisage avec autant d'appréhension que si cette information pouvait bouleverser le cours de notre nuit.

– Et moi, Macintosh.

– Comme les ordinateurs ?

– Non, comme mon père.

– Très drôle.

– Anna ?

– Oui ?

– Tais-toi.

– D'accord.

Je caresse sa lèvre inférieure du bout des doigts. Mes pensées s'enchaînent encore plus vite que les battements de mon cœur, et je ne sais pas comment les arrêter. Je n'en ai même pas envie. Je veux dévorer Sam comme un loup affamé. Goûter sa bouche, sentir son shampoing et puis mourir en emportant ce souvenir avant qu'on puisse me le voler.

Lorsqu'il veut recommencer à m'embrasser, je l'arrête d'une main.

– Sam, je suis *d'accord*. Tu as ce qu'il faut ?

La lueur dans ses yeux m'indique qu'il a compris.

– Oui. (Il fouille dans la poche de son sweat-shirt ; je l'entends déchirer l'emballage d'un préservatif.) Tu es sûre ?

– Oui.

Il m'enlace avec fougue, le souffle court, ouvre, déboutonne et dénoue nos vêtements, puis m'embrasse sur le ventre et remonte lentement vers mon visage. Bercée par ses mots doux, j'enroule mes jambes autour des siennes et l'attire en moi.

Ça ne fait pas vraiment mal – c'est juste… étrange. Au début, j'ose à peine respirer. Mon short et le bas de mon bikini sont encore accrochés à mes chevilles, comme s'ils n'avaient pas pu fuir à temps et devaient assister à la scène sans faire de bruit, de peur d'être découverts.

Les mains enfouies dans mes cheveux, Sam va et vient au même rythme que les vagues. Peu à peu, je m'adapte à ses mouvements, relâche mes épaules et laisse mes hanches s'enfoncer dans le sable. Je contemple la lune orangée entre ses mèches de cheveux soyeux ; la bouche tout contre sa peau salée, je halète légèrement en attendant que les étoiles s'effondrent autour de nous.

Mais elles ne bougent pas.

Elles nous regardent en silence, suspendues au-dessus de l'eau, jusqu'à ce que Sam s'écarte et que je me redresse pour me rhabiller.

Leur éclat pâlit peu à peu et la marée descendante finit par les emporter dans la lueur rose de l'aube, avec la valise que j'ai enfin abandonnée.

Je ne me sens pourtant pas si différente de la fille que j'étais tout à l'heure, face au miroir de la salle de bains. Je ne suis pas plus vieille. Pas plus maligne. Les eaux troubles de ma vie ne se sont pas devenues plus limpides parce que j'ai fait mon entrée dans le club.

Sam est couché sur le dos, les yeux fermés, les bras croisés sur la poitrine.

– Reste avec moi, Anna Reiley, murmure-t-il d'une voix endormie, le sourire aux lèvres.

Je lui effleure le ventre.

– Je vais me tremper les pieds. Je reviens.

Mes tongs à la main, je me dirige vers la mer. J'ai enfilé mon short en jean par-dessus mon bikini sans le boutonner.

L'ourlet effiloché couvert de sable humide me colle aux cuisses comme une toile d'araignée.

Je m'avance dans l'eau, attendant un signe qui me dise que je n'ai rien fait de mal et que tout va bien. Les yeux tournés vers l'étendue de goudron noir, j'attends.

Les vagues murmurent de la même façon qu'en début de soirée, sages, antiques et immuables.

Le sable, la lune de plus en plus pâle et les parasols de l'hôtel, repliés sur eux-mêmes telles des fleurs au crépuscule, restent immobiles – inchangés, indifférents.

La mer recouvre mes chevilles puis se retire, laissant derrière elle une traînée opalescente qui s'évapore aussitôt.

J'ai bu la potion. C'est réglé.

Je me rince ensuite les mains avant de rejoindre Sam. Il doit être cinq heures passées. Assis sur la couverture, il me fixe de ses grands yeux verts.

– Quoi ?

J'enfonce mes orteils dans le sable ; son sourire est contagieux.

– Ne bouge pas, Anna Reiley. Ce moment est tout simplement parfait.

vingt-quatre

Nous longeons la côte dans la lumière de l'aube, bras dessus bras dessous, scrutant le sable qui défile sous nos pieds. Mes poches s'alourdissent peu à peu de morceaux de verre, bleus, verts, blancs ou ambrés. Après trois semaines à la plage, je suis toujours ébahie que ces fragments d'un objet autrefois intact aient pu se briser, tomber dans l'océan, voyager des années et parcourir des milliers de kilomètres pour finir leur course ici, dans mon sweat-shirt blanc.

La plage revient lentement à la vie avant l'arrivée des premiers vacanciers. Les employés de l'hôtel courent dans tous les sens, minuscules fourmis en short kaki et polo pastel qui nettoient, installent et préparent. Les parasols bâillent puis s'étirent, déployant leurs pétales blanc et jaune au soleil. Sam me sourit.

– Tout va bien, Anna ?

Je glisse mes mains parmi les cailloux de verre lisses et froids. Ils me font penser à une légende que j'ai lue dans une boutique d'artisanat de Moonlight Boulevard.

– Il paraît que les morceaux de verre charriés par la mer sont les larmes d'une sirène au cœur brisé. Elle a été bannie à tout jamais du royaume des Océans par Neptune, parce qu'elle est tombée amoureuse d'un marin qu'elle a sauvé d'un naufrage.

– Oui, j'ai déjà entendu cette histoire. On en a plein de ce genre par ici. Mais il vaut parfois mieux apprécier les choses pour ce qu'elles sont, sans chercher forcément à leur donner un sens caché. Trop d'explications tuent le mystère, tu ne trouves pas ?

– Si. Oh ! Regarde !

En m'accroupissant pour inspecter un carré bleu turquoise, je viens de découvrir un petit disque sombre à moitié enfoncé dans le sable.

Je le ramasse et le tends à Sam.

– Ouah ! s'exclame-t-il après l'avoir admiré face au soleil. Le rouge est la couleur la plus rare qui existe. Tu as eu beaucoup de chance.

Le morceau de verre rouge foncé fait à peu près la taille d'une pièce de cinquante cents. Je souris, le regard tourné vers l'océan. Avant de partir, j'avais promis à Matt de lui en trouver un. Maintenant que je le tiens, je sais ce qu'il me reste à faire.

Je lève le bras très haut au-dessus de ma tête et le lance le plus loin possible dans les vagues.

Laissons ce cadeau à quelqu'un d'autre.

– Hé, tu es folle, qu'est-ce qui te prend ? s'écrie Sam en riant. Tu n'en reverras sans doute jamais de ta vie.

– Ça ne fait rien, puisque j'ai vu celui-là. Et comme ça, je ne serai pas la seule.

– Je ne comprends pas.

– Trop d'explications tuent le mystère, non ?

– C'est vrai.

Il abandonne et me prend dans ses bras.

Nous parcourons ainsi le reste du chemin jusque chez Eddie, heureux mais épuisés. Bien que la fraîcheur matinale me donne la chair de poule, je bouillonne intérieurement sous l'effet du manque de sommeil, de mes sentiments pour Sam et de la découverte du morceau de verre rouge – qu'il s'agisse ou non d'un signe de l'univers.

En arrivant à la villa, j'aperçois une chevelure auburn au niveau des marches du jardin. Puis je reconnais le débardeur bleu ciel.

– C'est Frankie. On dirait qu'elle m'attend... Où est passé Jake ?

– Il devait donner un cours de bonne heure ce matin. En parlant de ça, je dois être à la boutique dans trois heures. J'enchaîne deux services ce soir.

– Mais tu tiens à peine debout !

Je le pousse légèrement, et il manque de perdre l'équilibre.

– Ça ira. J'ai juste besoin d'une heure de sommeil et d'une bonne tasse de café.

– OK.

Je fais signe à Frankie qui nous regarde approcher sans broncher.

– On vous revoit quand ? me demande Sam.

– Peut-être tout à l'heure, si on passe boire un smoothie. Ou ce soir.

Il m'enlace, dépose des baisers sur mes lèvres et mon front, puis file en trottinant. Je souris malgré moi.

Je pourrais.

Être amoureuse de lui.

Toute ma vie.

Vu la quantité de détritus entassés au pied des marches, il semblerait que la fête ait migré sur la plage après notre départ. Je me fraie un chemin jusqu'à Frankie entre les bouteilles vides et les assiettes en carton. Elle se tient à la rambarde, la tête appuyée sur sa main. Elle non plus n'a pas l'air d'avoir beaucoup dormi. Je me demande si elle va me trouver changée.

– Coucou ! Qu'est-ce que tu…

– *Stop*, m'interrompt-elle d'une voix dépourvue de toute chaleur et de toute émotion. Je t'interdis de m'approcher.

– Ben qu'est-ce qui t'arrive ?

Aurais-je fait ou dit quelque chose de blessant hier soir ? Je ne vois pas. Elle allait très bien quand je suis partie avec Sam. Et c'est elle qui tenait absolument à ce que je me débarrasse de ma valise.

Elle se lève pour me faire face, le visage de marbre. Il y a des traînées de mascara séché sous ses yeux. Mon cœur s'arrête de battre.

– Frankie, qu'est-ce qu'il y a ? C'est Jake ? Il t'a fait du mal ?

Elle me regarde sans sourciller, très calme. Son regard

exprime un sentiment au-delà de la colère, de la douleur, de l'indifférence.

Je ne l'ai vue qu'une seule fois dans cet état : à l'hôpital, quand le médecin est venu nous annoncer qu'il n'avait pas pu sauver Matt. Jayne s'est évanouie tandis que Red, les mains crispées sur le sac contenant les affaires de son fils, hurlait « Non ! » sans s'arrêter. Frankie a dévisagé ses parents avec le même air hagard, sans rien dire, les joues inondées de larmes.

– Frankie, parle-moi. Il s'est passé un truc pendant la fête ? Qu'est-ce qu'il y a ? Tu veux qu'on prévienne quelqu'un ? (Les mots se bousculent dans ma bouche. J'ai peur qu'elle s'effondre au moindre contact. Si seulement Sam était encore là...) Je t'en supplie, *parle-moi.*

Je prends le risque de poser une main sur son épaule, ce qui actionne un ressort invisible. Elle tressaille comme si son esprit réintégrait brusquement son corps. Ses yeux se mettent à lancer des éclairs, son visage vire au rouge et ses épaules s'agitent violemment. Elle semble folle de rage.

– Te parler ? À toi ? Très bien, je vais te parler, Anna Reiley. Où étais-tu, hier soir ? me demande-t-elle d'une voix stridente, moqueuse et forcée.

– Avec Sam, à Artist Vista. Je t'ai prévenue en partant. Tu te souviens ?

– Avec Sam ? Avec, c'est-à-dire, « avec » ?

La honte m'envahit. Je ne m'attendais pas à ce que ma meilleure amie réagisse de cette façon à l'annonce de ma première fois.

– J'allais justement te raconter...

– Oh, ça va, te fatigue pas. Tu allais me raconter *que dalle*.

– Tu sais bien que je ne te cacherais jamais une chose pareille !

– Tiens donc. Pourtant, tu ne t'es pas gênée pour me cacher ça.

Elle attrape un objet posé derrière son dos et le brandit sous mon nez d'une main tremblante et si crispée que ses jointures sont toutes blanches. Je reconnais immédiatement le rectangle violet, mais il me faut près d'une minute pour assembler les pièces du puzzle. Un peu comme la dernière fois que tante Jayne a redécoré la chambre de Frankie ; toutes ses affaires étaient là, mais pas à leur place habituelle. Au réveil, on avait du mal à se rappeler où on était.

La vue des doigts bronzés de Frankie sur mon journal intime a quelque chose d'irréel. Ce sont bien ses doigts. C'est bien mon journal. Mais ces deux éléments n'auraient jamais dû être associés dans cette dimension.

– C'est mon... mon...

Je n'arrive plus à parler. Mes jambes flanchent sous mon poids. Une sensation familière de picotements brûlants me parcourt la nuque. Le bruit des vagues me paraît soudain amplifié. J'ai conscience du sang qui coule dans mes veines, emplit mon cœur puis repart dans mes artères. Tous mes sens sont en éveil. Le monde tourne au ralenti. Culpabilité, colère.

Je me jette sur elle, mais elle est plus rapide et s'éloigne vers le bord de l'eau.

– Tiens, un passage au hasard. « Cher Matt, il y a tant de choses que j'aimerais te dire. Chaque soir, en rentrant du lycée, je meurs d'envie de te raconter ma journée. Mais je ne peux pas. » Ou encore : « Cher Matt, parfois, je me demande si ma souffrance s'atténuera un jour. »

Elle feuillette les pages, clame mes peurs, mes rêves et mes souvenirs au vent, les libère de leur prison de papier et, ce faisant, me brise en mille morceaux.

– Frankie, je t'en supplie, arrête…

Ma voix n'est plus qu'un murmure.

– « Cher Matt, ta sœur est incontrôlable. J'aimerais que tu sois là, car je ne sais plus comment l'aider. Hier soir, elle est allée sur le terrain de foot avec un garçon du lycée et… »

– Arrête.

Je voudrais crier, mais je n'y arrive pas.

– Tu crois tout savoir, pas vrai ? Pour ton information, je n'ai pas couché avec Johan ! Une fois là-bas, il m'a dit qu'il ne voulait pas de moi !

– Quoi ?

– Il ne s'est rien passé ! Je n'ai pas couché avec lui ! Et puisqu'on en est à se dire nos quatre vérités, je n'ai pas non plus couché avec Jake ! Tu es contente ? Tu veux noter ça dans ton petit cahier ?

Je n'en crois pas mes oreilles. J'ouvre la bouche pour répliquer sur le même ton qu'elle, mais rien ne me vient. Tout ce que je peux faire, c'est sortir mes griffes pour essayer de récupérer mon journal, parce que les pensées qu'il contient sont l'essence de mon âme.

Frankie recule encore d'un pas.

– « Cher Matt, nous voilà enfin en Californie. C'est exactement comme tu me l'as décrit. Je sens ta présence ici, et je crois que Frankie aussi. » Espèce de garce, comment oses-tu parler de moi là-dedans ? Comment oses-tu parler de mon frère ? Tu crois qu'il tenait à toi parce qu'il t'a pelotée deux ou trois fois ? Il aurait rencontré une autre fille et t'aurait plaquée à peine arrivé à Cornell. Tu planes complètement, ma vieille !

Des larmes brûlantes roulent sur mes joues. J'ai la gorge nouée, le cœur brisé, le corps paralysé.

Frankie tente d'arracher la couverture de sa spirale métallique mais n'y parvient qu'à moitié. Le carton pendouille au vent telle une aile cassée, révélant la photo que j'ai contemplée chaque soir depuis sa mort. Matt me tenant par les épaules – des miettes, de la crème et des brins d'herbe collés à nos cheveux et à nos vêtements –, tout l'été s'étirant devant nous dans la lumière chaude et rosée du soleil couchant.

J'ai passé des heures à la fixer, à me repasser le film de cette soirée, à prier pour que les images en deux dimensions prennent vie et me ramènent là-bas avec lui. Nous mettrions Frankie au courant sans plus attendre. Nous serions ensemble. Nous laisserions tomber l'Âge de Glace, filerions directement à l'hôpital et leur demanderions de réparer le cœur de Matt avant qu'il soit trop tard.

Je me racle la gorge et retrouve enfin la parole.

– Rends-le-moi, Frankie. Tu n'avais pas le droit de le lire, et tu n'as pas le droit de le déchirer. Rends-le-moi.

Elle me regarde avec des yeux fous.

– Je fais ce que je veux.

– Frankie, par pitié, rends-le-moi. S'il te plaît. Je suis désolée de ne t'avoir rien dit, mais c'est tout ce qu'il me reste de…

– Anna, c'était *mon* frère. Le mien. Tu n'as pas besoin de garder quoi que ce soit de lui.

Sur ces mots, elle tourne les talons, se précipite vers la mer et lève les bras au-dessus de sa tête. La larme de sirène rouge scintille à son poignet, identique à celle que j'ai rendu à l'océan il y a quelques minutes à peine.

– Frankie, *non* !

Je cours vers elle, mais mes jambes paraissent lestées de plomb. C'est un horrible cauchemar. Je parviens enfin à l'atteindre et la tire en arrière de toutes mes forces pour la faire tomber.

Trop tard. Le journal a déjà quitté sa main.

Il décrit un arc de cercle avant d'atterrir dans l'eau avec un petit *plouf.*

Il flotte à la surface pendant quelques instants, porté par le courant. C'est ma dernière chance de le récupérer. Je me relève tant bien que mal et me jette à sa poursuite, les membres lourds, rêvant de pouvoir fendre les vagues, de m'étirer, de l'attraper.

– Anna ! Laisse tomber ! me crie Frankie depuis la rive.

Je continue à nager mais le courant est trop fort. Il m'attire vers le fond et me brûle les poumons, jusqu'au moment où je manque de me noyer. Alors je retourne là où j'ai pied tandis que la marée entraîne mon journal loin de moi et, après m'avoir donné un dernier aperçu de ses pages gondolées, le fait disparaître dans les profondeurs de l'océan.

Mon cœur explose en un millier de fragments de verre agités de pulsations douloureuses.

Je l'ai perdu une deuxième fois.

Je me laisse tomber sur le sable, la tête entre les mains, et pleure toutes les larmes de mon corps. Je me moque de ce que pense Frankie. Je me moque que les invités de la fête ou les employés de l'hôtel me voient. Je me moque que Sam revienne et me trouve là, les yeux bouffis, la morve au nez et le cœur brisé.

Ma meilleure amie gît à côté de moi comme une poupée de chiffon mouillée.

Je ne suis plus vierge.

Et l'océan a englouti mon journal.

Je lutte de toutes mes forces pour ne pas plonger derrière lui et m'enfoncer loin, loin, tout au fond des mers, afin de rejoindre la sirène bannie pour l'éternité.

vingt-cinq

Je m'en veux toujours d'avoir caché la vérité à Frankie, mais ce n'est rien à côté du sentiment de trahison que j'éprouve : elle a lu mes pensées les plus intimes, les plus sincères, et les a détruites. Elle est entrée par effraction dans mon cœur pourtant si bien protégé, m'a volé le dernier lien qui me rattachait à Matt et l'a transformé en monstruosité. Et pour couronner le tout, ses grandes leçons sur les premières fois et ses conseils de Reine de l'Amour ne reposaient que sur du vent. Elle transportait une valise tout aussi encombrante que la mienne.

Je ne peux même plus la regarder en face.

Elle non plus, d'ailleurs. Après avoir pleuré un long moment en silence, elle se lève et disparaît dans la villa.

Nous avons dit à Red et Jayne que nous rentrerions vers midi. S'ils nous voient débarquer à l'heure du petit déjeuner, les vêtements trempés et les yeux rouges, ils vont se douter qu'il s'est passé quelque chose. Nous sommes donc coincées ici.

Je gravis les marches à mon tour, les jambes et le cœur lourds de chagrin et de fatigue. Quelques personnes dorment sur des transats autour de la piscine, complètement sourds aux hurlements que nous venons d'échanger sur la plage. Devant la porte, j'enjambe le corps inerte d'un garçon que je reconnais comme l'un des spectateurs du tournoi de bière-pong. Puis je m'arrête net en découvrant l'état de la cuisine. Des relents de vomi me prennent à la gorge. Le sol est jonché de boîtes vides et de croûtes de pizza. La porte transformée en table est tombée de ses tabourets, et tout est recouvert d'une couche poisseuses de sable mêlé de bière.

Je n'ai jamais croisé de cadavre en décomposition, mais je pense que l'odeur doit s'approcher de celle qui règne ici.

On n'entend aucun bruit en dehors d'un concert de ronflements et du bourdonnement des enceintes privées de musique. Aux quatre coins du salon gît un assortiment hétéroclite des invités de la veille, puants, alcoolisés, barbouillés de maquillage et de bière.

Je me fraie un chemin jusqu'au couloir, ouvre trois portes et finis par retrouver le placard où nous avons laissé nos sacs. Celui de Frankie a disparu, mais le mien est toujours là. J'ouvre lentement la fermeture éclair, espérant envers et contre tout que les dernières heures n'ont été qu'un mauvais rêve provoqué par l'euphorie de ma nuit avec Sam.

La poche avant est vide. Celle du milieu contient encore tout ce que j'y ai glissé hier soir, à l'exception de la seule chose à laquelle je tenais vraiment.

Je m'enferme avec mon sac dans la salle de bains que j'ai

déjà utilisée la veille. Par chance, personne ne s'est endormi dans la baignoire. Je prends une douche chaude en piochant sans me gêner dans les luxueux produits de toilette disposés le long du mur.

Puis j'enfile le boxer et le tee-shirt rose que j'avais apportés pour dormir et range mes affaires mouillées dans le sac. Lorsque j'essuie la buée qui recouvre le miroir, je constate avec surprise et une pointe de déception que mon visage est exactement le même qu'avant – ni mieux, ni moins bien. Mis à part ma gueule de bois émotionnelle, mes yeux injectés de sang et mes traits tirés, je suis toujours la bonne vieille Anna.

De retour dans le salon, je m'assure que Frankie n'est pas dans les parages avant de m'installer sur un coin de parquet resté libre, près de l'entrée du bureau. À l'autre bout de la pièce, Eddie dort sur un canapé en cuir ; il porte un soutien-gorge en dentelle noire bourré de serviettes en papier par-dessus son tee-shirt vert.

Je me concentre sur le bruit de l'océan et les ronflements qui m'entourent, mais j'ai beau fermer les yeux et ralentir le rythme de ma respiration, le sommeil me fuit. Il y a encore deux heures, ce n'est pas du tout comme ça que j'imaginais ce moment. J'aurais dû être allongée aux côtés de Frankie, la faire rire en lui racontant ma soirée et discuter avec elle du planning de nos dernières journées de MVTT.

Au lieu de cela, ma poitrine se serre, et j'ai l'impression d'être transpercée par des flèches noires et cruelles.

Mon esprit ne cesse d'osciller entre le souvenir des lèvres

de Sam sur les miennes et l'intolérable tristesse d'avoir été trahie par celle en qui j'avais une confiance absolue.

Il me semble entendre une voix derrière la porte, et je me demande brièvement où est passée Frankie. Je me dis que j'ai dû rêver, mais ça recommence.

– C'est la femme de ménage !

Cette annonce est accompagnée d'une série de petits coups et du bruit très reconnaissable d'une clé dans la serrure.

– Monsieur et madame Donovan ? Vous êtes là ?

Le battant s'entrouvre, laissant passer un rayon de soleil qui éclaire le visage d'Eddie. Il ne bronche pas. Je me faufile dans le bureau afin d'assister à la scène sans être vue.

– Qu'est-ce que... Oh mon Dieu ! Quelqu'un est mort, là-dedans, ou quoi ?

La femme de ménage ouvre la porte d'un grand coup d'aspirateur et s'approche du canapé sur lequel Eddie commence enfin à remuer.

– B'jour, marmonne-t-il en bâillant, unique survivant au milieu d'un champ de bataille couvert de corps, de bouteilles, de mégots de cigarettes, de vêtements divers, de croûtes de pizza, de gobelets en plastique, de sable et des inévitables morceaux de vaisselle hors de prix.

– Où sont vos parents ? l'interroge la femme en croisant ses bras potelés sur sa poitrine.

Eddie se redresse pour inspecter les dégâts.

– Ne vous en faites pas, Maggie. Vous n'aurez pas à nettoyer tout ça. Je m'en occupe.

– Hum. Ils rentrent quand ?

– Demain, je crois.

– Eh bien, ça a dû être une sacrée fête.

Elle désigne du menton la tenue d'Eddie.

– Qu'est-ce que… ?

Il porte la main à son torse et secoue la tête ; visiblement, il ne se souvient pas comment le soutien-gorge est arrivé là.

– Bon. Appelez-nous si vous avez besoin d'aide, *Edward*.

Elle écarte une bouteille de son chemin, ressort en traînant son aspirateur derrière elle et claque la porte. La bouteille vient heurter un carton de pizza aux pieds d'Eddie.

– Quelle galère !

Il se penche en avant, la tête sur les poings, sans se débarrasser de sa lingerie. J'émerge de ma cachette.

– Tu flippes à cause de tes parents ?

– Non, j'ai mal au crâne, c'est tout.

– La femme de ménage ne va pas tout leur raconter ?

– Sans doute que si. Mais ce n'est pas grave si la maison est nickel. C'est pareil tous les étés. Ils ont autre chose à faire que de se soucier de moi.

Je me tourne pour faire remarquer à Frankie qu'elle n'est pas si mal lotie, avant de me souvenir qu'elle n'est pas là et que, de toute façon, je la déteste.

Lorsque je propose à Eddie de l'aider, il décline.

– Maggie va revenir. C'est un petit jeu entre nous. Elle fait semblant d'être surprise et contrariée, puis elle s'en va. J'en profite pour mettre tout le monde dehors, et elle me rejoint plus tard pour tout remettre en état.

– Elle doit bien t'aimer.

– Elle aime surtout les cent dollars que je lui file en échange.

Eddie allume la cafetière et entreprend de réveiller les cadavres gisant dans le salon, autour de la piscine et dans le jardin. Je lui demande s'il a vu passer Frankie.

– Oui, elle est en haut. Vous avez dû sacrément picoler, hier soir. Vous avez des têtes de déterrées !

Je me force à sourire.

– On m'a déjà traitée de pire que ça.

Il y a à peine quelques heures, en fait.

Je me sers une tasse de café noir en attendant la princesse Perino. Elle est la dernière personne avec qui j'ai envie de me promener sur la plage aujourd'hui, mais je n'ai pas le choix. Oncle Red et tante Jayne sont censés croire que nous avons passé une super soirée-pyjama avec Jackie et Samantha, à glousser jusque tard dans la nuit, faire des batailles d'oreillers et remplir les quiz de *Cosmo*. Après tout ça, nous allons avoir du sommeil à rattraper.

Une heure plus tard, Frankie descend l'escalier, toute trace d'émotion disparue sous une épaisse couche de maquillage. Elle étreint longuement Eddie, le remercie pour sa fête d'enfer, puis, sans m'accorder un seul regard, elle attrape son sac et sort par la porte de derrière. Elle descend aussitôt vers la plage, le menton bien haut, le ventre rentré, les épaules en arrière et la poitrine gonflée, tel un terrible phénix aux plumes auburn renaissant des cendres de notre amitié.

vingt-six

Je marche à quelques mètres derrière elle, partagée entre la colère et l'envie de m'excuser – pour le moment, c'est encore la première qui l'emporte. Frankie ne se retourne pas une seule fois, certaine que je ne la laisserai pas prendre trop d'avance. Elle sait aussi bien que moi que nous devons arriver ensemble si nous ne voulons pas avoir à nous justifier.

Je parcours les dix derniers mètres au pas de course et gravis les marches en même temps qu'elle, parfaite incarnation de la bonne humeur matinale. Ses parents sont en train de préparer le repas dans la cuisine.

– Salut, les filles ! lance Jayne en s'essuyant les mains sur son short. Alors, comment c'était ?

– Trop sympa, répondons-nous en chœur.

– On dirait que vous n'avez pas beaucoup dormi, commente Red.

– Papa, les soirées-pyjamas ne sont pas faites pour dormir !

– Pardonne mon ignorance. Vous avez fait quoi, alors ?

Il replie son journal.

– Des tas de choses. Pas vrai, Anna ? m'interpelle Frankie d'une voix froide.

– Oh oui. (Je prends une pomme et en croque une énorme bouchée.) Alcool, garçons, la routine, quoi.

Frankie me fait les gros yeux, mais ses parents éclatent de rire. Il ne leur viendrait jamais à l'esprit que je puisse dire la vérité.

– La prochaine fois, je vous accompagne ! s'exclame Jayne en nous faisant un clin d'œil.

Au moment de poser les sandwichs et le saladier de chips de maïs sur la table, elle me dévisage un peu trop longuement. Nous n'avons jamais reparlé de Matt et Frankie depuis notre discussion sur la terrasse la première nuit. Se doute-t-elle qu'il s'est passé quelque chose entre sa fille et moi avant que nous rentrions au bercail comme des mouettes écervelées après une énième nuit blanche – une énième tentative ratée pour oublier la réalité ?

Nous posons nos sacs dans le salon et nous asseyons à table, l'air aussi naturel que possible. Je suis tellement fatiguée que je ne vais pas tarder à avoir des hallucinations. Mon sang coule aussi lentement que de la mélasse dans mes veines, et c'est la nuque raide que j'attends la prochaine pique de Frankie.

Mais finalement, elle s'abstient de tout commentaire et se contente de me jeter quelques regards mauvais lorsque ses parents ont le dos tourné – regards que je me fais un plaisir de lui rendre. Après m'être forcée à avaler la plus grande partie de mon sandwich et deux ou trois chips, je demande l'autorisation de monter faire une sieste.

– Pas de problème, répond Red. On te réveillera pour le dîner. Vous choisissez le restaurant, ce soir. On ira où vous voulez.

– Merci, oncle Red.

Je pose mon assiette dans l'évier et me réfugie dans la chambre. À défaut de pouvoir feindre une maladie mortelle pour éviter de jouer la comédie toute la soirée, je me résigne à mon sort, chasse cette perspective déprimante de mon esprit et me glisse sous les draps afin d'oublier temporairement les dernières heures de mon existence. *Pouf!*

Frankie me réveille en donnant un coup de pied contre mon sommier.

– Quoi?

– Debout. On part dans un quart d'heure.

– Oh, merci beaucoup de me prévenir à l'avance.

– De rien.

Après cet échange cordial, nous nous préparons en silence, comme si la première qui ouvrait la bouche risquait d'être changée en pierre. Toutes les deux ou trois minutes, l'une de nous risque un coup d'œil en direction de l'autre, guettant une ouverture, l'ombre d'un sourire, une légère inclinaison de la tête – n'importe quel signe indiquant que nous pourrions envisager de nous réconcilier un jour.

Mais cela n'arrive pas.

Frankie pardonnerait plus volontiers à l'univers de lui

avoir pris son frère qu'à moi de ne pas lui avoir dit la vérité.

Pour ma part, j'ai beau m'être follement amusée avec elle, l'avoir aimée comme une sœur, avoir rêvé de passer tous mes étés à ses côtés et juré de prendre soin d'elle à la place de Matt, je sais que rien ne sera jamais plus pareil.

Au bout d'une éternité, Frankie finit par rompre le silence avec des larmes dans la voix.

– Je n'arrive toujours pas à croire que tu m'aies caché une chose pareille ! chuchote-t-elle à défaut de pouvoir hurler.

– Ah oui ? (Je passe rageusement mon peigne dans mes cheveux.) Moi j'aurais dû te parler de Matt, mais toi, tu avais le droit de me raconter des salades sur Johan *et* Jake ?

– Ça n'a rien à voir, et tu le sais très bien !

– Arrête d'essayer de te justifier ! J'en ai marre !

– Les filles, vous êtes prêtes ? appelle Red depuis le rez-de-chaussée. Ce n'est qu'un dîner, on ne va pas au bal !

– Encore cinq minutes, papa ! répond Frankie. Donc si je comprends bien, c'est moi, l'horrible monstre de l'histoire ? Je t'ai *forcée* à venir ici, à perdre ta virginité et à mentir au sujet de Matt, peut-être ?

Je l'attrape par les poignets et la fixe droit dans les yeux, le visage à quelques centimètres du sien.

– Tu sais quoi, Frankie ? J'abandonne.

Je la repousse brusquement et vérifie une dernière fois mon reflet dans le miroir.

– Ne te fatigue pas, raille-t-elle. Tout le monde s'en fiche, de toi.

Toute la soirée, Frankie n'est que bonne humeur et décontraction estivale. Elle décrit des filles qui n'ont jamais existé, des jeux auxquels nous n'avons jamais joué et des films que nous n'avons jamais vus, en se tournant de temps à autre vers moi pour que je ponctue ses phrases de : « Ah oui, c'est vrai ! C'était trop marrant ! » Red et Jayne écoutent, amusés, le récit des vacances on ne peut plus normales de leur fille et de sa meilleure amie. Que rêver de mieux ?

– Je suis tellement contente qu'on soit venus ici tous ensemble, conclut tante Jayne en prenant la main de Frankie par-dessus la table du Bistrot Marin où nous sommes en train de dîner. Il faut vraiment qu'on remette ça l'année prochaine.

– On arrivera peut-être à convaincre Helen et Carl de nous accompagner, ajoute Red.

– Ce serait super ! s'exclame Frankie. Dommage qu'on ne puisse pas rester quelques semaines de plus, hein, Anna ?

Je pense à Sam et je souris.

– Oui, vraiment dommage !

Après le dîner, les Perino nous emmènent sur la jetée. L'été se termine pour tout le monde, et l'endroit est bondé.

– Il y a foule, ce soir, grogne Red en s'écartant d'un pas pour éviter une collision avec une poussette. Pourquoi ne pas aller de l'autre côté de la plage, pour changer ? On n'y a pas mis les pieds une seule fois cette année.

Toi, peut-être pas. Mais ta fille et moi avons quasiment élu domicile là-bas.

Nous remontons lentement le boulevard. Frankie et moi

fermons la marche, les poings serrés, dissimulant notre rancœur sous des sourires de façade.

Tante Jayne nous propose d'aller prendre un dessert, et comme il nous est plus facile d'acquiescer que de justifier un refus, nous acceptons sans réfléchir.

L'univers se jouant de nous depuis le début du séjour, il n'y a aucune raison qu'il en soit autrement ce soir. Nous ne sommes donc pas même surprises quand elle nous fait part de sa folle envie de smoothie.

vingt-sept

La panique et l'excitation m'envahissent simultanément. Ma tête et mon cœur se disputent pour savoir si je dois me réjouir de voir Sam ou trembler de peur, parce que si nous ne trouvons pas un plan infaillible dans les quinze secondes qui viennent, notre couverture basée sur le duo Jackie-Samantha va voler en éclats. Frankie m'adresse un regard de pure terreur – renonçant à ses airs hautains pour la première fois de la soirée. Je me maudis de ne pas avoir pensé à prévenir les garçons au cas où une situation de ce genre se présenterait.

Bonsoir, mesdames et messieurs ! Bienvenue dans Les Petits Mensonges de Frankie et Anna *! Nous espérons que vous vous êtes bien amusés jusqu'ici. Dans l'hypothèse peu probable où nous débarquerions sur votre lieu de travail accompagnées de Red et Jayne Perino, veuillez faire semblant de ne pas nous connaître, ou vous présenter comme les grands frères gays de nos meilleures amies Jackie et Samantha. Merci de votre attention, et bonne continuation !*

Le sourcil fendu de Frankie tressaute comme un petit oiseau effrayé, mais je suis à court d'idées.

La longue file d'attente qui s'étire devant la Cabane à Smoothies ne suffit pas à décourager Jayne. Réfléchissant à toute allure, je prétexte une envie pressante et me faufile à l'intérieur malgré les « hé, la queue commence là-bas » et les « chacun son tour ! » des autres clients.

Debout derrière le comptoir, Sam enchaîne les préparations en un temps record. En attendant qu'il m'aperçoive, je vérifie pour la centième fois par-dessus mon épaule que Red et Jayne sont hors de vue.

Après avoir remis deux gigantesques coupes fraise-biscuit-chantilly à une serveuse blond platine impatiente et dix fois trop maquillée, il me repère enfin.

– Anna ! Tu es déjà là ?

Il s'essuie les mains sur son tablier vert et contourne le bar pour me serrer dans ses bras. Encore une fois, une bouffée de peur mêlée d'excitation m'envahit. Mon cerveau parvient néanmoins à calmer son petit camarade trop émotif pendant cinq secondes, le temps que j'explique à Sam pourquoi il n'est pas censé connaître mon existence.

– Compris ! répond-il en riant. Mais ça va te coûter cher… Tu as intérêt à revenir tout à l'heure !

Je rejoins ensuite les Perino au bout de la file en espérant que mon visage aura retrouvé une couleur normale d'ici là.

Après avoir passé vingt minutes à inventer de nouvelles histoires sur nos chastes aventures balnéaires, nous nous installons enfin sur des banquettes qui se font face et lisons attentivement les deux pages de la carte.

Lorsque Frankie me surprend en train d'observer Sam à la dérobée, elle me fusille du regard.

Je vais la tuer.

La blonde platine de tout à l'heure prend notre commande sans lever les yeux de son bloc-notes. Quelques minutes plus tard, Sam nous apporte nos boissons en me faisant un clin d'œil discret.

Frankie me donne un coup de pied sous la table, mais je l'ignore et tends la main vers mon énorme smoothie vanille-ananas frais-soda au gingembre. Au contact des doigts de Sam, une décharge électrique me remonte jusque dans l'épaule.

Oncle Red le remercie. Penser qu'ils respirent le même air et s'échangent des politesses me fait le même effet que la vision de mon journal dans les griffes de Frankie – comme si deux mondes que tout oppose entraient brusquement en contact. Si seulement je pouvais rétrécir, me glisser le long de ma paille et plonger dans un océan de vanille au gingembre...

Une fois Sam de retour à son poste, Frankie cesse enfin de me harceler. Nous vidons nos verres en moins de deux minutes, pressées de partir avant que quelqu'un nous reconnaisse. Red et Jayne, par contre, se comportent comme si c'étaient les derniers smoothies de leur vie et n'en finissent plus de les savourer. Frankie et moi nous enfonçons de plus en plus dans nos sièges, priant le dieu des coïncidences gênantes pour que Jake ne débarque pas.

Environ treize heures plus tard, Red se décide enfin à régler l'addition, et nous retrouvons l'anonymat de la foule. Malgré les risques, je décide pourtant d'aller dire au revoir à Sam. Après m'être rendu compte que j'ai encore très envie d'aller aux toilettes, je retourne dans la boutique, vérifie que je n'ai pas été suivie et grimpe sur un tabouret libre juste devant lui.

– Rendez-vous à minuit, alors ?

– Disons onze heures ?

– Onze heures et demie. C'est mon dernier mot.

– Marché conclu. (Il a à peine le temps de déposer un baiser sur mes lèvres que la serveuse pressée lui réclame une commande.) À tout à l'heure !

Et il retourne à ses bacs de glace aux couleurs pastel.

Frankie m'attend dehors, seule.

– Tu en as mis, du temps. Mes parents sont partis acheter des cartes postales.

– Tout va bien ? demande Jayne lorsque nous les rejoignons.

– Oui, oui. Je suis juste un peu ballonnée à cause du smoothie. Frankie aussi ; elle vient de me confier que si elle monte en voiture maintenant, sa jupe risque d'exploser.

– Pas du tout. Anna voulait simplement le numéro du serveur, mais il l'a envoyée balader.

– Parce que tu lui as fait peur avec ton air renfrogné.

– Et toi avec ton absence de seins.

– Les filles ! nous interrompt Jayne en riant. Qu'est-ce qui vous arrive ce soir ? C'est la pleine lune, ou quoi ?

– Je ne sais pas, on va bien voir en quoi va se transformer Anna.

– Allez, les Jumelles. (Red donne les cartes postales à sa femme le temps de sortir ses clés.) On rentre. Il nous reste encore une journée à passer ici, et j'ai prévu une petite surprise pour demain soir.

Je hoche la tête pendant que la tueuse de journal, vierge et menteuse professionnelle nommée Frankie Perino me tire la langue derrière le dos de ses parents, comme si nous étions dans une cour de récré.

Assez tergiversé.

Cette fois, je vais *vraiment* la tuer.

De retour à la villa, Frankie passe plus d'une heure dans la salle de bains à se préparer pour aller au lit. J'en profite pour régler l'alarme de mon téléphone sur vibreur. Je ne veux pas qu'elle m'entende filer en douce. La dernière chose dont j'ai besoin, c'est d'une dispute ridicule qui risquerait d'attirer Red et Jayne. Je fourre ensuite le portable sous mon oreiller et rabats le drap sur mon visage pour ne pas avoir à la regarder.

Je ne l'entends même pas revenir dans la chambre. Bientôt, une vibration contre ma joue me tire d'un léger sommeil. À la lueur de l'écran, je récupère le sweat et les tongs que j'ai rangés sous mon lit, avant de m'apercevoir que celui de Frankie n'est pas défait.

Cela peut vouloir dire deux choses : soit elle s'est endormie sur le canapé, soit elle est tellement vexée de s'être fait doubler qu'elle a couru retrouver Jake afin de rattraper son retard.

Lorsque j'arrive au rez-de-chaussée, le canapé vide et la porte d'entrée non verrouillée confirment la deuxième hypothèse. J'hésite à l'enfermer dehors et à sortir par la terrasse, mais cela pourrait avoir des conséquences désastreuses. Elle serait capable de tambouriner à la porte jusqu'à réveiller ses parents, puis de leur raconter que je suis sortie retrouver le serveur de la Cabane à smoothies, qu'elle a tenté de m'en empêcher pour mon propre bien (*snif*), parce que c'est le rôle d'une meilleure amie (*snif*), et que c'est comme ça qu'elle s'est retrouvée coincée à l'extérieur (*snif snif soupir*).

J'emprunte donc l'itinéraire que nous avons suivi tant de fois durant ces vacances – par l'allée, la rue, le jardin des voisins, les marches de la plage, et enfin le labyrinthe de feux de camp jusqu'à la Cabane, où je me jette dans les bras de Sam.

Il m'embrasse longuement sans rien dire et je lui rends son baiser en sanglotant, avant de m'effondrer dans ses bras comme une marionnette brisée.

vingt-huit

— Anna, qu'est-ce qui t'arrive ? Qu'est-ce qui s'est passé ?

– Frankie… et… moi… c'est… fini !

Les mots sortent difficilement entre mes hoquets.

– Vous vous êtes embrouillées ?

Je hoche la tête et m'apprête à tout lui raconter, quand mon cerveau m'en empêche au moyen d'un télégramme urgent : *Hé, grosse patate. Stop. Sam pas au courant pour Matt. Stop. Couverture menacée. Stop.*

– Il y a tellement de choses que je ne t'ai pas dites… Je ne sais même pas par où commencer.

Je m'adosse à la rambarde de la terrasse et pousse un gros soupir, les yeux levés vers la lune. J'espérais qu'ici, tout serait différent. Que je pourrais être quelqu'un d'autre. Anna, globe-trotteuse, femme passionnée et aventurière, et pas Anna, la copine pathétique qui ne tient pas ses promesses et écrit à un mort.

– Allons marcher un peu, me propose Sam en posant une

main chaude et rassurante sur mon épaule. Quand tu te sentiras mieux, tu pourras me parler.

– D'accord.

Le temps que je mette de l'ordre dans mes idées, nous sommes presque arrivés à la villa d'Eddie.

– Je te préviens, c'est une histoire longue et pas banale.

– Pas de problème, Anna-très-chère-de-New-York. Je t'écoute.

– OK. Tout a commencé il y a un an, à cause d'un garçon. Un garçon que j'aimais beaucoup. Vraiment beaucoup, et depuis très longtemps.

– Frankie le connaissait ?

– On était les trois meilleurs amis du monde. On a grandi ensemble.

– Ça a l'air compliqué.

– Tu ne crois pas si bien dire. L'année dernière, le jour de mon anniversaire, il a fini par m'embrasser.

Sam garde le silence, concentré sur les mouvements de ses pieds. Il y a des tas de raisons pour lesquelles je ne devrais pas lui raconter tout ça, mais les phrases sortent sans que je puisse les arrêter.

– On s'est mis à passer de plus en plus de temps ensemble. Chaque soir, on se donnait rendez-vous derrière chez moi. Mais on ne savait pas comment l'annoncer à Frankie ; on avait peur qu'elle le prenne mal ou se sente abandonnée.

– Je comprends.

– Il préférait s'en charger, alors je lui ai promis de garder le secret. Mais avant qu'il en ait eu le temps, il…

Ma voix s'étrangle dans ma gorge. Je pose la main sur son bras pour lui demander de s'arrêter.

– Il quoi ?

– Il est… il… Excuse-moi. Je vais y arriver. (Ces mots que ma main a couchés un millier de fois sur les pages de mon journal n'ont encore jamais franchi mes lèvres en présence d'un autre être humain. Je prends plusieurs profondes inspirations avant de pouvoir me lancer.) Il est mort, Sam. Il est mort d'une malformation cardiaque dont personne ne le savait atteint.

Je lui raconte alors l'accident de voiture, m'attendant à une réponse toute faite, à des condoléances maladroites, à un silence gêné ou même à : « C'est trop lourd à gérer pour moi, salut. » Mais Sam se contente d'essuyer mes larmes et dc me serrer contre lui.

– J'ai tenu ma promesse. Je n'ai jamais avoué à Frankie ce qui s'était passé entre nous. Mais l'autre nuit, pendant que j'étais à Artist Vista avec toi, elle a tout découvert en lisant mon journal.

– Attends, c'est pour ça qu'elle t'en veut ? Mais…

– Je ne t'ai pas encore tout dit. Frankie se trouvait dans la voiture, elle aussi. C'est de là que vient sa cicatrice au sourcil. On était inséparables, tous les trois. Matt est… Matt *était* son frère.

Sam me regarde avec de grands yeux, bouche bée.

– Bord… Pardon : ouch !

– Il comptait lui annoncer la nouvelle en tête-à-tête pendant leurs vacances ici. Il s'inquiétait beaucoup de sa réaction et ne voulait pas lui faire de la peine. Ils devaient partir environ un mois après le début de notre histoire. Ça me tuait de mentir à Frankie, mais j'avais promis. Garder le secret pendant un mois ne me paraissait pas insurmontable. Et puis il est mort, et tout a changé. Ce que je ressentais ne comptait plus. Frankie venait de perdre son frère, et j'étais sa meilleure amie. Je n'avais pas le choix : je devais me taire à tout jamais.

Je reprends mon souffle, concentrée sur son regard tendre.

– Anna, je ne sais pas quoi dire. Je ne m'en serais jamais douté.

– Frankie et moi préférions ne pas vous en parler. On voulait que les choses soient différentes, ici.

– Comment ça ?

– C'est difficile à expliquer. Je crois que les gens ont tellement peur de la mort qu'une fois au courant, ils ne pensent plus qu'à ça en nous regardant. Ils n'éprouvent plus que de la pitié pour nous, comme si toute notre existence se résumait à ça.

Une nouvelle vague de tristesse déferle sur moi. Je repense aux innombrables nuits passées dans la chambre de Frankie, sans parler ni rien faire. Parfois, après les cours, on restait simplement assises par terre, notre sac encore sur le dos, à pleurer face au mur.

Au lycée, les premiers mois ont été particulièrement pénibles. Les gens murmuraient dans notre dos, prenaient un air navré lorsqu'ils nous croisaient dans les couloirs. Élèves et professeurs déposaient des mots ou des fleurs devant le casier de Matt, et personne ne nous disait rien quand nous séchions les cours. La plupart des élèves de notre classe – y compris nos prétendus amis – se sont mis à nous éviter, comme si la mort et le deuil étaient contagieux. Très peu d'entre eux étaient au courant pour la malformation cardiaque. Les autres se demandaient ce qui était le pire : perdre son frère et meilleur ami, ou survivre à l'accident censé l'avoir tué. Aucun ne connaissait la conduite à adopter dans ce genre de circonstances – ce qu'il fallait dire, si on pouvait encore rire ou se plaindre de choses aussi triviales que les parents, les notes ou les chaussures neuves alors que nous vivions un « vrai » drame. Et puis, vers le milieu de l'année, Frankie s'est transformée en chasseuse d'hommes et les choses sont revenues à la normale. Le souvenir de Matt s'est fané en même temps que les fleurs encore accrochées à la porte de son casier.

– Dur…

– On a perdu pas mal d'amis dans cette histoire. Depuis un an, il n'y a plus qu'elle et moi. Et maintenant…

– Elle était sous le choc. Vous devriez peut-être en reparler calmement.

– Sam, elle m'a volé mon journal, elle l'a lu, et puis elle l'a balancé à la mer. Et comme si ça ne suffisait pas, j'ai découvert qu'elle m'avait menti à propos de… bref, de choses importantes. Ça m'étonnerait que ça puisse s'arranger. Notre amitié est… finie.

Ma voix tremble sous l'effet combiné de la colère et du désespoir.

– Viens là.

Il m'enveloppe de ses bras et de son parfum. Nous restons debout un long moment face à l'océan, sa main dessinant des cercles dans mon dos. Les battements de son cœur sont aussi forts et entiers que les vagues.

– Merci. (Je m'essuie les yeux avant de laisser échapper le soupir que je retiens depuis quatorze mois.) Tu es la première personne à qui je parle de Matt. Drôle d'ironie, tu ne trouves pas ?

– Disons que ça me change de mon programme habituel des vacances.

Nous contemplons encore un peu la mer, main dans la main. Il masse doucement ma paume en un geste aussi apaisant que le ressac.

Sur le chemin du retour, il me conseille de donner une deuxième chance à Frankie.

– Je ne lui cherche pas d'excuses, mais tu ne devrais pas prendre cette décision sur un coup de tête. C'est ta meilleure amie, quand même.

– Elle a menti sur des trucs vraiment graves, et elle a violé puis détruit mes pensées les plus intimes !

– Vous avez toutes les deux votre part de responsabilité. Et vous avez toutes les deux perdu un être cher. Ce serait dommage de vous perdre aussi à cause de ça.

– Toi, tu regardes trop de téléfilms pour ados.

Il sourit.

– Réfléchis bien, c'est tout.

Nous nous donnons rendez-vous le lendemain soir pour

nous faire nos adieux. Sam s'arrête un peu avant la villa, m'embrasse et attend que j'aie atteint la porte pour me faire un petit signe de la main et repartir vers la plage.

La porte n'est toujours pas fermée à clé ; Frankie ne doit pas être rentrée. Je suis surprise de ne pas les avoir croisés, Jake et elle. Mais lorsque je me glisse dans notre chambre, je la trouve endormie dans son lit comme si elle n'était pas sortie. Le drap blanc monte et descend au rythme de sa respiration. Sa silhouette projetée sur le mur par le clair de lune me rappelle l'époque où, allongées côte à côte sur son matelas, nous jouions aux ombres chinoises à l'aide d'une lampe-torche. Nous chuchotions et riions jusqu'à ce que Matt donne un petit coup dans le mur et nous ordonne de dormir.

vingt-neuf

– Debout...

Red nous réveille doucement depuis le pas de la porte.

Nous nous redressons lentement, entortillées dans nos draps et nos tee-shirts. Il s'écoule quelques secondes béates le temps que les événements de la veille nous reviennent en mémoire. J'en oublie presque que je suis folle de rage contre Frankie, avant de ravaler le sourire qui me montait aux lèvres.

– Bonjour, mes petites Jumelles, continue Red. Jayne est en train de préparer un petit déjeuner de fête. J'espère que vous avez faim !

Il referme la porte, et le silence remplit le vide qu'il a laissé derrière lui.

Frankie et moi sortons de nos lits et enfilons nos sweats. Finies les attaques mesquines ; nous n'avons plus rien à nous dire. J'aimerais pourtant bien savoir si elle a couché avec Jake et où ils en sont tous les deux. Mais je ne vais certainement pas rompre mon vœu de silence juste pour me vanter de mon expérience en matière de vous-savez-quoi. Je m'aperçois d'ailleurs qu'hier soir, j'étais trop occupée à pleurer pour y penser.

Dans la cuisine, Jayne nous sert effectivement le petit déjeuner le plus délicieux et le plus extravagant que j'aie jamais vu. La table croule sous une montagne de fruits frais, de pain perdu à la vanille, d'œufs, de pommes de terre, de bacon, de toasts et de muffins – en gros, tout ce qui restait dans le frigo et que nous ne pourrons pas emporter. Nous rions de bon cœur, bronzés, détendus, les doigts gras et le cœur joyeux, en nous remémorant les vacances merveilleuses que nous venons de vivre. Plusieurs *minutes* s'écoulent sans que Frankie et moi pensions à nous fusiller du regard. Nous nous passons poliment le beurre et allons jusqu'à plaisanter ensemble à propos de la nuit des anges de sable.

À plusieurs reprises, j'ai envie de la prendre dans mes bras, de lui présenter mes excuses et de lui parler de la promesse faite à Matt pour que nous puissions tirer un trait sur tout cela. Et puis des images me reviennent par flashs – Frankie lisant mon journal d'une voix moqueuse, Frankie jetant mon journal dans l'océan comme un vulgaire galet... En l'honneur de ses parents et de notre dernière journée à la plage, je veux bien faire l'effort de mettre ma souffrance et ma colère entre parenthèses.

Mais elles ne disparaîtront pas pour autant.

Après le petit déjeuner, Red nous entraîne dans le tourbillon de tortures qui constituent selon lui l'essence d'une « journée mémorable ».

Étape 1 : tournoi de raquettes sur la plage. Frankie et Jayne contre nous deux.

– C'est nul, ce jeu, proteste Frankie pendant qu'il distribue le matériel. C'est pour les gamins !

– En effet. Mais aux dernières nouvelles, tu es toujours une gamine.

– Papaaaaa !

En dépit de ses efforts pour l'amadouer, il reste insensible à son charme.

– Allons, tu peux bien faire ça pour ton vieux papa.

Et il frappe la balle en caoutchouc dans sa direction.

Au bout d'une demi-heure d'amusement forcé, au cours de laquelle je marque cinquante points et fais retomber soixante-quinze pour cent de ma colère en visant Frankie, la partie s'interrompt brusquement. La princesse vient de se faire piquer le pied par un microscopique et ridicule bébé méduse, ce qui justifie, semble-t-il, de hurler comme si un requin lui avait arraché la jambe. Si ça se trouve, c'est le fantôme de mon journal qui s'est réincarné après sa noyade afin de se venger à coups de spirales. Cette pensée me fait sourire intérieurement.

Mais elle gémit et boite tellement que je finis par avoir pitié d'elle. J'aide Red à l'installer dans la maison pour qu'elle puisse être correctement nourrie et chouchoutée.

Mon règne tyrannique de championne de la raquette ayant été remis à plus tard, nous passons le reste de l'après-midi à jouer au Monopoly loin des dangereux habitants des profondeurs. Aujourd'hui, Frankie ne me glisse pas de billet de mille dollars supplémentaire. Le pied posé sur des coussins, elle applique de la glace sur son petit bobo avec des précautions exagérées et profite de mes bonnes dispositions pour me demander, un sourire mielleux aux lèvres, de lui remplir son verre de limonade, de retaper son oreiller ou d'aller chercher son stick à lèvres.

– Tu te montres toujours si attentionnée envers elle, dit tante Jayne en nous apportant de la crème glacée au chocolat. Frankie, tu as de la chance qu'elle te supporte.

– Je sais. Euh, Anna ? (Radoucie, j'envisage même d'accepter les excuses qui ne vont pas tarder à sortir de sa bouche.) Anna ?

D'une seconde à l'autre.

– Oui, Frankie ?

C'est parti.

– J'ai des hôtels sur Broadway et Park Avenue. Tu me dois mille deux cents dollars.

– Comment va la grande blessée ? nous demande oncle Red lorsque nous nous lassons enfin du Monopoly.

Frankie met une éternité à retaper ses coussins, puis fait tinter la glace dans son verre pour réclamer à boire.

– Ça va, répond-elle. Mais ça brûle.

– Tu vas réussir à marcher ?

– Aucune idée, papa. Dans le doute, je devrais peut-être éviter. Je n'ai pas envie que ça s'aggrave.

Ne pas craquer. Ne pas lui renverser sa limonade sur la tête.

– Quel dommage… on va devoir tout annuler.

– Eh oui.

Frankie pousse un gros soupir, comme si elle portait le poids du monde sur ses frêles épaules bronzées.

– Ça tombe mal, renchérit tante Jayne. Qu'est-ce qu'on va bien pouvoir faire de ces places au cinquième rang, chéri ?

– Des places pour quoi ? demandons-nous en chœur Frankie et moi.

– Oh, juste un petit concert au Fillmore, à San Francisco. Le groupe s'appelle Airplane Pilot, ou quelque chose comme ça, répond Red en sortant quatre billets d'une enveloppe posée sur le plan de travail. Ah non, pardon, *Helicopter* Pilot. Sans doute des gars du coin dont vous n'avez jamais entendu parler.

– *Quoi ?*

Nous suspendons les hostilités le temps d'échanger un sourire ravi.

– Tu rigoles, c'est notre groupe préféré de tout l'univers ! s'exclame Frankie. Mais ils ne sont même pas en tournée !

– C'est une soirée caritative, lui explique Red. Ta mère et moi en avons entendu parler il y a un mois, et on s'est dit que ça vous plairait d'y assister. Quel malheur que tu sois obligée de rester alitée. Je vais appeler la billetterie pour voir si je peux me faire rembourser.

– Non !

Nous nous jetons sur lui d'un même mouvement pour l'empêcher de décrocher le téléphone.

– Mais voyons, ma chérie, tu es *gravement* blessée, lui rappelle Red en désignant la petite boursouflure rose sur son pied. Tu ne peux pas te rendre à un concert dans un tel état, ni te mettre sur ton trente et un pour dîner à la Fleur de Lys. Tout le monde verrait que tu es quasiment amputée.

– Mais non, papa ! J'ai encore mes deux pieds ! Regarde. (Elle se lève et fait les cent pas dans la pièce ; son boitillement disparaît en quelques secondes.) Tu vois, je me sens beaucoup mieux. Ça doit être la glace. Je suis déjà entrée en phase d'évanescence.

– De convalescence.

– Allez, papa ! insiste Frankie sans me prêter la moindre attention.

– Oui, s'il te plaît, oncle Red !

Il n'y a plus de pitié qui tienne ; je serais prête à laisser Frankie seule à la villa pour aller dîner dans ce restaurant et assister à ce concert. Admirer la crinière noire et bouclée de Brandon Barry depuis le cinquième rang, ça passe bien avant les brûlures imaginaires.

Oncle Red s'évente avec les billets.

– Allez, dépêchez-vous. On décolle dans une heure et demie.

– Youpi !

Je saute de joie et Frankie m'imite, avant de se souvenir brusquement de sa terrible blessure.

– Trop cool ! Merci, papa.

Elle embrasse oncle Red sur la joue et me suit à l'étage afin d'entamer le laborieux rituel de mise en beauté qu'impliquent un dîner dans un restaurant français et un concert de notre groupe préféré.

Nous nous douchons, nous coiffons et nous maquillons sans échanger un mot. Mais aussi contrariée que soit Frankie, elle ne peut pas laisser nos tenues au hasard.

– Bon, Anna, même si c'est un peu compliqué entre nous, il faut qu'on assortisse la couleur et le style de nos vêtements. Et j'aimerais t'emprunter tes boucles d'oreilles en argent.

– Comme tu veux.

Je me résigne à subir un énième relooking à sa façon. Au moins, je n'ai pas à craindre qu'elle m'enlaidisse. Elle aurait trop peur que ça déteigne sur elle.

Nous optons pour des tenues noires accessoirisées de rose et d'argent. Enfin, *elle* opte pour des tenues noires accessoirisées de rose et d'argent. Moi, je me contente de hocher la tête et de sourire. Nous serons bientôt au cinquième rang du concert d'Helicopter Pilot, et c'est tout ce qui compte à mes yeux.

Frankie a choisi une robe légère à fines bretelles et au décolleté orné de perles, qu'elle porte avec un bandeau rose dans les cheveux et mes boucles d'oreilles. Évidemment, elle est sublime.

Elle me tend ensuite une minijupe et un débardeur noirs, noue un foulard rose autour de ma taille et termine par un collier et des boucles d'oreilles en forme de cœur.

– Tu devrais relever tes cheveux, me conseille-t-elle. Tu as de très jolies épaules ; montre-les !

Je me fais donc un chignon à l'aide de deux baguettes noires, en laissant retomber quelques mèches sur mon front.

– Parfait ! conclut-elle. Et moi, ça va ?

Elle lisse sa robe devant le miroir. L'espace d'une seconde, je vois poindre dans son regard une lueur de vulnérabilité qui me frappe en plein cœur. Je m'oblige à détourner les yeux pour ne pas la prendre dans mes bras et lui faire les excuses qu'*elle* me doit.

– Tu es magnifique, Frankie. Vraiment.

– Merci, Anna. Toi aussi. Bon, à défaut de pouvoir emmener la caméra, on pourrait peut-être tourner quelques images ici. Parce que là, on est vraiment trop canon !

– Super.

Je sors l'appareil de son sac et la filme sous tous les angles, puis nous inversons les rôles tandis qu'elle enregistre un petit commentaire sur la soirée qui nous attend.

– Allez, ça ira, déclare-t-elle finalement. Prête ?

De nuit et en l'absence de pluie, San Francisco n'a rien à voir avec la dernière fois. Les rues illuminées ont quelque chose de magique. Oncle Red et tante Jayne nous désignent les différents endroits que nous avons déjà admirés lors de notre visite en bus – ce qui ne m'empêche pas de sourire et de poser des questions comme si je les voyais pour la première fois.

– Vous êtes très belles, toutes les deux, nous complimente Jayne. Je sens qu'on va passer une excellente soirée.

Le dîner à la Fleur de Lys est une succession de plats délicieux dont je suis incapable de prononcer le nom. Je n'ai jamais rien vu de semblable par chez nous – sans doute parce que nos voisins festivaliers amateurs de ketchup-moutarde feraient un scandale : « Rendez-nous nos steaks ! À bas les escargots ! »

Par égard pour ses parents et pour les séduisants membres d'Helicopter Pilot, Frankie et moi parvenons à mettre notre animosité de côté. Nous ne sommes toujours pas les meilleures amies du monde, mais nous nous abstenons de verser du poison dans l'assiette de l'autre.

– Vous n'êtes pas très bavardes, dites-moi ! remarque Red au moment du dessert. Je m'attendais à un peu plus d'enthousiasme.

– C'est parce qu'on se régale, répond Frankie avec un sourire forcé dans ma direction avant d'enfourner une cuillerée de crème brûlée.

Le Fillmore est plein à craquer et oncle Red est obligé de déloger des squatteurs installés à nos places. Nous avons à peine le temps de jeter un œil à la scène que les lumières commencent à baisser.

– Mesdames et messieurs, entonne une voix dans les haut-parleurs, merci d'accueillir comme il se doit notre première partie, Plazma !

L'auditorium tremble sous les applaudissements. Plazma entreprend alors de chauffer le public avec des riffs de guitare et des effets de lumière plutôt cool. Frankie et moi restons assises pendant la majeure partie du set, qui dure une heure. Nous préférons garder nos forces pour la suite. Une ou deux fois, je sens qu'elle m'observe – mais elle détourne les yeux dès que j'essaie de croiser son regard.

Après le dernier morceau de Plazma, les lumières se rallument et les techniciens viennent préparer la scène pour Helicopter Pilot. J'envisage un instant de traîner Frankie aux toilettes afin de mettre les choses à plat, mais elle est trop occupée à discuter avec ses parents et à leur raconter tout ce qu'il faut savoir sur ses idoles.

C'est grâce à Matt que nous avons découvert ce groupe il y a quelques années, quand il n'était pas encore très connu. Lui-même était un fan de la première heure qui avait commencé à suivre Joe à l'époque où il tournait en solo dans les bars de Buffalo. Il nous passait des morceaux dénichés sur Internet, dont les accords et les basses faisaient vibrer sa chaîne. Lorsqu'il était tard, il nous prêtait ses écouteurs, agitant la tête en rythme jusqu'à ce que nous nous joignions à lui. Frankie et moi avons tout de suite été séduites, en partie par leur musique et en partie parce que l'enthousiasme de Matt était communicatif. Helicopter Pilot n'a pas tardé à devenir notre groupe préféré. À la sortie de leur premier album, nous étions déjà des fans.

À la sortie du deuxième, Matt et moi nous étions déjà embrassés. Il me l'a offert le lendemain, après avoir imprimé toutes les paroles sur des feuilles agrafées entre elles. « Lis-les, Anna. Lis-les bien. »

À la sortie du troisième, il n'était plus là.

Il ne les aura jamais vus en concert.

– Allez, tout le monde ! (Le chanteur de Plazma revient sur scène, la voix rauque de s'être autant donné.) Il est temps d'applaudir les gars de la côte est pour lesquels nous sommes tous là – j'ai nommé Joe, Brandon, Jay et Scotty-O ! Faites du bruit pour Helicopter Pilot !

Comme le reste de l'auditorium, Frankie et moi sommes déjà debout pour les acclamer, hurler de joie et leur crier tout notre amour. Même Red et Jayne tapent des mains et se déhanchent en riant, interprétant la petite danse ringarde des parents qui veulent paraître cool. Mais peu importe, je suis heureuse d'être ici avec eux.

Pendant trois heures, nous chantons, dansons et nous esclaffons à en perdre haleine, les cheveux en bataille et le maquillage liquéfié. Plus rien n'a d'importance – ni mon journal disparu, ni Matt, ni Johan, ni Jake, ni aucun des secrets qui nous séparent. Il n'existe plus que la musique, ce langage universel exprimant l'amour, l'espoir, le deuil et tout le reste.

Après deux standing ovations et deux rappels, le groupe termine par son célèbre premier single, *Heart Shadow.* À la mort de Matt, Frankie et moi l'avons passé en boucle dans sa chambre pour masquer les murmures de condoléances qui montaient du rez-de-chaussée. Depuis ces interminables et sombres journées, je suis incapable de l'écouter. Les premiers mots me ramènent instantanément en arrière. Je nous revois toutes les deux, gisant sur le sol au pied de son lit comme des poupées brisées.

L'ombre noire de ton cœur,
Met le feu à mon âme, suffoquée par les cendres.
L'ombre noire de ton cœur,
Tourbillonne en riant, et s'effondre l'espace
que tu occupais,
Tourne en rond tourne en rond, et s'effondre le vide
que tu as laissé.

Quand je repense à l'année dernière, à l'époque où nous priions dans la chambre de Frankie pour que le monde cesse d'exister, je n'arrive pas à croire qu'elle ait changé à ce point. Papa avait peut-être raison ; peut-être que Red et Jayne ne s'occupent pas assez d'elle. Mais peut-être aussi qu'elle n'y tient pas plus que ça.

Je la regarde fermer les yeux et se balancer au rythme de la chanson la plus triste de notre histoire, perdue dans un lieu où je ne peux pas l'atteindre.

Je regarde ses boucles d'oreilles danser lorsqu'elle lève les bras.

Je la regarde et je me dis que, si ça se trouve, Frankie Perino n'a pas besoin de moi non plus.

– On se retrouve dehors, dit oncle Red en se dirigeant vers le parking à la fin du spectacle.

Frankie et moi faisons la queue devant le stand de tee-shirts. Nous avançons en silence, encore sous le coup de l'émotion. Notre colère est retombée, ne laissant derrière elle qu'un immense fossé – comme lorsque deux amis de lycée se perdent de vue après être partis étudier dans des facs différentes, et finissent par se recroiser des années plus tard dans un bar ou un supermarché ; au bout de cinq minutes de conversation, ils s'aperçoivent qu'ils n'ont plus rien en commun.

Alors ils hochent la tête, se sourient.

Et se disent adieu.

Plongée dans mes pensées, je me retrouve séparée de Frankie devant la longue table couverte de vêtements, de CD et d'autocollants. Après avoir acheté un tee-shirt noir Helicopter Pilot, je longe donc l'étalage jusqu'à ce que je reconnaisse sa chevelure auburn derrière un groupe de gamines occupées à essayer tous les hauts girly de la pile. Elle me tourne le dos, dans une position qui ne trompe pas : elle est en train d'embrasser quelqu'un. Un bras tatoué est enroulé autour de ses épaules et une main fermement agrippée à ses fesses.

Ce n'est pas la première fois qu'elle me plante de cette façon ; elle m'a déjà fait le coup le soir du bal de Printemps, quand elle s'est éclipsée avec Johan. Dommage qu'il n'y ait pas de saladier de punch derrière lequel me réfugier. En tout cas, on dirait qu'elle est déjà allée plus loin avec Mister Tatouages qu'en deux heures sur un terrain de foot.

Je lui accorde deux minutes avant de manifester ma présence par une petite toux. Elle décolle ses lèvres de celles de son nouvel ami le temps d'aboyer :

– Quoi ?

– On nous attend.

– Le chauffeur de la limousine n'est pas très patient, explique-t-elle au type, dont la main s'attarde sur son arrière-train. Frankie, je te présente Rat, le bassiste de Plazma. Tu sais, la première partie ! Il est super pote avec Jay d'Helicopter Pilot. Il allait me le présenter avant que tu ne nous interrompes.

– Hum, OK. Cool.

Je ne prends pas la peine de lui rappeler que le bassiste de Plazma n'était pas tatoué – comme nous avons parfaitement pu le constater depuis le cinquième rang.

– Jay est un vrai tombeur, nous informe l'imposteur avec un clin d'œil. Comme moi ! Ça doit être un truc de bassiste. Comment tu t'appelles, déjà ?

– Je m'appelle « Au revoir et merci ».

Prenant Frankie par la main, je l'entraîne vers la longue file de voitures garée devant la sortie tandis qu'elle envoie un baiser à Rat par-dessus son épaule.

– Ça fait donc sept pour moi et… combien, déjà ? Ah oui, un seul pour toi.

Elle dégage sèchement sa main et me regarde avec un rictus satisfait.

– En effet, Frankie. Moi, un seul me suffit.

Le sourire aux lèvres, je file vers la voiture, mon tee-shirt sous le bras, les incroyables solos de batterie de Scotty-O résonnant encore dans ma poitrine.

trente

Il ne reste plus qu'une nuit avant notre départ. J'enfile mon tee-shirt neuf et un short en jean avant de me glisser sous les draps, car je n'ai bien sûr aucune intention de passer mes dernières heures à dormir. Avant d'éteindre la lumière, je règle donc une nouvelle fois l'alarme de mon téléphone sur vibreur et le cache sous mon oreiller. Réveil prévu dans une heure et quarante-cinq minutes.

Je suis encore éveillée lorsqu'il vibre contre ma joue. Cette fois, Frankie est dans son lit. Enroulée dans sa couverture telle une momie, elle semble profondément endormie.

Mes sandales à la main, je me faufile hors de la chambre, vérifie ma coiffure et mon haleine dans la salle de bains du rez-de-chaussée, puis j'emprunte le chemin familier de la Cabane pour aller rejoindre Sam une dernière fois.

Nous retournons à Artist Vista, où nous étalons une couverture sur le sable dans l'espoir de profiter de la même intimité que quelques jours plus tôt. Des étoiles encore plein les yeux, je lui raconte le dîner en ville et le concert d'Helicopter Pilot.

– Alors vous êtes réconciliées, Frankie et toi ?

Il enroule et déroule une mèche de mes cheveux autour de son doigt.

– Plus ou moins. Enfin, non, pas vraiment. C'était juste une trêve.

– Ça va bien finir par s'arranger.

– Je préfère ne pas parler d'elle, si ça ne t'embête pas.

Il acquiesce et m'attire contre lui. Blottis dans les bras l'un de l'autre, nous levons les yeux vers le ciel. J'ai l'impression d'être aspirée par l'obscurité et de contempler nos corps d'en haut, portée par la poussière d'une étoile filante.

– Ça va faire bizarre quand tu seras partie, m'avoue Sam en me prenant la main.

Ces mots me ramènent sur terre.

– N'y pense pas. Il nous reste encore quelques heures.

Il sourit et m'embrasse. Peu à peu, nous nous allongeons dans la même position que la première fois. Sauf qu'aujourd'hui, je suis bien plus présente. Lorsqu'il se couche sur moi et presse son ventre nu contre mon corps, mon corps contre la couverture et la couverture contre le sable, je prends conscience qu'il ne s'agit plus d'une obligation ; ce n'est plus un mystérieux rite de passage nécessaire pour reprendre le cours interrompu de ma vie.

Il fait doux et les vagues soufflent des baisers vers nos pieds. Le soleil commence à éclairer l'horizon où flotte encore la lune ; leurs lumières cohabitent un bref instant, chacune rendue plus belle par l'existence de l'autre. Tandis que les étoiles s'éteignent une à une dans la lumière rosée de l'aube, je réalise vraiment que je ne reverrai jamais Sam. Mais peu importe ce que la vie me réserve, rien ne sera jamais aussi fort que ce moment où la nuit et le jour illuminent simultanément l'océan d'un noir d'encre, rien que pour nous deux.

Après, j'enfile son sweat-shirt sur ma peau nue puis me rallonge près de lui.

– C'est étrange, dis-je en frottant mes pieds contre les siens. J'ai l'impression que je devrais être triste, et pourtant je ne le suis pas. Même si tu vas me manquer, c'est comme si…

– Comme si tout était pour le mieux.

– Merci de m'avoir écoutée, hier. Quand je t'ai raconté pour Frankie, Matt et tout ce qui s'était passé.

– Il n'y a pas de quoi.

– Tu sais qu'elle s'est fait piquer par une méduse ?

Je ris en repensant à la scène.

– L'invincible Frankie, vaincue par une *méduse* ?

– Un bébé méduse. Mais dès que Red nous a parlé du concert, ça allait beaucoup mieux. Un vrai miracle.

Sam sourit et me regarde droit dans les yeux avant de m'attirer à lui pour la dernière fois.

Bientôt, la clarté du ciel m'annonce qu'il est temps de rentrer faire mon sac. Red et Jayne ne vont pas tarder à se lever pour charger la voiture.

Après m'être rhabillée, je veux lui rendre son sweat-shirt.

– Garde-le, dit-il. Ça te fera un souvenir de moi.

– Je n'ai pas besoin de ça pour me souvenir de toi.

– Alors garde-le juste parce qu'il est cool.

– Ça marche.

Sam replie la couverture puis se tourne vers la villa en me tendant la main.

– Je crois que je vais rentrer seule. Pour faire mes adieux à la plage. En plus, je préfère qu'ils ne nous voient pas.

Alors il hoche la tête, glisse ses mains derrière ma nuque et m'embrasse longuement.

– À plus, Anna-très-chère-de-New-York, murmure-t-il.

Je pose mes doigts sur ses lèvres et me perds dans ses yeux une dernière fois avant de m'éloigner au bord de l'eau. Lorsque je jette un ultime regard en arrière, je vois sa silhouette diminuer peu à peu jusqu'à n'être plus qu'un point noir sur le sable.

Je ne te connais presque pas, et pourtant, tu feras toujours partie de ma vie – tu seras toujours inextricablement lié à mon histoire.

À la maison, tout le monde dort encore. Malgré la fatigue, je me sens trop électrisée pour trouver le sommeil. Après avoir refermé la porte d'entrée, je traverse donc le rez-de-chaussée et je ressors sur la terrasse.

Le soleil n'est pas complètement levé sur ce matin encore frais, chargé de minuscules gouttelettes d'embruns. J'enfonce mes pieds nus dans l'herbe comme le premier jour pour aller m'asseoir sur les marches de la plage, où je me laisse hypnotiser par le roulis des vagues. Une mouette solitaire arpente le sable devant moi, semblant attendre des nouvelles de quelqu'un. À part elle, tous les animaux à plume, à poil ou à écaille se terrent dans leurs cachettes. J'ai donc amplement le temps de réfléchir aux nombreuses occasions où j'aurais pu avouer à Frankie mes sentiments pour son frère.

Le soir de mon anniversaire, entre le baiser et la promesse, j'aurais pu la prendre à part sous prétexte d'une urgence féminine et lui parler de mon vœu qui venait de se réaliser.

Et toutes les fois où j'échangeais des regards à table avec Matt, où je lui empruntais ses livres, où je traînais dans sa chambre jusqu'à ce qu'elle nous rejoigne, on aurait pu lui dire.

J'aurais pu lui parler après l'enterrement, quand nous nous enfermions dans sa chambre avec nos CD d'Helicopter Pilot.

Ou quand elle m'a raconté sa prétendue histoire avec Johan.

Dans ces moments-là, je ne pouvais pas la protéger de la seule chose qui comptait vraiment : la perte de Matt.

Mais je pouvais la protéger du secret. Je pouvais lui épargner la vérité, les images, la souffrance inévitable liée à tous ces « et si ».

Et s'il n'était pas mort ?

Et si ça ne signifiait rien ?

Et si ça signifiait tout ?

Un soir, Matt m'a embrassée. Les semaines suivantes sont passées à la vitesse de l'éclair, telles une fusée traversant le ciel à l'aveuglette. Quand il m'a prise dans ses bras pour la première fois, à la seconde où ses lèvres ont touché les miennes, j'ai vu notre avenir ensemble se dessiner devant moi : nous habiterions juste à côté de chez Frankie et son futur mari, et nos enfants seraient les meilleurs amis du monde, des petits jumeaux et jumelles comme nous.

Après sa mort, je ne voyais plus rien. Parce qu'il n'y avait plus rien à voir. Quelque chose d'impossible et de merveilleux s'était produit, mais tout s'était terminé avant d'avoir vraiment commencé et il n'en restait que des secrets et des cœurs brisés.

À l'aube de notre départ de Californie, je parviens enfin à identifier ce qui a été le plus dur pour moi dans la mort de Matt. Je n'ai pas perdu un frère, comme Frankie, ou un fils, comme Red et Jayne. Le plus dur pour moi, c'est que je ne saurai jamais ce que j'ai perdu, à quel point je suis censée souffrir ni combien de temps je dois continuer à penser à lui. Il a emporté ce mystère avec lui, et j'aurai beau rédiger des centaines de milliers de lettres sans réponse dans un journal, je ne serai pas plus proche de la vérité que le jour où j'ai posé mes doigts sur son pendentif de verre bleu avant de lui rendre son baiser.

Pendant plus d'un an, ces lettres ont été mon seul lien avec lui ; l'unique preuve que je n'avais pas tout imaginé. Quand j'ai vu les vagues emporter mon journal, j'ai éprouvé un sentiment de perte si brutal et si écrasant que j'ai eu l'impression de me retrouver dans la salle d'attente de l'hôpital, au moment où le médecin nous annonçait que c'était fini. Une minute plus tôt, le cahier était encore entre mes mains, doux, familier, bien réel ; et voilà qu'il avait disparu.

Comme Matt.

Et comme pour Matt, il est temps de tourner la page.

trente et un

Derrière moi, le soleil émerge de la brume matinale et teinte le ciel d'orange pâle. Il fait toujours frais ; je tire les manches du sweat de Sam sur mes mains pour les réchauffer. Lorsqu'une ombre silencieuse s'avance sur le sable à côté de moi, je sursaute.

– Frankie ? Tu es là depuis quand ?

– Je viens d'arriver. (Les yeux rougis, elle croise ses bras nus sur le coton mince de son tee-shirt.) Je me suis réveillée cette nuit et tu n'étais pas là. Alors quand j'ai vu que tu n'étais toujours pas rentrée ce matin, j'ai eu peur.

Je lui fais signe de s'asseoir à côté de moi. Elle prend une profonde inspiration qui se transforme bientôt en sanglot.

– Je suis désolée, Anna. Tellement désolée. Je suis descendue sur la plage l'autre nuit pour voir si la marée avait rapporté ton journal – rien. Je n'avais pas prévu que ça finirait comme ça.

Ses mots me font mal. Je voudrais partir, laisser tout ça derrière moi, oublier.

Mais je ne vaux pas mieux qu'elle, et je lui dois moi aussi des explications.

– Pourquoi tu l'as lu ? Pourquoi tu me l'as volé ?

Elle me raconte comment, en voulant ranger sa caméra à la fin de la soirée, elle l'a vu dépasser de mon sac. Complètement soûle, elle s'est demandé si j'avais écrit quelque chose à propos de Sam.

– Je ne m'attendais pas du tout à trouver... ce que j'ai trouvé.

– Frankie, je *sais* que j'aurais dû te prévenir. Mais Matt voulait s'en charger lui-même et je lui avais promis de me taire. Pour être sûr que tu le prennes bien, il préférait attendre que vous soyez seuls en Californie. C'est uniquement pour cette raison que je ne t'en ai pas parlé plus tôt. Et puis, la veille de votre départ, tout s'est passé tellement vite... Je ne voulais pas le décevoir. Je ne voulais pas rompre ma promesse. Je ne voulais pas que tu souffres davantage. Je voulais être là et...

– Peu importe. Matt était mon frère. Et toi, je te prenais pour ma meilleure amie. Je suis blessée que tu m'aies caché une chose pareille. Tu aurais dû me le dire.

Je me tourne vers la côte au-dessus de laquelle le soleil brille de plus en plus fort. Les joggeurs sont arrivés et suivent leur parcours habituel au bord de l'eau. Deux femmes passent devant nous, sérieuses, concentrées, essoufflées.

Je sais que j'aurais dû me confier à Frankie. J'en avais l'intention. Et Matt – moi – nous deux, on l'aurait fait. Quand j'ai promis de garder le silence, j'ignorais que je m'engageais pour toute l'éternité. Si j'avais su qu'il allait mourir avant de pouvoir avouer la vérité à sa sœur, j'aurais ajouté des mentions en petites lettres au bas de notre contrat de confidentialité.

– Pardonne-moi, Frankie. Tu as raison. Mais…

– Un mois ! Sans parler de tout le temps où tu as été amoureuse de lui en secret. Tu ne m'as jamais rien dit. Au fond, il n'a jamais été un simple ami à tes yeux. Tu as toujours eu autre chose en tête. Tu m'as menti depuis le début.

Menti ? Le mot me frappe aussi violemment qu'un coup de poing, libérant toute la douleur, la tristesse et la confusion qui se sont accumulées en moi depuis plus d'un an. Je me lève d'un bond et me précipite vers la mer, incapable de me contenir plus longtemps.

– Comment tu as pu nous abandonner comme ça ? (Des larmes plein la bouche, j'ignore les joggeurs qui me contournent sans ralentir. « Encore une gamine éméchée », pensent-ils sans doute.) Dis-lui que tu m'avais fait jurer ! Dis-lui que c'est de ta faute ! Dis-lui que toi aussi, tu mentais ! Dis-lui que tu m'aimais !

Dis-moi que tu m'aimais.

Je fixe l'océan, jusqu'au Japon, attendant une réponse.

Rien.

– Anna, je suis désolée, d'accord ? (Frankie se tient près de moi, en larmes elle aussi. Son sourcil fendu se lève tristement au-dessus de son regard accablé et vieilli.) S'il te plaît, arrête.

Elle s'essuie les yeux du revers de la main. Alors, aussi

soudainement qu'elle m'était venue, l'envie de me battre disparaît.

– Comment peux-tu m'accuser de mensonge ? Matt était aussi mon meilleur ami. « Il faut qu'on la protège. » Voilà les derniers mots qu'il m'a dits. Et puis il est mort. Qu'est-ce que j'étais censée faire, Frankie ? Dis-moi !

Les bras croisés, elle se tourne elle aussi vers le large. Les vagues bleues et glacées viennent nous lécher les pieds. C'est une sensation douloureuse mais bien réelle qui m'aide à rester ancrée dans le présent.

– Tu n'as pas besoin de me protéger, Anna. Je vais bien.

Elle recule d'un pas, frissonnante dans son tee-shirt Helicopter Pilot rose et blanc, les genoux serrés et les cheveux dans les yeux.

– Qu'est-ce que tu racontes ? Tu as complètement perdu les pédales. Tu n'as pas dit la vérité une seule fois depuis que Matt est mort.

Elle hoche lentement la tête sans me regarder, puis se laisse tomber sur le sol, les jambes repliées contre la poitrine. Elle caresse son bracelet comme elle le faisait à l'hôpital ce jour-là.

Je m'assieds près d'elle, enfonce mes pieds dans le sable et souffle sur mes doigts pour les réchauffer.

– La vérité ?

– La vérité.

– Quand je suis allée avec Johan sur le terrain de foot, il m'a parlé de Maria et de son chagrin d'amour. À la fin, j'ai essayé de l'embrasser. Je croyais que c'était ce qu'il voulait, mais il m'a repoussée. Il m'a dit qu'il était désolé mais qu'il était encore amoureux d'elle. J'étais tellement gênée que je ne voulais même pas retourner dans la salle. Quand on est arrivés à l'intérieur, tout le monde y est allé de sa petite plaisanterie, persuadé qu'on était passés à l'acte. Même toi. C'était plus facile de faire semblant que d'admettre la vérité : je n'étais pas assez bien pour lui. Je comptais tout t'expliquer, mais une histoire en a entraîné une autre, et je n'ai jamais été capable de regarder les choses en face. Quant à Jake... on a pas mal fricoté au début, lorsqu'on les rejoignait en pleine nuit. On a failli coucher ensemble plusieurs fois ; ce n'était plus qu'une question de temps. C'est pour ça que le jour où tu m'as interrogée, j'ai trouvé plus simple de répondre oui. Surtout que j'étais censée être la spécialiste de la question !

Je continue à creuser des tunnels du bout des pieds.

– C'est vrai.

– Le soir de la fête, il a voulu qu'on le fasse, mais j'avais trop bu et je n'étais pas d'humeur. Je lui ai demandé d'attendre le lendemain. Sauf que le lendemain, je n'en avais toujours pas envie. Je ne sais pas pourquoi. On était tout seuls sur la plage, il est super sexy et tout... Mais quelque chose m'en a empêchée. C'est peut-être à cause de ce que tu as dit. Je ne contrôlais plus rien, on venait de se disputer, et je n'avais pas la tête à ça. Après, c'était fini, il ne m'a plus adressé la parole.

Elle recommence à pleurer. Ça me brise le cœur de la voir dans cet état. Tout va mal, et je suis incapable d'arranger les choses.

– Frankie, je suis sincèrement désolée. Je n'ai jamais voulu te faire de peine. Matt et moi, on a simplement…

– Non, Anna. Tu n'as pas besoin de me raconter. J'ai lu ton journal, je sais ce qui s'est passé. Ça n'a plus d'importance. Matt est mort.

– Et il ne s'écoule pas une seconde sans que j'y pense. Mais j'essaie juste de te dire que je…

– Je n'y arrive pas, murmure-t-elle en me prenant la main. S'il te plaît, Anna. Tais-toi.

Alors, pour ne pas la faire souffrir davantage, je réagis comme d'habitude.

Je me contente de déglutir.

De hocher la tête, de sourire.

Un pas après l'autre.

Je vais bien, merci de ne pas demander.

Nous nous relevons et époussetons nos jambes pleines de sable, prêtes à sceller un pacte fragile. Accepter. Avancer. Ne plus en parler.

– On devrait rentrer, dit-elle. Ils vont bientôt se réveiller, et nos sacs ne sont pas prêts.

Je hoche la tête et je la suis à l'intérieur.

Après avoir rassemblé mes affaires, aidé Frankie à nettoyer la chambre et pris un petit déjeuner léger avec ses parents, je m'éclipse pour une dernière balade au bord de l'océan, mon confident triste et bleu. Il a assisté à tant de choses durant ces vacances : la perte d'une valise, des révélations fracassantes, la destruction du passé, la fin d'anciennes relations et le début de nouvelles. Et pourtant, il reste le même. Rassurant. Éternel.

Inspire.

– Au revoir.

Ces mots ne s'adressent pas qu'à lui. L'eau vient caresser mes pieds pendant que les fantômes de nos souvenirs s'effacent aussi rapidement que des empreintes sur le sable humide, devant les rideaux bien fermés de la chambre de Matt.

trente-deux

Le voyage de retour me donne l'impression de visionner le film de notre arrivée à l'envers. Depuis la voiture, nous regardons les fenêtres illuminées d'orange de la villa disparaître derrière les palmiers, jusqu'à ce qu'on ne distingue plus que le sommet de l'iceberg de bois. Encore quelques tournants et la maison s'efface pour de bon, remisée dans les photos et les histoires d'où elle avait surgi.

Nous ne nous arrêtons pas sur Moonlight Boulevard pour dire au revoir au Zéphyr, aux Douceurs de Caroline, au stand de cartes postales ou aux vacanciers en maillot vert fluo, mais Red ralentit le temps que Jayne photographie le panneau situé à la sortie de la ville.

VOUS QUITTEZ
ZANZIBAR BAY
MERCI D'ÊTRE PASSÉS !

Sur l'autoroute, il s'arrête au point de vue d'où nous avons observé les phoques le premier jour et insiste pour que nous réalisions un deuxième portrait de famille.

Ils sont là où nous les avons laissés, jouant et grognant au bord de l'eau.

La rambarde, la notice d'information et la table de pique-nique usée n'ont pas bougé non plus.

Les fondations en dolomite empêchent toujours la falaise de s'effondrer dans la mer, comme elles le font depuis des dizaines de milliers d'années.

Ma vie a été complètement bouleversée en l'espace de trois semaines, mais en écoutant les phoques aboyer au bord du Pacifique, je m'aperçois que le monde est exactement le même qu'à mon arrivée.

– Ça va, les filles ? nous demande oncle Red lorsque nous rattachons nos ceintures. Je suis surpris que vous n'ayez pas encore sorti la caméra.

– Je suis un peu crevée, répond Frankie.

– Moi non plus, je n'ai pas envie de partir, avoue tante Jayne. Mais je suis sûre qu'on reviendra tous ensemble l'année prochaine.

Frankie et moi hochons mécaniquement la tête sur la banquette arrière, chacune tournée vers sa fenêtre.

À l'aéroport, nous rendons la voiture de location, enregistrons nos bagages et franchissons les portiques de sécurité au milieu des mêmes scènes de retrouvailles et de séparation qu'à l'aller. Les mêmes gens. Les mêmes bonjours, les mêmes au revoir. Les mêmes débuts, les mêmes fins. Les mêmes avant, les mêmes après.

Il nous reste suffisamment de temps avant l'embarquement pour faire un saut au snack. Cette fois, Frankie et moi passons commande séparément. Nous ne tournons pas de fausse interview. Nous n'inventons pas d'histoires sur les autres passagers. Nous sirotons nos milk-shakes hors de prix en tentant simplement de ne pas nous écrouler de fatigue.

Enfin, nous prenons place à bord de l'avion et écoutons attentivement les consignes de l'équipage avant de relire les fiches de sécurité commodément placées dans la pochette des sièges.

Frankie, qui m'a encore laissé le côté hublot, ne tarde pas à s'endormir sur mon épaule en écoutant la nouvelle playlist d'Helicopter Pilot qu'elle a téléchargée après le concert. Tandis que les points blancs des voiliers disparaissent dans le bleu de l'océan et que le Golden Gate se transforme en une série d'allumettes suspendues dans les airs, je pense à mes parents. Vont-ils remarquer combien j'ai grandi durant ces trois semaines ? Vais-je m'exprimer, marcher ou me comporter différemment ? Vont-ils se douter de quelque chose ?

« Oui, Anna était une jeune fille adorable – mais ça, c'était *avant*. Nous n'avons pas très envie d'en parler. »

À notre arrivée, il est minuit passé sur la côte est. Je rassemble ce qui me reste d'énergie pour dire au revoir aux Perino, embrasser mes parents et me traîner jusqu'à ma chambre. Mis à part les draps fraîchement lavés, elle est identique à celle que j'ai laissée en partant – familière, confortable, prévisible. Je sais quelles lattes de parquet vont grincer sous mes pieds, quel tiroir contient mes chaussettes, quel monstre vit dans le placard et quel autre sous mon lit. Et quand je me glisse sous ma couette et que je pose ma tête sur mon vieil oreiller bosselé, je me demande si j'ai vraiment quitté un jour ce lieu sûr et ennuyeux, peuplé de fantômes que je connais par cœur.

trente-trois

Le matin arrive trop vite. Maman fait irruption dans ma chambre pour me tirer d'un profond sommeil, afin que nous prenions le petit déjeuner tous les trois et que je leur raconte mon voyage. Je m'assieds dans mon lit, reconnais les murs et me souviens que je ne suis plus à trois mille kilomètres de chez moi dans une villa de location.

Le réveil indique onze heures. Dix heures de sommeil n'ont pas suffi à compenser les nuits blanches accumulées ces dernières semaines, mais maman est impatiente que nous rattrapions le temps perdu.

Au rez-de-chaussée, je trouve papa en train de lire le journal devant une table bien garnie. En l'honneur de mon retour triomphant de ces vacances exemplaires, durant lesquelles je n'ai ni bu d'alcool, ni fréquenté de garçons, ni violé le couvre-feu ni oublié de mettre de la crème solaire, maman a préparé un festin de roi.

Je m'assieds sur ma chaise habituelle, remplis mon assiette et entreprends de tout leur raconter – ou plutôt, de leur livrer une version édulcorée de mon séjour en me concentrant sur les activités concoctées par Red et Jayne, avec quelques mentions ici ou là des fameuses Jackie et Samantha (dont les parents étaient bien entendu très stricts). Je leur parle des fruits de mer et du soir où le serveur a renversé son pichet d'eau glacée sur le coup de soleil de Frankie ; des anges que nous avons dessinés sur le sable avec tante Jayne ; de l'océan, de la villa, de Moonlight Boulevard et de son mélange éclectique de vacanciers et d'habitants du coin. J'ai d'ailleurs beaucoup de mal à ne pas évoquer un certain Sam et son smoothie vanille-ananas-gingembre, que j'ai bien l'intention de reproduire tout à l'heure avec notre mixeur.

– Ça avait l'air merveilleux ! s'extasie maman en se resservant du café.

– Et vous, quoi de neuf?

– Papa a une bonne nouvelle…

– Tu te souviens qu'avant ton départ, j'ai décroché la vente de la Hoover House – tu sais, ce vieux manoir sur Road Five ? Eh bien, ça y est. Elle est partie en une semaine, après une véritable guerre des enchères, comme je l'avais prédit.

– Génial, papa ! Félicitations !

– On va dîner dehors avec les Perino pour fêter ça. Ça va être sympa ! (Ma première réaction est de hausser les épaules, mais je me reprends et acquiesce joyeusement.) D'ailleurs, où est Frankie ? Il est près de midi. Ça m'étonne que vous supportiez d'être séparées si longtemps.

J'inspire profondément et bois une gorgée de jus d'orange. *En fait, papa, il se trouve que Frankie m'a menti à propos de la perte de sa virginité sur un terrain de foot, et du fait que la première fois n'est jamais exceptionnelle et tout ça. Sinon, on s'était lancé le défi de séduire vingt garçons, mais on n'en a rencontré que la moitié et elle m'a encore menti en prétendant avoir couché avec l'un d'entre eux alors qu'ils se sont juste un peu tripotés. Puis, pendant que je me débarrassais de ma propre virginité avec le garçon numéro cinq (ou six ?), elle a lu mon journal et a découvert que j'étais amoureuse de Matt depuis un million d'années, qu'il m'avait embrassée juste après la bataille de gâteau que tu as prise en photo, et que nous avions entamé une histoire dont nous n'avons jamais pu lui parler. Elle était tellement folle de rage qu'elle a jeté mon journal au fond de l'océan, où il restera banni pour toute l'éternité avec une sirène en mal d'amour qui pleure des larmes de verre. Tu veux le dernier bout de bacon ?*

Papa tartine son toast en prenant soin de ne pas laisser de miettes dans le beurre, attendant poliment ma réponse.

– On se verra sans doute plus tard.

– Parfait. Red et Jayne sont déjà au courant pour le dîner. Tu sais quoi, Anna, je te trouve changée.

Il me dévisage avec plus d'attention que d'ordinaire.

– Comment ça ?

J'espère que le ton de ma voix ne trahit pas le sentiment de culpabilité qui m'envahit. Cela échapperait probablement à son radar paternel, mais pas à celui de maman.

– Je ne sais pas, tu es plus bronzée. Plus détendue.

– C'est vrai, confirme maman. On aurait dû t'envoyer en vacances depuis longtemps.

– Ha ha.

Par moments, j'ai l'impression d'être une extraterrestre tombée du vaisseau mère et condamnée à errer jusqu'à la fin des temps parmi des humains complètement à côté de la plaque.

Après le récit circonstancié du petit déjeuner, il est temps de passer au déballage éreintant de trois semaines de secrets. Pardon, de linge sale.

Je commence par vider mon gros sac de voyage, qui contient notamment vingt kilos de sable.

Ensuite, je mets de côté tout ce qui n'appartient pas à la catégorie « vêtements » : une collection de morceaux de verre colorés, coquillages et pièces de monnaie trouvés dans le sable ; le galet rayé que Frankie m'a offert le premier jour ; mon iPod ; mon portable ; des cartes postales jamais envoyées ; un magnet San Francisco à coller dans mon casier à la rentrée ; le recueil de poèmes sur l'océan acheté chez City Lights ; et le menu à emporter de la Cabane à Smoothies, sur lequel Sam a griffonné son adresse e-mail.

Je range le verre dans un nouveau bocal et cache le menu au fond de mon tiroir à chaussettes, là où maman ne risque pas de le découvrir. Chaque objet trouve sa place dans ma chambre, aussi facilement que s'il avait toujours été là. Même le sweat-shirt de Sam rejoint ses semblables dans leur tiroir comme s'il était content de retrouver de vieux amis.

Il sent encore son parfum. Je le laisse sur le dessus de la pile pour pouvoir l'enfiler ce soir, quand mes parents regagneront paisiblement leur chambre sans se douter de rien.

J'ouvre ma fenêtre et remonte la moustiquaire afin de secouer mes vêtements pleins de sable, en espérant que le vent ne me le ramène pas en pleine figure. Frankie est déjà étendue dans son jardin pour entretenir son magnifique bronzage. Elle feuillette un magazine people, puis le jette sur le transat voisin, qui m'était autrefois réservé.

Mais il glisse et atterrit sur l'herbe en entraînant dans sa chute trois ou quatre autres numéros. Voyant qu'elle n'arrivera pas à les ramasser sans se lever, Frankie fait tomber le reste de la pile et se tourne sur le côté.

Finies les poses savamment étudiées – ventre plat, lèvres entrouvertes, jambes légèrement repliées et poitrine gonflée.

Fini le sable doré.

Fini l'océan qui gronde.

Finis les garçons qui bavent d'admiration et la sifflent au passage.

Il n'y a plus que Frankie et un transat vide.

Je m'en veux soudain de l'espionner ainsi depuis l'ombre de ma chambre comme une espèce de psychopathe.

–Hé, Frankie ! Je descends !

Elle me retrouve dans la cuisine, où nous attrapons deux canettes avant de monter dans sa chambre.

J'ai l'impression de ne pas y avoir mis les pieds depuis des années. Les tons pourpres et violets de sa décoration marocaine sont toujours aussi accueillants.

Je m'assieds en tailleur sur son lit. Elle a connecté sa caméra à son ordinateur pour transférer toutes les preuves des

Meilleures Vacances de Tous les Temps sur son disque dur.

– On pourra visionner le film tout à l'heure, si tu veux, me propose-t-elle en enfilant un short par-dessus son maillot de bain avant de s'asseoir à sa coiffeuse.

La dernière fois que je suis venue, elle se pomponnait pour notre dernière soirée avant le départ face au grand miroir qui se trouve derrière elle.

Je hausse les épaules. Nous nous regardons, puis détournons les yeux, puis nous regardons à nouveau et ainsi de suite. Nous ouvrons nos canettes et buvons quelques gorgées de soda. Aucune de nous deux ne dit rien. Enfin, nous prenons la parole en même temps.

– Frankie, je...

– Anna, je...

Nos voix sont tendues, maladroites. Tout cela est nouveau pour nous. Nous ne savons pas comment nous y prendre.

Étant donné que c'est sa chambre, je la laisse commencer.

– Je suis contente que tu sois venue, Anna. Je sais qu'on en a déjà pas mal discuté, mais ça me tracasse encore. Je ne t'ai pas dit tout ce que j'avais à te dire.

– Moi non plus.

– D'accord, dans ce cas... (Elle laisse échapper un long soupir, au bout duquel le nom « Matt » tremblote tel un nuage de buée.) Je comprends pourquoi il a voulu attendre avant de me mettre au courant. Il s'est toujours inquiété pour moi, même quand on était tout petits. Chaque fois que je m'écorchais le genou ou que je tombais de vélo, il était le premier à m'aider et à réclamer des pansements à maman.

– Je m'en souviens. C'était le grand frère protecteur par excellence.

– Oui. Mais justement – il n'est plus là pour me protéger, Anna. Et ce n'est pas non plus ton rôle. J'ai conscience d'avoir fait un peu n'importe quoi ces derniers temps. Ce n'était pas prévu, mais c'est arrivé. Et tu n'aurais pas pu l'empêcher. C'était une phase par laquelle j'avais besoin de passer, seule.

Ma gorge se serre.

– J'ai l'impression de l'avoir laissé tomber. La cigarette, Johan, Jake… je n'ai pas su prendre soin de toi. Je n'ai même pas été capable de tenir cette promesse.

– Anna, mon frère est mort. Tu n'avais aucun moyen de me préserver de tout ça. Je suis responsable de mes actes, maintenant. C'est moi qui l'ai laissé tomber, moi qui *me* suis laissée tomber. (Elle fouille dans le tiroir de son bureau pour prendre ses cigarettes.) Mais je peux m'améliorer.

Elle froisse le paquet et le jette à la poubelle. Je ne l'ai pas vue si déterminée depuis le jour où elle a choisi nos maillots de bain et imaginé le défi des vingt garçons.

– Frankie…

– Je n'ai pas fini, Anna. À notre arrivée en Californie, tu m'as demandé si je me souvenais de ta fête d'anniversaire. (Je hoche la tête sans cesser de tripoter un petit fil sur sa couette.) En fait, je m'en souvenais très bien. Matt était sur un petit nuage ce soir-là. Il flottait à des milliers de kilomètres. C'est dingue que je n'aie pas compris sur le coup, mais je n'aurais jamais imaginé qu'il pensait à toi – ça ne m'a même pas traversé l'esprit. Tu étais comme notre sœur.

– Mais je…

– Attends, laisse-moi terminer. (Elle me fixe intensément, les yeux pleins de larmes.) Après m'être brossé les dents, je suis allée dans sa chambre. Il était assis sur son lit, un immense sourire aux lèvres, et jouait avec le pendentif en verre bleu qu'il portait toujours. Tu t'en souviens ?

Le pendentif.

– Bien sûr.

– Je lui ai demandé ce qui l'amusait autant. Il a sursauté, gêné que je l'aie vu sourire comme un benêt. Il m'a répondu qu'il n'y avait rien de spécial, qu'il s'était juste bien amusé à la fête. Et je l'ai cru – jusqu'à ce que je lise ton journal. D'un seul coup, tout s'est éclairé. Toutes les fois où il m'avait demandé pour qui tu craquais au lycée ou qui voulait t'inviter au bal.

Elle se tait le temps que je digère son histoire et reconstitue la deuxième moitié du puzzle, celle qui me hante depuis des mois : qu'éprouvait-il réellement pour moi ? Était-ce juste une passade qui avait duré un peu trop longtemps et aurait pris fin aussi vite qu'elle avait commencé, dès qu'il serait parti à la fac ?

– J'étais amoureuse de lui depuis des années – depuis mes dix ans, à peu près.

– Oui. Et c'était réciproque. Je m'en rends compte maintenant. On était si proches tous les trois que je n'ai rien vu venir, jusqu'à ce que je le lise noir sur blanc… Je suis désolée, Anna.

Je ferme les yeux pour chasser l'image de ses mains sur mon journal.

– C'est bon.

– Le soir où on est revenus de l'hôpital, quand tes parents ont rejoint les miens après t'avoir mise au lit, je me suis faufilée dans sa chambre. Je ne saurais pas dire pourquoi ; on aurait dit qu'il m'appelait. À l'intérieur, tout était exactement comme il l'avait laissé ce matin-là. Des vêtements sales sur le sol. Le tee-shirt plein de glaçage bleu qu'il portait lors de votre bataille de gâteau des semaines plus tôt – identique à celui que tu caches au fond de ton placard. Il l'avait suspendu derrière la porte de sa penderie. Il doit y être encore.

Je souris en imaginant Matt l'installer là pendant que, juste à côté, je fourrais le mien dans un sac en plastique, encore chamboulée par ce qui venait de se passer.

– Je ne pensais pas que tu l'avais reconnu. Tu sais, quand on a fait le tri dans mes affaires avant les vacances. Tu voulais le jeter.

– Sur le coup, non. Mais lorsque j'ai vu la photo dans ton journal, la mémoire m'est revenue. Enfin bref, ce soir-là, après l'accident, son parfum flottait encore dans la chambre. J'avais l'impression que je pourrais rester enfermée là pour toujours, à respirer son odeur et à me persuader qu'il allait rentrer. Je me suis assise sur son lit et j'ai passé en revue les objets posés sur sa table de nuit. Un réveil. Un verre d'eau à moitié vide. Des pièces de monnaie. Quelques livres en cours de lecture. Et son pendentif.

– Tu rigoles ? J'ai toujours cru qu'il avait été perdu à l'hôpital ou sur le lieu de l'accident.

– Non, il avait dû oublier de le mettre ce jour-là. Et soudain, quelque chose m'a ordonné de le prendre. Alors je l'ai serré dans mon poing et j'ai pleuré jusqu'à m'endormir sur son oreiller. Le lendemain matin, je me suis réveillée dans mon lit, le pendentif à la main. Je ne me rappelais pas pourquoi je l'avais pris ni comment j'étais arrivée là. Quelques jours plus tard, maman a retourné toute la maison, en transe, en marmonnant qu'il lui fallait ce pendentif bleu. Elle voulait le remettre aux employés des pompes funèbres. Je ne lui ai pas dit que je l'avais. Je l'ai caché dans la poche d'un vieux manteau où je savais qu'elle n'irait pas regarder, même en pleine crise de déco. La force qui m'avait poussée à le prendre me demandait aussi de garder le secret. Je m'en voulais de laisser croire à maman qu'il avait disparu, mais je sentais qu'il ne devait pas être enterré avec mon frère. Je n'ai jamais compris pourquoi… jusqu'à maintenant.

– Que veux-tu dire ?

Je n'en reviens pas qu'elle ait dissimulé le bijou pendant tout ce temps, et qu'elle ait eu autant d'indices depuis le début. Elle pose sa canette pour fouiller dans le tiroir où elle rangeait ses cigarettes.

– Je veux dire qu'il t'appartient, Anna. Il t'a toujours été destiné.

Mes yeux passent lentement de son visage au petit objet plat et froid qu'elle vient de poser sur ma paume. Un petit objet sans prétention, simple triangle de verre bleu retenu par deux cordons de cuir. Toute l'histoire défile dans ma tête – le gâteau, l'évier de la cuisine, le pendentif, le baiser, les textos, le jardin, le second baiser, le suivant, et le suivant, et le suivant, les étoiles, les livres, le placard de l'entrée, les glaces, la voiture, l'hôpital. Mes joues sont brûlantes. J'attends qu'une vague de tristesse me submerge, que les larmes se mettent à couler.

J'attends.

J'attends.

J'attends.

Mais… rien.

Je vais bien. Quand je pense à Matt et au triangle bleu qu'il portait toujours autour du cou, ma gorge se serre, mais je ne pleure pas. Je n'éprouve pas de sentiment de perte écrasant. Il n'y a pas d'avalanche de terre et de cailloux pointus.

Je vais bien.

Lorsque je referme la main sur le pendentif, je me sens envahie par une bouffée de… je ne sais pas, de calme. D'amour. De pardon. Et d'apaisement. Un début, une fin et un nouveau départ.

– Merci.

Je tends les bras vers Frankie pour une embrassade trop longtemps repoussée.

– Bon, finalement, on n'est jamais arrivées à vingt, pas vrai ? déclare-t-elle en s'essuyant les yeux.

– Loin de là.

– Bah, tant pis. Tu as gagné au moins cinq points bonus avec Sam. (*Sam*. Ce nom m'évoque l'odeur de sa peau et me donne des frissons.) Tu te doutes que je vais exiger de connaître les moindres détails de vos petites incartades...

– Francesca, je n'en crois pas mes oreilles !

– Oh, arrête. Tu sais très bien que je finirai par te faire cracher le morceau !

– Non, j'hallucine que tu aies employé le mot « incartades » à bon escient ! Et sans erreur de prononciation !

– N'essaie pas de changer de sujet.

Elle rit en effaçant une dernière larme du bout du doigt. Il a changé, ce rire. Il est triste, un peu sérieux, mais aussi sincère, honnête et plein d'espoir. Le soleil se reflète sur le verre rouge de son bracelet, et je comprends enfin. Il n'y a jamais eu deux Frankie, celle d'avant et celle d'après. Tout ce qui s'est passé fait partie d'elle, de moi, et de la plus belle amitié qui ait jamais existé.

Je porte le triangle de verre bleu à mes lèvres et souris à Matt, mon meilleur ami-sans-e, en un dernier adieu à cette promesse qui me brisait le cœur et que j'ai portée partout, comme mon journal, pendant si longtemps. Quelque part dans les profondeurs obscures de l'océan, une sirène lit mes lettres et pleure sans fin un amour qu'elle ne connaîtra jamais.

Avant notre départ, Frankie et moi avions résolu de passer les Meilleures Vacances de Tous les Temps et de rencontrer vingt garçons. Nous ne serons jamais d'accord sur le score final – faut-il y inclure le duo croisé près des Douceurs de Caroline ? Le Pervers aux milk-shakes était-il trop vieux pour être considéré comme un « garçon » ? Son interlude avec la rock-star tatouée était-il autre chose qu'une façon d'oublier Jake ? Mais au fond, il n'y a que deux garçons qui aient vraiment compté.

Matt, et Sam.

Lorsque je ferme les yeux, je revois Sam couché à mes côtés sur la couverture la première nuit, celle où nous avons contemplé les étoiles, celle où il m'a fait voir le monde différemment, celle où j'ai pris conscience de la brise sur ma peau, de la musique et du rythme nocturne de l'océan. Et je revois aussi Matt et son baiser à la pâte d'amandes, tous les livres qu'il m'a lus, les cartes postales de contes de fées qu'il m'envoyait de Californie et qui ont finalement pris vie à mon arrivée à Zanzibar Bay.

Au moment d'embrasser Sam, j'avais très peur d'effacer Matt de ma mémoire. Aujourd'hui, je sais que cela n'arrivera jamais. Il fera toujours partie de moi – à sa façon. Comme Sam, qui sert des smoothies à trois mille kilomètres d'ici. Comme Frankie, mon papillon magique qui s'apprête à retrouver son chemin dans le noir. Comme les étoiles qui s'estompent en même temps que le halo du clair de lune. Comme les vagues qui vont et viennent en murmurant contre la côte. Rien ne disparaît jamais vraiment. Les choses se transforment simplement en d'autres choses, encore plus magnifiques.

Frankie sourit et hausse son sourcil fendu d'un air interrogateur. Soudain, assise sur cette couette violette baignée par la lumière du soleil, je me rends compte que nous avons de la chance. De la chance d'être en vie, comme tout le monde nous l'a dit.

Je glisse le pendentif dans ma poche et je pousse un profond soupir.

Ne bouge pas, Anna Reiley. Ce moment est tout simplement parfait.

remerciements

Ma plus sincère gratitude à tous ceux qui m'ont inspirée, encouragée et permis d'écrire *Cet été-là* et de réaliser un rêve incroyable.

À mon éditrice, Jennifer Hunt, qui s'est battue pour moi et dont l'immense talent de raconteuse d'histoires a donné vie au voyage d'Anna Reiley. Merci aussi à T. S. Ferguson et à toute l'équipe de Little, Brown, qui ont contribué à faire de *Cet été-là* un livre bien réel.

À Ted Malawer, mon agent, qui a su surfer sur le flot d'e-mails dont je le harcelais et a travaillé comme un fou pour m'offrir la plus belle des nouvelles d'anniversaire.

Aux membres du Lighthouse Writers Workshop, en particulier Jenny Vacchiano Itell pour ses conseils inestimables, Andrea Dupree, mon infatigable pom-pom girl, et Mike Henry qui m'a demandé un jour : « Tu as déjà pensé à écrire pour les adolescents ? » Merci également à Bill Henderson, Jay Barry, Rachel Miller, Meredith Sale, *GIS !* et tous mes amis écrivains pour leurs critiques et leurs encouragements.

À maman et papa, qui m'ont poussée à prendre la plume après « l'incident *E. T.* » de 1981 ; à mes frères, Steve Ockler et Scott « Je n'ai pas honte de lire de la littérature pour adolescentes » Ockler ; à ma belle-famille pour les « Million Dollar Bims » ; à Amy Hains, qui n'a jamais douté de moi ; et à tous ceux qui m'ont demandé : « Quand est-ce que je pourrai le lire ? » Hum, maintenant, je crois que c'est bon !

À mon mari, Alex, qui m'a dit : « Bims, tu es une auteure ! » Merci de m'avoir rappelé ce que j'avais failli oublier. Vive les doubles arcs-en-ciel, mon amour.

Pour finir, ma reconnaissance éternelle à mes chers amis John et Margaret Moyer, ainsi qu'à toutes les familles de donneurs d'organes. C'est vous qui m'avez inspiré cette histoire. Merci d'avoir dit oui.

l'auteure

Sarah Ockler se décrit comme une excellente mangeuse de cupcakes, une grande buveuse de café, et surtout : une lectrice invétérée. Quand elle n'est pas en train de lire ou d'écrire, chez elle, à Washington, elle prend des photos, fait des câlins aux arbres, et part en road-trip avec son mari.

Elle est l'auteure de plusieurs romans pour lesquels elle a reçu de nombreux prix, dont le prestigieux ALA's Best Fiction for Young Adults.

De la même auteure, aux éditions Nathan :
#Scandale

Vous avez aimé *Cet été-là*,
découvrez un extrait de *#Scandale*,
également écrit par Sarah Ockler

Disponible en librairie

#NIMPORTEQUOI

Une photo vaut mille mots. Et une photo publiée dans l'album «Scandale du mois» de Lady Blabla en vaut au moins un million. Surtout quand cette photo entraîne les rumeurs les plus folles.

Enfin, tout n'est pas complètement faux.

Le fait que je me sois endormie dans ses bras est plus ou moins vrai. En revanche, je ne me souviens pas d'avoir vu un cheval entrer dans le salon, mais étant donné l'odeur qui régnait dans la pièce ce matin-là, ça reste encore plausible. Et une chose est sûre, le premier de la classe qui rêvait d'intégrer Harvard a bien sauté tout nu (enfin, si on excepte les chaussettes et les ailes de fée) dans l'étang du chalet. *Tout le monde* a immortalisé cet instant.

Mais le reste n'est qu'un ramassis de mensonges.

Rien ne s'est passé comme les photos le laissent penser.

MESSAGE SPÉCIAL À L'ATTENTION DES ESPADONS DE LAVENDER OAKS EN CETTE VEILLE DE BAL DE PROMO

LADY BLABLA
2 002 J'AIME 👍
92 PERSONNES EN PARLENT

Vendredi 25 avril

Mes chers petits poissons, voici venu le week-end du bal de promo. Vous savez ce que ça signifie : sexe ! scandale ! Et… paillettes !

Oui, paillettes, car la soirée de cette année aura pour thème : « parade scintillante des créatures mythologiques ». Je sais, c'est un peu flou, mais tout ce qui compte, c'est que ça fasse des étincelles. Alors levons nos verres pour féliciter les membres du comité d'organisation, grâce à qui notre lycée va briller de mille feux. Santé !

À ceux d'entre vous qui n'ont pas prévu de perdre leur innocence au cours d'une des soirées privées organisées après le bal, je recommande tout particulièrement la grande fête médiévale, qui se tiendra sur le terrain de sport. Au programme : tournoi et mouton grillé. La principale Zeff m'a assuré que les lances seraient en mousse, mais pas les chevaux ni la viande (viande qui restera d'ailleurs bien distincte de nos amis équidés, conformément aux normes sanitaires).

Internet n'est pas votre truc ? J'ai entendu dire que la Section @nti Technologie et Addiction au Net prévoyait une petite performance sur le campus visant à prouver que les premiers pas de l'homme sur la Lune n'ont jamais eu lieu. Mais, comme ils refusent d'utiliser Facebook, je ne suis pas en mesure de confirmer cet événement. Quoi qu'il en soit, si vous apercevez l'un des membres de S@TAN au bal, n'hésitez pas à prendre des photos. J'ai hâte de voir ce que donneront les chignons élaborés des demoiselles sous leurs casques anti-ondes en aluminium.

Casques en alu ou pas, n'oubliez pas de partager vos meilleurs clichés du week-end sur ma page Lady Blabla, #scandale, afin de participer au grand concours « Scandale du mois ». Après, ce sera terminé, les enfants. C'est le dernier #scandale avant le diplôme. Je compte sur vous pour qu'il soit mémorable ! Parmi les spécimens photographiés, les vainqueurs se verront décerner une médaille d'or, assortie, bien sûr, d'un sentiment d'humiliation éternelle. Et ça, ça n'a pas de prix !

En parlant de gloire, aujourd'hui nous avons franchi la barre symbolique des deux mille fans ! Mais ce n'est pas le moment de nous reposer sur nos lauriers d'über-popularité. Des millions d'Américains hésitent encore à rejoindre nos rangs. Répandez la bonne parole auprès de vos amis, de vos ex et de vos grands-mères, afin qu'eux aussi cliquent sur « J'aime » !

Plus sérieusement, j'aimerais reproduire ici un message du Club des Élèves pour le Contrôle des Substances Illicites : « La sobriété, ça déchire. » La présidente du CECSI en personne contrôlera le punch pour s'assurer qu'il ne contient aucun ingrédient suspect, et le vice-président procédera à une fouille des sacs à l'entrée du fumoir afin de déjouer tout projet de fumette non tabagique. Cela dit, entre les paillettes et les boules à facettes, personne n'aura besoin de produits hallucinogènes pour planer.

Demain, tandis que vous remuerez vos popotins dans vos smokings et vos robes en satin, je serai tranquillement allongée sur mon canapé, dans mon pyjama zébré, une boîte de céréales au chocolat sur les genoux. Pas très « créature mythologique », me direz-vous ? Peu importe :

j'ai rendez-vous avec Angelica Darling dans un nouvel épisode d'*À vos risques et périls*. J'ai hâte de savoir ce qu'elle nous réserve vu la façon dont ça s'est terminé la semaine dernière. Sacrée Jayla Love. Notre bon vieux lycée de Lavender Oaks n'aura jamais rien produit de plus sexy que cette ravissante starlette. Vous ne me croyez pas ? Jetez un œil à sa page officielle. Plus de deux cent mille fans. En voilà une qui sait remuer son popotin efficacement !

Je terminerai ce post par une phrase que même les membres de S@TAN et leurs casques en alu ne pourraient pas critiquer : Amusez-vous bien, mes petits poissons. Soyez sages. Et n'oubliez pas de sourire aux paparazzi !

Bisous,

LADY BLABLA

LA ROUTE DE L'ENFER EST PAVÉE DE PAILLETTES

– Dites… « paillettes ! »

Dans le gymnase méconnaissable de Lavender Oaks, le photographe nous mitraille un bon millier de fois, Cole et moi, tandis que les mots « terrible » et « erreur » clignotent devant mes yeux éblouis par le flash.

Chère moi-même autrefois respectable, combien de limites comptes-tu encore franchir ce soir ? Mettre une robe. Te rendre au bal en 4 x 4 limousine. Et poser à côté d'un cheval déguisé en licorne.

Prince-Moucheté est d'ordinaire réservé aux entraînements du club d'équitation, mais le comité d'organisation de la « parade scintillante des créatures mythologiques » l'a recruté de force pour la soirée. Son enclos improvisé au pied des gradins a l'air de lui plaire. Le costume, c'est une autre histoire. Les sequins ne lui vont vraiment pas au teint. Je lui demande :

– Tu as tiré la courte paille ?

Il agite une oreille dans ma direction avec un petit renâclement qui signifie probablement : « Ne laisse pas les autres chevaux me voir comme ça ! »

Le flash crépite de nouveau. Si seulement un nuage de paillettes pouvait nous emporter loin de ce lycée de ploucs, de ces bottes de paille et des affreuses épingles qui maintiennent mon chignon bien trop serré...

Malheureusement, ma marraine la fée et ses basques en satin ont dû rester coincées près du saladier de punch. Mon vœu s'envole vers les boules à facettes, sans personne pour l'exaucer.

– Quel couple a-do-rable, commente le photographe en prenant un ultime cliché.

Cole m'adresse un clin d'œil par-dessus la croupe pommelée du cheval. Son regard vert émeraude pétille d'un tel éclat que j'ai soudain du mal à respirer. Juste avant que je meure sur place, les copains de Cole l'entraînent et mon cœur reprend peu à peu un rythme normal.

On a eu chaud, tambourine-t-il. *Tou-doum, tou-doum.*

– C'est dingue, ils ont trouvé une vraie licorne ! Lady Blabla va halluciner en voyant ça.

C'est ma copine Griffin et son âme sœur du moment, un certain Paul du lycée Saint-Paul déguisé en elfe, qui viennent d'entrer dans l'enclos. Griff secoue ses mèches blond platine et tente de faire un selfie à côté de Prince-Moucheté, mais le téléphone que ses parents lui ont rapporté d'Helsinki est tellement compliqué qu'elle ne parvient jamais à utiliser l'appareil photo.

Le photographe officiel prend le relais, et je m'installe sur les gradins en face pour admirer le spectacle. Paul reluque Griffin, magnifique dans une robe de succube bleu nuit au décolleté plongeant sur laquelle elle a cousu une queue fourchue. Quant à lui, malgré ses ravissantes oreilles pointues à la Legolas, je parie qu'il aura droit à une part de Tarte aux Regrets dès demain. C'est la spécialité de Griff: chaque fois qu'elle prévoit de briser le cœur d'une de ses conquêtes, elle l'invite au café Noir & Serré et lui offre une pâtisserie. Elle trouve que les mauvaises nouvelles passent mieux avec un peu de sucre.

Griff a des tonnes de théories dans ce genre. C'est épuisant.

Soudain, elle pousse un cri perçant; Paul vient de lui mettre la main aux fesses. Au même moment, le petit bouquet rose épinglé à ma robe me tombe sur les genoux dans un nuage de pétales déjà flétris. Je les rassemble en un petit tas.

Mais qu'est-ce que je fiche ici?

On est samedi soir. Je devrais être chez moi en train de massacrer des morts-vivants en ligne ou de nourrir mon chien Zombie sous la table, pas ici à jouer les poupées dans un décor en carton-pâte. Car si vous voulez tout savoir:

1. Prince-Moucheté n'est pas vraiment une licorne;
2. Cole n'est pas vraiment mon cavalier;

3. Cette robe excentrique n'est pas vraiment mon style : bustier vintage et jupon en tissu blanc cassé à imprimé cerises, assortis d'une ceinture rouge vif. L'ensemble est tellement joli que ça me donne presque des boutons.

Un nouveau cri s'élève depuis l'enclos. Mon regard passe sans s'arrêter sur Griffin et se pose sur la porte d'entrée. Le 4 x 4 est peut-être encore dans le parking, égayant la nuit de sphères iridescentes grâce à la machine à bulles installée sur son toit. Je pourrais sortir discrètement et demander au chauffeur de me reconduire chez moi. Dans moins d'une heure, je serais débarrassée de cette tenue de pin-up et je pourrais siroter un Coca tout en faisant rôtir au lance-flammes des hordes de zombies.

Mes doigts pianotent déjà sur un clavier imaginaire…

– Ne me dis pas que mon rencart de dernière minute s'apprête à filer ?

Cole est de retour. Il s'agenouille devant moi avec un sourire complice. Il a rasé son habituelle barbe de trois jours pour l'occasion. Sa peau hâlée par le soleil du printemps semble si douce que j'ai envie de l'embrasser.

– Qu'est-ce qui se passe, Lucy ?

Je remonte mes quatre mille jupons au-dessus de mes cuissardes noires – le seul élément de mon costume qui soit à moi – et je serre le tissu entre mes poings.

– Je ressemble à une figurine de pièce montée.

– Pas du tout.

Cole ramasse les fleurs qui gisent sur mes genoux avant d'ajouter :

– Tu es, euh… ravissante.

Il s'approche, et ses cheveux en bataille me chatouillent le nez. Il sent le grand air, le feu de bois, les pommes mûres et…

« Hé ! intervient Prince-Moucheté à grands coups de sabots. N'y songe même pas ! »

Avec un gros soupir, je chasse d'une pichenette un pétale oublié. J'aurais aimé pouvoir suivre le conseil du cheval, mais c'est trop tard. J'y ai *déjà* songé. Tous les jours. Depuis quatre ans.

On ne s'est jamais embrassés, jamais touchés, on n'a jamais été plus que des amis avec un grand A. Pourtant, ça n'a pas empêché Cole Foster de me briser le cœur. Car de même que la robe parfaite et le bouquet qui refuse de rester en place, le seul garçon que j'aie jamais aimé appartient à Eliana Pike.

Ellie.

Ma meilleure amie.

MIXTE
Papier issu de sources responsables
FSC® C022030

Achevé d'imprimer en avril 2016 par CPI Brodard & Taupin
(72200 La Flèche, France)
N° d'éditeur : 10205050
N° d'impression : 3015352